Zu diesem Buch

«Die Entfaltung eines dichterischen Genies ... Nabokov at his best» (Uwe Friesel in «Deutsches Allgemeines Sonntagsblatt»).

«Eine kräftige Natur, ein sensibles Gemüt, eine schweifende Phantasie, ein Ehrgeiz ohne Ziel, ein Leben ohne Plan – so stellt Vladimir Nabokov seinen Martin Edelweiss vor uns hin, und man könnte sagen, dieser junge Mann, den Elan und Energie notorisch im Stich lassen und dem es nicht einmal vergönnt ist, mit seiner Liebesgeschichte zu Rande zu kommen, ganz zu schweigen von den spektakulären Projekten, die ihn vage beschäftigen, sei kaum geeignet, den Leser in Atem zu halten. Und doch ist er als Romanheld geschaffen, das Interesse zu fesseln und die Sympathie zu rühren ... Die Toleranz, die der Erzähler gegenüber seinem entfernten Verwandten beobachtet hat, die Ironie, mit der er ihn vor Spott und Schlimmerem zärtlich beschützte, und der Respekt, mit dem er ihn nun, da ihm wirklich keiner mehr helfen kann, wortlos abgehen läßt, machen den Rang des kleinen Romans aus, der auf seine Weise schon ein Meisterwerk ist» (Sibylle Wirsing in «FAZ»).

Vladimir Nabokov wurde am 23. April 1899 in St. Petersburg geboren. Nach der Oktober-Revolution emigrierte er mit seinen Angehörigen und studierte bis 1923 in Cambridge Slawistik, Romanistik und Entomologie. Von 1923 bis 1937 lebte er in Berlin, später in Paris, und schrieb in russischer Sprache Gedichte, Essays und erzählerische Prosatexte, darunter die auch als rororo-Taschenbücher erschienenen Romane «König, Dame, Bube» (Nr. 353), «Lushins Verteidigung» (Nr. 1699), «Gelächter im Dunkel» (Nr. 460), «Verzweiflung» (Nr. 1562), «Einladung zur Enthauptung» (Nr. 1641), «Maschenka» (Nr. 4817) und «Die Mutprobe». 1940 ging Nabokov in die USA. Hier schrieb er, neben Erzählungen und zahlreichen lepidopterologischen Arbeiten – er war ein in Fachkreisen hochangesehener Schmetterlingsforscher – die Romane «Das wirkliche Leben des Sebastian Knight», «Das Bastardzeichen», den Welterfolg «Lolita» (Nr. 635), «Professor Pnin» (Nr. 765) und «Fahles Feuer» (Nr. 4252). Seine Erinnerungen erschienen unter dem Titel «Andere Ufer», ein umfassender Sammelband seiner Erzählungen liegt unter dem Titel «Frühling in Fialta» (Nr. 4975) vor. Ferner erschienen bei Rowohlt seine Romane «Ada oder Das Verlangen» (Nr. 4032), «Sieh doch die Harlekins!» und «Durchsichtige Dinge». Vladimir Nabokov starb am 2. Juni 1977 in Montreux (Schweiz), wo er seine letzten achtzehn Lebensjahre verbracht hatte.

Vladimir Nabokov

Die Mutprobe

Roman

Deutsch von
Susanna Rademacher

rororo
Rowohlt

Der deutschen Übersetzung liegt auf Wunsch des Autors
die von seinem Sohn Dmitri Nabokov in Zusammenarbeit mit ihm
aus dem Russischen übersetzte englische Fassung zugrunde,
die erstmals 1971 unter dem Titel *Glory*
bei der McGraw-Hill Book Company,
New York und Toronto, erschien.
Das Vorwort wurde vom Autor für die
deutsche Ausgabe leicht gekürzt
Umschlagentwurf Werner Rebhuhn
(Foto: Ullstein)

Veröffentlicht im Rowohlt Taschenbuch Verlag GmbH,
Reinbek bei Hamburg, April 1983

Gesamtherstellung Clausen & Bosse, Leck
Printed in Germany
780-ISBN 3 499 15107 3

Für Véra

Vorwort

Das vorliegende Buch ist das letzte der Reihe von endgültigen englischen Fassungen meiner neun russischen Romane, die in den Jahren 1925 bis 1937 in Westeuropa geschrieben und zwischen 1926 und 1952 in Emigrantenverlagen erschienen sind. Dem Leser der nachstehenden Liste der englischen Übertragungen* wird die vielsagende Lükke zwischen 1938 und 1959 auffallen.

Maschenka, 1926: Mary, 1970
[Maschenka, 1976]
Korolj, Dama, Walet, 1928: King, Queen, Knave, 1968
[König, Dame, Bube, 1959]
Saschtschita Lushina, 1930: The Defense, 1964
[Lushins Verteidigung, 1961]
Sogljadataj, 1930: The Eye, 1965
Podwig, 1932: Glory, 1971
[Die Mutprobe, 1977]
Kamera obskura, 1933: Laughter in the Dark, 1938
[Gelächter im Dunkel, 1962]
Ottschajanije, 1936: Despair, 1966
[Verzweiflung, 1972]
Priglaschenije na kasnj, 1938:
Invitation to a Beheading, 1959
[Einladung zur Enthauptung, 1970]
Dar, 1952: The Gift, 1963

Ich würde einem gewissen Typ von Kritikern die Arbeit allzu leicht machen, wollte ich auf die Mängel dieses Ro-

* Die Titel der deutschen Ausgaben und das Jahr ihres Erscheinens in eckigen Klammern. (Anm. d. Übers.)

mans hinweisen. Es genüge zu sagen, daß er, ohne in falsche Exotik oder platte Komödie zu verfallen, sich zu Höhen der Reinheit und Schwermut aufschwingt, die ich nur in meinem viel späteren Buch *Ada* erreicht habe.

In welcher Beziehung stehen die Hauptpersonen von *Die Mutprobe* zu denen meiner anderen (russischen und amerikanischen) Romane? wird der Human Interest-Forscher vielleicht fragen.

Martin ist von all meinen jungen Männern der freundlichste, anständigste und rührendste; und die kleine Sonja mit den glanzlosen dunklen Augen und dem storren schwarzen Haar (ihr Vater hatte, seinem Namen nach, tscheremissisches Blut), müßte von allen Experten für Liebeskunst und -kunde begrüßt werden, denn sie ist von so seltsamem Reiz wie kein anderes meiner jungen Mädchen – allerdings auch offensichtlich eine launische und skrupellose Kokette.

Wenn Martin in gewissem Maß als ein entfernter Vetter von mir gelten kann (netter als ich, aber auch sehr viel naiver, als ich es je war), mit dem ich bestimmte Kindheitserinnerungen, bestimmte spätere Zu- und Abneigungen gemeinsam habe, so haben seine farblosen Eltern *per contra* im rationalen Sinn keine Ähnlichkeit mit den meinen. Was Martins Cambridger Freunde angeht, so sind Darwin und Moon völlig erfunden, während es «Wadim» und «Teddy» in meiner Cambridger Vergangenheit wirklich gegeben hat; sie sind in meinem Buch *Andere Ufer*, Kap. XIII, vorletzter Absatz, unter ihren Anfangsbuchstaben N. R. und R. C. erwähnt. Die drei standhaften Patrioten Silanow, Jogolewitsch und Grusinow, die sich der antibolschewistischen Arbeit geweiht haben, gehören politisch zu jener Gruppe, die ein wenig rechts von den alten Terroristen und ein wenig links von den Konstitutionellen Demokraten steht, auf der einen Seite ebenso weit entfernt von den Monarchisten wie auf der anderen von den Marxisten; ich habe sie im Umkreis der Zeitschrift, die *Podwig* in Fortsetzungen brachte, gut kennengelernt, aber keine von meinen Romangestalten ist ein genaues Porträt einer bestimmten Person. Ich fühle mich verpflichtet, diesen politischen Typ (den die russische *Intelligenz*, die meine Bücher hauptsächlich las, mit der unbewußten Präzision allgemeinen Wissens sofort erkannte) hier exakt zu beschreiben, weil ich mich noch immer nicht mit der Tatsache aussöhnen kann – einer Tatsache, die es verdiente, daß ihrer alljährlich durch ein pyrotechnisches Schauspiel von Verachtung und Sarkasmus gedacht würde –, daß die amerikanischen Intellektuellen durch bolschewistische Propaganda inzwischen so weit beeinflußt waren, daß sie das kräftige Vorhandensein liberalen Denkens unter den russischen Emigranten völlig ignorierten. («Dann sind Sie also Trotzkist?» meinte strahlend eine besonders beschränkte linke Schriftstellerin in New York im Jahre 1940, als ich sagte, daß ich weder für die Sowjets noch für irgendeinen Zaren sei.)

Der Autor verläßt sich darauf, daß kluge Leser davon Abstand nehmen, seine Autobiographie *Andere Ufer* gierig zu durchblättern und nach einander entsprechenden Abschnitten und ähnlichen Szenerien zu suchen. Der Spaß an dem Roman *Die Mutprobe* liegt anderswo. Man muß ihn im Widerhall und in der Verkettung kleiner Ereignisse suchen, in den Vor- und Rückblenden, die eine Illusion von Schwung erzeugen: in einem alten Wachtraum, der unmittelbar zu dem Glück wird, den Ball an die Brust zu drücken, oder in der beiläufigen Vision von Martins Mutter, deren Kummer über den Zeitrahmen des Romans hinaus in eine Abstraktion der Zukunft weist, die der Leser nur erraten kann, auch wenn er die letzten sieben Kapitel durchrast hat, in denen ein regelrechter Wahnwitz von strukturellen Verdrehungen und eine Maskerade aller handelnden Personen sich zu einem furiosen Finale steigern, obgleich ganz zum Schluß nicht viel passiert – nichts als ein Vogel, der im Grau eines nassen Tages auf einem Gartenpförtchen sitzt.

8. Dezember 1970 Vladimir Nabokov
Montreux

1

Wenn es auch komisch erscheinen mag: Martins Großvater Edelweiß war Schweizer – ein robuster Schweizer mit flaumig weichem Schnurrbart, der in den sechziger Jahren des vorigen Jahrhunderts Hauslehrer bei einem St. Petersburger Grundbesitzer namens Indrikow gewesen war und dessen jüngste Tochter geheiratet hatte. Martin glaubte anfangs, die samtige weiße Alpenblume, dieses Hätschelkind der Herbarien, wäre seinem Großvater zu Ehren so genannt worden – eine Auffassung, von der er sich auch später nicht ganz frei machen konnte. Er erinnerte sich deutlich an seinen Großvater, aber nur in einer Situation und Haltung: ein beleibter alter Mann, ganz in Weiß gekleidet, mit hellem Schnurrbart, einem Panamahut auf dem Kopf und einer Pikeeweste, auf der zahlreiche Berlocken baumelten (die lustigste darunter war ein Dolch von der Größe eines Fingernagels), der vor dem Haus im unsteten Schatten einer Linde auf einer Bank saß. Auf eben dieser Bank war sein Großvater gestorben, in der Hand seine geliebte goldene Uhr, deren Deckel einem kleinen goldenen Spiegel glich. Der Schlag rührte ihn bei dieser zeitbezogenen Geste, und nach der Familienlegende standen die Uhrzeiger im selben Augenblick still wie sein Herz.

Noch viele Jahre lang wurde Großvater Edelweiß in einem massiven Lederalbum aufbewahrt; zu dieser Zeit wurde nach ästhetischen Gesichtspunkten photographiert, nach sorgfältiger Überlegung. Das Unternehmen war kein Spaß, der Patient war zu langer Unbeweglichkeit verurteilt und mußte die Erlaubnis zum Lächeln abwarten – sie wurde kurz nach dem Schnappschuß gegeben. Die Kompliziertheit der Heliographie war der Grund für die Gewichtigkeit und Solidität von Großvaters männlichen Posen auf diesen etwas verblaßten, aber recht wohlgelungenen Bildern: Großvater als Jüngling mit einer frisch erlegten Waldschnepfe zu seinen Füßen; Großvater auf dem Rücken der Stute Daisy; Großvater auf einem gestreiften Verandastuhl mit einem schwarzem Dackel, der nicht hatte stillsitzen wollen und infolgedessen auf der Photographie drei Schwänze hatte. Erst 1918 verschwand Großvater Edelweiß völlig, denn das Album ging in Flammen auf wie auch der Tisch, auf dem das Album lag, und, um genau zu sein, das ganze Landhaus, das die Bauernburschen aus dem nächsten Dorf törichterweise so wie es war bis auf den Grund niederbrannten, statt die Einrichtung zu Geld zu machen.

Martins Vater war Dermatologe, und zwar ein berühmter. Wie Großvater war auch er sehr weißhäutig und korpulent; in seiner Freizeit angelte er gern Grundeln, und er besaß eine herrliche Sammlung von Dolchen und Säbeln und auch von fremdartigen, langen Pistolen, deretwegen die Benutzer modernerer Waffen ihn fast vor ein Exekutionskommando gestellt hätten. Anfang 1918 wurde er aufgedunsen und kurzatmig, und um den 10. März herum starb er unter unklaren Umständen. Seine Frau Sofia und ihr Sohn lebten zu dieser Zeit in der Nähe von Jalta: die Stadt probierte bald dieses, bald jenes Regime aus, zu wählerisch, um sich entschließen zu können.

Sie war eine rosige, sommersprossige, jugendliche Frau mit einem dicken hellen Haarknoten und hochgeschwungenen Augenbrauen, die sich über dem Nasenbein verdickten und zu den Schläfen hin nahezu unsichtbar wurden; in den langgezogenen Läppchen ihrer zarten Ohren hatte sie kleine Schlitze (für Ohrringe, die sie jetzt nicht mehr trug). Noch kürzlich hatte sie auf ihrem Landsitz im Norden kraftvoll und gewandt Tennis gespielt, auf ihrem eigenen Tennisplatz, der in den achtziger Jahren angelegt worden war. Im Herbst fuhr sie stundenlang auf einem schwarzen Enfield-Fahrrad durch die Parkalleen mit ihrem laut raschelnden Teppich von trockenem Laub. Manchmal wanderte sie auch zu Fuß das elastische Bankett der Landstraße entlang, den weiten Weg von Olchowo nach Woskressensk, den sie von Kind auf liebte, wobei sie ihren kostspieligen Stock mit dem Korallengriff schwang wie ein zünftiger Wandersmann. In der Petersburger Gesellschaft war sie für ihre Anglomanie bekannt, und sie genoß diesen Ruf – sie konversierte geläufig über Themen wie Boy Scouts oder Kipling und fand besonderes Vergnügen an häufigen Besuchen in Drew's English Shop, wo einen schon auf der Treppe außer einem großen Plakat (eine Frau, die einem Jungen mit dickem Seifenschaum den Kopf wusch) ein köstlicher Duft nach Seife und Lavendel begrüßte mit einer Beimischung von etwas anderem, das an zusammenlegbare Gummiwannen, Fußbälle und runde, schwere, fest verpackte Weihnachtspuddings gemahnte. Es folgt daraus, daß Martins erste Lektüre in englischer Sprache geschrieben war: seine Mutter verabscheute die russische Kinderzeitschrift *Saduschewnoje Slowo* (Das herzliche Wort) und schürte in ihm eine solche Aversion gegen Madame Tscharskijs junge Heldinnen (mit dunklem Teint und wohlklingendem Titel), daß er noch Jahre später um jedes von einer Frau geschriebene Buch einen Bogen machte, denn auch in den besten Exemplaren dieser Gattung witterte er bei nicht mehr ganz jungen und vielleicht rundlichen Damen den unbewußten Drang, sich mit einem hübschen Namen zu schmücken und sich gleich einem Kätzchen auf dem Sofa zusammenzurollen. Sofia haßte alle Diminutive, vermied selbst streng ihren Gebrauch und wurde ärgerlich, wenn ihr Mann etwa sagte: «Söhnchen hat wieder ein Hüsterchen – wir wollen seine *temperaturka* messen.» Russische Kinderbücher wimmelten von niedlichen Lispelwörtern, wenn sie nicht gar die Sünde des Moralisierens begingen.

Wenn der großväterliche Familienname in den Bergen blühte, so war der magische Ursprung des Mädchennamens von Martins Großmutter weit entfernt von den verschiedenen Wolkows (Wolfs), Kunitsyns (Martens) oder Belkins (Eichhorns) und gehörte der russischen Märchenfauna an. Vor langer, langer Zeit durchstreiften prachtvolle wilde Tiere unser Land. Aber Sofia fand russische Märchen plump, grausam und ekelhaft, russische Volkslieder albern und russische Rätsel idiotisch. Sie glaubte nicht recht an Puschkins berühmte Kinderfrau und meinte, der Dichter habe sie genauso erfunden wie ihre Märchen, Stricknadeln und Sorgen. So kam es, daß Martin in der frühen Kindheit etwas gar nicht kennenlernte, was später dank der Lichtbrechung der Erinnerung seinem Leben einen besonderen Zauber hätte verleihen können. Allerdings fehlte es ihm nicht an zaubrischen Dingen, und er hatte keine Ursache, zu bedauern, daß nicht der russische fahrende Ritter Ruslan, sondern dessen abendländischer Bruder seine Kinderphantasie geweckt hatte. Aber was liegt schon daran, woher der sanfte Anstoß kommt, der die Seele aufrüttelt, ins Rollen bringt und dazu verdammt, nie wieder stillzustehen?

2

An der hellen Wand über dem schmalen Kinderbett mit den Seitengittern aus weißer Schnur und der kleinen Ikone am Kopfende (braunlackiertes Heiligengesicht auf Blattmetall, mit karminrotem Plüsch unterlegt, der von Motten oder von Martin selbst ein wenig angeknabbert war) hing ein Aquarell, das einen dichten Wald darstellte mit einem gewundenen Pfad, der sich in Waldestiefen verlor. Nun gab es in einem der englischen Bücher, die seine Mutter ihm vorzulesen pflegte (wie langsam und geheimnisvoll sie die Wörter aussprach und was für große Augen sie machte, wenn sie ans Ende der Seite kam, ihre ein wenig sommersprossige kleine Hand darauf legte und fragte: «Und was, glaubst du, ist dann passiert?»), eine Geschichte über genauso ein Bild von einem Waldpfad, das direkt über dem Bett eines kleinen Jungen hing, und dieser kleine Junge ging eines Nachts so, wie er war, nämlich im Nachthemd, von seinem Bett aus in das Bild hinein, auf den Pfad, der sich im Walde verlor. Seine Mutter, so dachte Martin ängstlich, würde vielleicht die Ähnlichkeit des Aquarells an der Wand mit der Illustration im Buch bemerken; sie würde unruhig werden und – das konnte man sich ausrechnen – den nächtlichen Ausflug unterbinden, indem sie das Bild von der Wand nahm. Also betete er jeden Abend vor dem Einschlafen nach seinen üblichen Nachtgebeten (erst kam ein kurzes englisches Gebet: «Süßer Jesus, fromm und lind, höre auf ein kleines Kind», und dann das «Vaterunser» in der slawischen Version mit den vielen Zischlauten und Unverständlichkeiten) eilig plappernd und bemüht, die Knie aufs Kissen hinaufzuziehen – was seine Mutter aus Gründen der Askese für unzulässig hielt –, Martin betete also zu Gott, daß sie diesen verlockenden

Pfad über seinem Kopf nicht bemerken möge. Immer wenn er als Jüngling an die Vergangenheit zurückdachte, fragte er sich, ob er nicht eines Nachts wirklich vom Bett in das Bild hineingehopst sei, ob das nicht der Anfang der freudvollen und qualvollen Reise gewesen sei, zu der sein ganzes Leben wurde. Er glaubte sich an das frostige Gefühl des Bodens zu erinnern, an das grüne Dämmerlicht des Waldes, an die Biegungen des Pfades (den hin und wieder der Höcker einer großen Wurzel querte), die vorüberflitzenden Baumstämme, an denen er barfuß vorbeirannte, und die von märchenhaften Möglichkeiten wimmelnde, seltsam dunkle Luft.

Großmutter Edelweiß geb. Indrikow hatte in ihrer Jugend fleißig aquarelliert, und als sie auf ihrer Porzellanpalette Blau und Gelb miteinander mischte, konnte sie schwerlich voraussehen, daß durch das so entstandene Grün eines Tages ihr Enkel wandern würde. Das Erregende, das Martin entdeckte, und das ihn, verschieden manifestiert und gemischt, von jenem Augenblick an durchs Leben begleitete, erwies sich als eben das Gefühl, das seine Mutter in ihm zu wecken hoffte, wenn es ihr selbst auch schwergefallen wäre, einen Namen dafür zu finden; sie wußte nur, daß sie Martin jeden Abend mit dem füttern mußte, womit ihre verstorbene Erzieherin sie einstmals gefüttert hatte, die alte, weise Mrs. Brook, deren Sohn in Borneo Orchideen gesammelt hatte, in einem Luftballon über die Sahara geflogen und in einem türkischen Bad, wo der Heißwasserkessel explodierte, ums Leben gekommen war. Sie las, und Martin hörte zu, auf einem Stuhl kniend und die Ellbogen auf den lampenbeschienenen runden Tisch gestützt, und es war sehr schwer, Schluß zu machen und ihn zu Bett zu bringen, denn er wollte immer noch mehr hören. Manchmal trug sie ihn auf dem Rücken hinauf ins Kinderzimmer – sie nannte es «Huckepack». Vor dem Schlafengehen bekam er einen englischen Biskuit aus einer mit blauem Papier beklebten Blechdose. Obenauf lagen wunderbare Küchlein mit Zuckerguß, dann kamen Ingwer- und Kokosnußplätzchen, und dann an dem traurigen Abend, als er die unterste Schicht erreicht hatte, mußte er mit einer uninteressant und fade schmeckenden, drittklassigen Sorte vorliebnehmen.

Nichts war an Martin verschwendet – weder die knusprigen englischen Biskuits noch die Abenteuer der Ritter vom Artushof. Welch hinreißender Augenblick, wenn ein Jüngling – möglicherweise Tristans Neffe? – zum erstenmal Stück für Stück die schimmernde, gebuckelte Rüstung anlegte und zu einem ersten Zweikampf ausritt! Und dann diese fernen kreisrunden Inseln, von deren Gestade ein Mädchen ins Weite blickte, während ihre Kleider im Winde flatterten und ein Falke mit einer Kappe sich an ihr Handgelenk klammerte. Und Sindbad mit dem roten Kopftuch und dem goldenen Ring im Ohr; und die Seeschlange mit den ringförmigen grünen Körpersegmenten, die man bis zum Horizont aus dem Wasser herausragen sah. Und das Kind, das die Stelle entdeckte, wo der Regenbogen auf die Erde stieß. Und wie ein Echo von alledem, ein Inbild, das irgendeine Beziehung dazu hatte, war das herrliche Modell eines braun getäfelten Schlafwagens im Schaufenster der *Société des Wagon-Lits et des Grands Express Européens* auf dem Newskij-Prospekt, wo man an einem trübkalten Tag mit leicht kreiselnden Schneeflocken spazierengeführt wurde und über den Strümpfen und kurzen Hosen schwarze, gestrickte Gamaschenhosen tragen mußte.

3

Die Liebe seiner Mutter war so eifersüchtig, so heftig und intensiv, daß ihr Herz davon wundgescheuert schien. Als die Ehe in die Brüche ging und sie allein mit Martin lebte, besuchte er sonntags seinen Vater in ihrer alten Wohnung, und dort spielte er stundenlang mit Pistolen und Dolchen, während sein Vater teilnahmslos die Zeitung las und ihm dann und wann, ohne aufzublicken, antwortete: «Ja, geladen» oder «Ja, vergiftet.» An solchen Tagen konnte Sofia es kaum ertragen, zurückbleiben zu müssen; sie zermarterte sich mit dem lächerlichen Gedanken, ihr indolenter Gatte könne doch den Versuch machen, seinen Sohn bei sich zu behalten. Martin hingegen war zu seinem Vater sehr liebevoll und höflich, als wollte er die Strafe soweit wie möglich mildern; er glaubte nämlich, daß sein Vater wegen eines Vergehens verbannt worden war, das er eines Sommerabends in ihrem Landhaus begangen hatte; er hatte dem Klavier etwas angetan, woraufhin dieses einen schlechthin erschütternden Ton ausgestoßen hatte, so als wäre ihm jemand auf den Schwanz getreten, und am nächsten Tag war er nach St. Petersburg gefahren und nie wiedergekommen. Das geschah gerade in dem Jahr, als der Großherzog von Österreich in einem Serail ermordet wurde. Martin konnte sich diesen Serail mit dem Diwan ganz deutlich vorstellen, und den Großherzog mit einem Federhut, der sich mit seinem Schwert gegen ein halbes Dutzend schwarzvermummter Konspiratoren verteidigte; er war recht enttäuscht, als sein Irrtum an den Tag kam. Der Schlag auf die Klaviertasten fiel in seiner Abwesenheit: er war im Nebenzimmer und putzte sich die Zähne mit dikker, schäumender, süßschmeckender Zahnpasta, deren Attraktivität noch erhöht wurde durch die englische Aufschrift: «Da unsere Zahnpasta nicht zu verbessern war, haben wir die Tube verbessert.» Tatsächlich hatte die Öffnung der Tube die Form eines Querschlitzes, so daß die Pasta, wenn man sie herausdrückte, sich nicht wie ein Wurm, sondern wie ein Band auf die Zahnbürste legte.

Dieses letzte Gespräch mit ihrem Mann stand Sofia als Ganzes wieder vor Augen, komplett mit jeder Einzelheit und Nuance, als sie in Jalta die Nachricht von seinem Tode empfing. Ihr Mann hatte an einem kleinen Korbtisch gesessen und die Spitzen seiner gespreizten kurzen Finger betrachtet, und sie hatte ihm gesagt, daß sie so nicht weitermachen könnten, daß sie einander seit langem fremd geworden seien, daß sie gewillt sei, fortzugehen und ihren Sohn mitzunehmen, und zwar schon morgen. Ihr Mann lächelte träge und antwortete leise, mit leicht belegter Stimme, sie habe ja, ach, so recht, und er selbst werde gehen und sich in der Stadt eine andere Wohnung nehmen. Seine leise Stimme, seine fettleibige Gelassenheit, am meisten aber die Feile, mit der er fortgesetzt seine weichen Nägel verstümmelte, raubten ihr schier den Verstand, und die Ruhe, mit der sie beide die Trennung besprachen, erschien ihr ungeheuerlich, wenngleich heftige Worte und Tränen natürlich noch schrecklicher gewesen wären. Nach einem Weilchen stand er auf und begann, noch immer mit der Nagelfeile spielend, im Zimmer auf und ab zu gehen und sanft lächelnd über die Einzelheiten ihrer künftigen getrennten Haushalte zu sprechen (wobei eine Stadtequipage eine absurde Rolle spielte). Dann, als er an dem geöffneten Klavier vorbeikam, ließ er plötzlich ohne jeden Grund die geballte Faust mit aller Kraft auf die Tastatur niedersausen, und das klang, als platzte ein mißtönendes Geheul durch eine für einen Augenblick geöffnete Tür herein. Danach fuhr er ebenso leise wie zuvor in dem unterbrochenen Satz fort, und als er das nächste Mal am

Klavier vorbeikam, schloß er behutsam den Deckel.

Der Tod seines Vaters, für den er nicht viel Liebe empfand, erschütterte Martin gerade darum, weil er ihn nicht so liebte, wie er sollte; im übrigen wurde er den Gedanken nicht los, daß sein Vater in Ungnade gestorben sei. Damals begriff Martin zum erstenmal, daß das menschliche Leben im Zickzack verläuft, daß jetzt die erste Kurve hinter ihm lag und daß sein Leben in dem Augenblick eine neue Wendung genommen hatte, als seine Mutter ihn aus der Zypressenallee auf die Terrasse rief und in seltsamem Ton sagte: «Ich habe einen Brief von Silanow bekommen!» Dann fuhr sie auf englisch fort: «Du mußt jetzt tapfer sein, sehr tapfer – es handelt sich um deinen Vater – er ist nicht mehr.» Martin wurde blaß und lächelte verwirrt. Dann streifte er lange durch den Park von Worontsow, hin und wieder einen Kosenamen vor sich hin sagend, den er als Kind seinem Vater verliehen hatte; dabei versuchte er sich mit warmer, traumhafter Überzeugungskraft vorzustellen, daß sein Vater bei ihm wäre, neben, vor und hinter ihm, unter jener Zeder da drüben, dort auf dem Rasenhang, ganz nah, weit weg, überall.

Es war heiß, obgleich noch vor kurzem ein heftiger Gewitterregen niedergegangen war. Schmeißfliegen brummten um die glänzenden Mispelsträucher. Ein schlechtgelaunter schwarzer Schwan schwamm auf dem Teich hin und her und bewegte seinen Schnabel, der so karminrot war, als wäre er angemalt. Die abgefallenen Blütenblätter der Mandelbäume hoben sich hell wie Mandeln in einem Lebkuchen von dem dunklen Boden des feuchten Weges ab. Unweit einiger riesiger Zedern vom Libanon stand eine einzelne Birke, deren Laub auf die besondere Weise herabhing, die man nur bei Birken findet (als hätte ein Mädchen sein Haar auf einer Seite zum Kämmen heruntergelassen und wäre in dieser Haltung erstarrt). Ein zebrastreifiger Segelfalter glitt vorüber, die gestreckten Flügelspitzen zusammengelegt. Die funkelnde Luft, die Schatten der Zypressen (alte Bäume mit einem rostroten Anflug, die kleinen Zapfen noch halb unter den Hüllen verborgen), das schwarze Glas des Teiches mit den konzentrischen Kreisen rund um den Schwan, das strahlende Blau, in das die Zacken des Aj-Petri mit seinem Astrachangürtel von Pinien aufragten – alles war durchdrungen von qualvoller Seligkeit, und Martin schien es so, als ob sein Vater in der Verteilung von Schatten und Licht irgendwie eine Rolle spielte.

«Wenn du zwanzig wärest und nicht erst fünfzehn», sagte seine Mutter an jenem Abend, «wenn du die höhere Schule schon hinter dir hättest und wenn ich nicht mehr am Leben wäre, dann könntest du natürlich ... wahrscheinlich wäre es deine Pflicht –» Sie brach mitten im Satz ab, als sie an die Weiße Armee dachte und im Geiste die südrussische Steppe sah und die Reiter mit den Kosakenmützen, unter denen sie von fern Martin auszumachen versuchte. Aber, Gott sei Dank, er stand neben ihr, im Hemd mit offenem Kragen, mit kurzgeschorenem Haar und braungebranntem Gesicht, von dessen Augenwinkeln ungebräunte kleine Linien ausstrahlten. «Andererseits, wenn wir nach St. Petersburg zurückkehren –» fuhr sie in fragendem Ton fort, und irgendwo, auf einem unbekannten Bahnhof, explodierte eine Granate, und die Lokomotive bäumte sich auf. «Das alles wird wahrscheinlich eines Tages zu Ende sein», setzte sie nach einer Pause hinzu. «Inzwischen müssen wir uns etwas ausdenken.»

«Ich gehe jetzt zum Schwimmen», warf Martin mit versöhnlichem Unterton ein. «Die ganze Bande ist dort – Nicky, Lida.»

«Ja, geh, auf alle Fälle», sagte Sofia. «Schließlich wird die Revolution eines Tages zu Ende sein, und es wird merkwürdig sein, sich daran zu erinnern. Unser Aufenthalt auf der Krim hat deiner Gesundheit phantastisch gut getan. Und deine Schulzeit wirst du irgendwie auf dem Gymnasium in Jalta beenden. Sieh nur, wie wunderschön das Kliff da drüben beleuchtet ist!»

In dieser Nacht konnte weder Mutter noch Sohn schlafen, und beide dachten an den Tod. Sofia bemühte sich, verhalten zu denken, das heißt, ohne zu schluchzen oder zu seufzen (die Tür zum Zimmer ihres Sohnes stand weit offen). Sie rief sich pedantisch und mit allen Einzelheiten noch einmal alles ins Gedächtnis, was zu ihrer Trennung von Edelweiß geführt hatte. Während sie jeden Augenblick ihrer Ehe überdachte, sah sie deutlich, daß sie unter diesen oder jenen Umständen nicht anders hätte handeln können. Und doch lauerte irgendwo ein verborgener Fehler; wenn sie sich nicht getrennt hätten, wäre er nicht so gestorben, allein in einem leeren Zimmer, hilflos erstickt, vielleicht sich an ihr letztes glückliches Jahr erinnernd (übrigens sehr relativ glücklich), an ihre letzte Auslandsreise nach Biarritz, den Ausflug nach Croix-de-Mouguère und die kleinen Galerien in Bayonne. Sie glaubte fest an eine bestimmte Macht, die mit Gott ebensoviel Ähnlichkeit hatte, wie das Haus eines Menschen, das man nie gesehen hat, seine Besitztümer, sein Gewächshaus und sein Bienenstock, seine Stimme, zufällig aus der Ferne auf freiem Felde gehört, ihrem Besitzer ähneln. Diese Macht «Gott» zu nennen, wäre ihr peinlich gewesen, so wie manche Peters und Iwans ihre Kosenamen «Petja» und «Wanja» nicht ohne das Gefühl einer Falschheit aussprechen können, während andere, wenn sie von einem langen Gespräch berichten, ihren eigenen Namen oder, noch schlimmer, Spitznamen zwanzigmal oder öfter mit Genuß aussprechen. Diese Macht hatte nichts mit der Kirche zu tun und konnte weder von Sünden freisprechen noch sie bestrafen. Es war einfach so, daß sie sich zuweilen vor einem Baum, einer Wolke, einem Hund schämte, ja sogar vor der Luft, die ein böses Wort ebenso fromm aufnahm wie ein gutes. Und nun, während Sofia an ihren unliebenswürdigen, ungeliebten Gatten und seinen Tod dachte, auch während sie die ihr seit der Kindheit natürlichen Gebete sprach, bezwang sie ihr ganzes Wesen derart, daß sie – gestärkt durch zwei bis drei glückliche Erinnerungen, durch den Nebel, durch große räumliche Ausdehnungen, durch alles, was immer unbegreiflich bleiben würde – ihrem Mann hätte einen Kuß auf die Stirn geben können.

Sie sprach nie offen über solche Dinge mit Martin, aber sie hatte immer das Gefühl, daß alles, worüber sie sonst sprachen, kraft ihrer Stimme und ihrer Liebe zu Martin dasselbe Bewußtsein des Göttlichen schuf, das in ihr lebendig war. Martin lag im Nebenzimmer und tat so, als schnarchte er, damit seine Mutter nicht merkte, daß er wach war; auch er erinnerte sich schmerzlicher Dinge, auch er versuchte seines Vaters Tod zu begreifen und im Dunkel des Schlafzimmers eine Handvoll posthumer Zärtlichkeit aufzubringen. Er dachte mit aller Kraft seiner Seele an seinen Vater und machte sogar gewisse Experimente: wenn gerade jetzt ein Dielenbrett knackt oder wenn es irgendwie klopft – das bedeutet, daß er mich hört und antwortet. Martin fürchtete sich, während er auf das Klopfen wartete. Die Nachtluft drang bedrückend auf ihn ein; er konnte das Donnern der Brandung hören und das hohe Sirren der Mücken. Oder er sah plötzlich absolut deutlich das runde Gesicht seines Vaters, sein Pincenez, sein kurzgeschorenes Haar, den fleischigen Buckel einer Warze neben dem einen Nasenflügel und den glänzenden Ring um seinen Krawattenknoten, der aus zwei kleinen goldenen Schlangen geformt war. Als er dann endlich einschlief, fand er sich mit dem Bewußtsein, keine Schularbeiten gemacht zu haben, in einer Schulklasse, während Lida sich müßig am Schienbein kratzte und ihm erzählte, Georgier äßen keinen Eiscreme: *«Grusiny ne edyat moroschenogo.»*

4

Er teilte weder Lida noch ihrem Bruder den Tod seines Vaters mit, da er bezweifelte, die Nachricht natürlich herausbringen zu können, und ein gefühlvoller Ton wäre unschicklich gewesen. Von früher Kindheit an hatte seine Mutter ihn gelehrt, daß es nicht nur vulgär, sondern auch eine Sünde gegen das Feingefühl sei, öffentlich über ein tiefes Gefühlserlebnis zu sprechen – denn sobald es heraus ist, verblaßt es, löst sich auf und ähnelt merkwürdigerweise einem analogen Erlebnis des Gesprächspartners. Sie verabscheute die Bänder an Grabkränzen mit silbernen Inschriften wie «Einem jungen Helden» oder «Unserer unvergeßlichen geliebten Tochter», und mißbilligte ernsthafte, aber sentimentale Menschen, die beim Verlust eines ihrer Lieben sich nicht scheuen, in der Öffentlichkeit Tränen zu vergießen, wo sie sich doch zu anderen, glücklichen Zeiten, auch wenn sie vor Freude zu bersten vermeinen, nie erlauben würden, einem vorübergehenden Fremden ins Gesicht zu lachen. Als Martin etwa acht Jahre alt war, hatte er einmal versucht, einem struppigen kleinen Hund das Fell zu scheren, und dabei hatte er ihn versehentlich ins Ohr geschnitten. Da es ihm aus irgendeinem Grunde peinlich war, zu erklären, er habe einfach die zu langen Haarbüschel abschneiden wollen, bevor er das Tier als Tiger anmalte, begegnete Martin der Entrüstung seiner Mutter mit stoischem Schweigen. Sie befahl ihm, die Hosen herunterzulassen und sich auf den Bauch zu legen. Er tat es, ohne sich zu mucksen, und sie peitschte ihn wortlos mit einer Reitpeitsche aus lohfarbenem Ochsendarm aus. Dann zog er die Hosen herauf, und sie half ihm, sie an sein Leibchen anzuknöpfen, da er sich um einen Knopf geirrt hatte. Dann ging er hinaus, und erst draußen im Park ließ er seinem Jammer freien Lauf und schluchzte herzbrechend, und seine Tränen mischten sich mit Blaubeersaft. Mittlerweile weinte seine Mutter in ihrem Schlafzimmer, und abends kostete es sie Mühe, nicht von neuem in Tränen auszubrechen, als ein sehr vergnügter, rundlicher Martin in der Badewanne saß, seinen Zelluloidschwan schwimmen ließ und dann aufstand, um sich den Rücken abseifen zu lassen, und sie die knallrosa Striemen auf dem zarten Hinterteil sah. Es war das einzige Mal, daß Sofia ihn so bestrafte, und sie hob auch nie die Hand zu einer Ohrfeige für dieses oder jenes kleine Vergehen, wie es bei französischen und deutschen Müttern üblich ist.

Martin, der früh gelernt hatte, Tränen zu unterdrücken und Gefühlsregungen zu verbergen, setzte seine Schullehrer durch seine Unempfindlichkeit in Erstaunen. Bald aber entdeckte er einen Zug an sich, den er mit besonderer Hartnäckigkeit verstecken zu müssen glaubte, und auf der Krim, als er sechzehn war, wurde das die Ursache so mancher Qual. Martin merkte, daß er sich zuweilen so davor fürchtete, unmännlich zu erscheinen, als Feigling verschrien zu werden, daß er unwillkürlich wie ein Feigling reagierte – das Blut wich aus seinem Gesicht, seine Beine zitterten, und das Herz hämmerte heftig in seiner Brust. Obwohl er sich eingestand, daß er von Natur aus kein echtes *sang-froid* besaß, nahm er sich doch fest vor, sich stets so zu benehmen, wie ein furchtloser Mensch an seiner Stelle es getan hätte. Gleichzeitig waren Eitelkeit und Eigendünkel bei ihm stark entwickelt. Lidas Bruder

Kolja war zwar ebenso alt wie Martin, aber klein und mager. Martin glaubte ihn ohne viel Mühe im Ringkampf besiegen zu können. Und doch machte die Möglichkeit einer Niederlage ihn so nervös, und er stellte sie sich so gräßlich klar vor, daß er nicht ein Mal versuchte, seinen Altersgenossen zum Ringkampf herauszufordern; dagegen nahm er bereitwillig eine Herausforderung von Iwanow an, einem zwanzigjährigen Kavallerieoffizier mit Muskeln wie runde Steine (er fiel ein halbes Jahr später in der Schlacht von Melitopol), der ihn erbarmungslos hernahm und nach einer erschöpfenden Rauferei hochrot und grinsend ins Gras drückte. Und dann dieser Abend, dieser warme Krimabend mit blauschwarzen Zypressen, die sich im Mondschein von dem Kalkweiß der gespenstischen tatarischen Mauern abhoben, als auf dem Heimweg von Adreiz, wo Lidas Familie wohnte, an einer Biegung des zur Landstraße führenden Kiesweges plötzlich eine Gestalt auftauchte und eine tiefe Stimme fragte: «Wer da?» Martin merkte zu seinem Kummer, daß sein Herz einen Moment aussetzte. «Aha, das ist wohl Dedman der Tatare», fuhr die Stimme fort, und in dem zerrissenen schwarzen Schattengeweb näherte sich drohend das Gesicht eines Mannes.

«Nein», sagte Martin. «Bitte, lassen Sie mich vorüber.»

«Und ich sage, du bist Dedman-Achmet», beharrte der andere ruhig, aber noch grimmiger, und im Licht des Mondes bemerkte Martin, daß er einen großen Revolver in der Hand hielt. «Schon gut – stell dich an die Mauer», sagte der Mann – jetzt nicht mehr drohend, sondern versöhnlich und sachlich. Schatten verschlang wieder die bleiche Hand und die dunkle Waffe, aber ein glitzernder Fleck blieb, wo sie gewesen war. Martin hatte zwei Alternativen. Entweder er bestand auf einer Erklärung, oder er duckte sich ins Dunkel und lief. «Ich glaube, Sie verwechseln mich mit jemand», sagte er ungeschickt und nannte seinen Namen.

«An die Mauer, an die Mauer», rief der Mann mit schriller Stimme.

«Hier ist keine Mauer», sagte Martin.

«Ich werde warten, bis eine da ist», bemerkte der Mann rätselhaft, dann knirschte der Kies: er hatte sich offenbar hingesetzt oder -gehockt – in dieser Dunkelheit war das unmöglich zu sagen. Martin blieb stehen, wo er stand; er spürte ein schwaches Jucken in seiner linken Brusthälfte, wohin der jetzt unsichtbare Lauf vermutlich zielte.

«Keine Bewegung, oder ich schieße», murmelte der Mann, dann setzte er etwas Unverständliches hinzu. Martin blieb eine Weile stehen, dann noch eine Weile, und dachte angestrengt darüber nach, was so ein richtiger Draufgänger, wenn er unbewaffnet war, an seiner Stelle tun würde; es fiel ihm nichts ein, und plötzlich fragte er:

«Möchten Sie eine Zigarette? Ich habe welche.»

Wie ihm das entschlüpft war, wußte er nicht, und er schämte sich im nächsten Augenblick, zumal sein Angebot unbeantwortet blieb. Dann entschied Martin, daß er seine schmählichen Worte nur wiedergutmachen könne, indem er direkt auf den Mann zuging, ihn, falls notwendig, niederschlug, aber weiterging. Er dachte an das für morgen geplante Picknick, an Lidas Beine, die gleichmäßig in lackglattem, rötlich-goldenem Braun schimmerten, und malte sich aus, daß sein Vater ihn vielleicht heute abend erwartete, daß er vielleicht irgendwelche Vorbereitungen für ihre Zusammenkunft traf – und hier ertappte Martin sich bei einem seltsamen Gefühl von Feindseligkeit gegen seinen Vater, für das er sich schon lange Vorwürfe machte. Man hörte das regelmäßig wiederkehrende Dröhnen der Brandung; die Grillen zirpten laut und pünktlich wie ein Uhrwerk; und da im Dunkeln dieser Schwachsinnige. Martin wurde sich jetzt bewußt, daß er die Hand schützend aufs

Herz gelegt hatte; er nannte sich ein letztes Mal einen Feigling und trat plötzlich vor. Nichts geschah. Er stolperte über das Bein des Mannes, aber der zog es nicht weg: er saß zusammengesunken da, den Kopf gesenkt, schnarchte leise und verströmte einen schweren, starken Weindunst.

Nachdem Martin unversehrt nach Hause gekommen war und sich eines guten Nachtschlafs erfreut hatte, bedauerte er, als er morgens auf dem glyzinienumrankten Balkon stand, daß er den faulen Zecher nicht entwaffnet hatte: es wäre hübsch gewesen, den konfiszierten Revolver geheimnisvoll herumzuzeigen. Er empfand noch immer Ärger über sich, weil er sich seiner Meinung nach der Gelegenheit, einer lange erwarteten Gefahr zu begegnen, nicht gewachsen gezeigt hatte. Wie viele Male hatte er auf der Landstraße seiner Träume, mit Halbmaske und Schaftstiefeln ausgerüstet, entweder eine Postkutsche oder einen behäbigen Reisewagen oder einen Reiter angehalten und dann die Dukaten der Kaufherren an die Armen verteilt! Als Kapitän einer Piratenkorvette hatte er mit dem Rücken am Großmast gestanden und einhändig den Ansturm der meuternden Mannschaft abgeschlagen. Er war ins Innere von Afrika geschickt worden, um einen verschollenen Forscher zu suchen, und als er ihn schließlich fand – im Urwald eines namenlosen Landstriches –, ging er, stolz auf seine Selbstbeherrschung, mit einer höflichen Verbeugung auf ihn zu. Er entfloh aus Zwangsarbeitslagern über tropisches Sumpfland; er marschierte an verwundert hochgereckten Pinguinen vorüber zum Pol; er drang auf dem Rücken eines schäumenden Rosses mit gezogenem Säbel als erster in das rebellische Moskau ein. Und jetzt ertappte Martin sich rückblickend bei der Ausschmückung des albernen, ziemlich abgeschmackten nächtlichen Zwischenfalls, der mit dem realen Leben, das er in seinen Phantasien führte, nicht mehr Ähnlichkeit hatte als ein unzusammenhängender Traum mit der vollen, echten Wirklichkeit. Und wie man manchmal beim Erzählen eines Traumes hier und da glättet, abrundet und verschönt, um ihn wenigstens auf das Niveau einer plausiblen, realistischen Absurdität zu erheben, genauso machte Martin, als er den Bericht von seiner nächtlichen Begegnung probte (obwohl er ihn nicht bekanntzugeben gedachte), den Fremden nüchterner, seinen Revolver funktionstüchtiger und seine eigenen Worte geistreicher.

5

Während Martin am nächsten Tag mit Kolja Fußball trainierte oder mit Lida den grobkiesigen Strand nach Meeresraritäten absuchte (ein runder Kiesel, von einer farbigen Ader umgürtet, ein kleines Hufeisen, sandig und rotbraun verrostet, von der See abgeschliffene hellgrüne Flaschenscherben, die an die frühe Kindheit und Biarritz erinnerten), grübelte Martin über das Abenteuer von gestern abend nach; er zweifelte daran, daß es wirklich geschehen war, und beförderte es immer entschiedener in jenes Reich, wo alles, was er für seine Seele brauchbar fand, Wurzel schlug und ein wundervolles, selbständiges Dasein zu führen begann. Eine schwellende Woge, von Gischt brodelnd, kam heran, rundete und überschlug sich, verbreitete sich und lief über den Kies des Strandes hinauf. Da sie sich nicht festhalten konnte, glitt sie unter dem Murren der aufgestörten Kiesel zurück; und kaum war sie zurückgeströmt, kam eine neue mit dem gleichen runden, fröhlichen Platsch heran, überschlug sich und streckte sich in einer durchsichtigen Schicht bis zu der ihr gesetzten Grenze aus. Kolja warf ein Stück Brett, das er gefunden hatte, für den Foxterrier Lady zum Apportieren in die Brandung, und die Hündin hob die beiden Vorderpfoten und setzte darüber hinweg, um dann zum strammen Schwimmen überzugehen. Die nächste heranrollende Welle holte sie ein, warf sie kraftvoll zurück und legte sie wohlbehalten am Ufer nieder. Dann ließ sie das der See entrungene Stück Holz vor sich in den Kies fallen und schüttelte sich heftig. Während die beiden Jungen nackt badeten, zog Lida, die schon am frühen Vormittag mit ihrer Mutter und Sofia im Wasser gewesen war, sich an eine Felsgruppe zurück, die sie Aywasowskij nannte zu Ehren der Seestükke dieses Malers. Kolja schwamm im Tatarenstil mit einer rollenden Bewegung, während Martin sich seines flinken und korrekten Kraulens rühmte, das er in seinem letzten Sommer im Norden von einem englischen Hauslehrer gelernt hatte. Doch keiner der Jungen schwamm sehr weit hinaus, und in diesem Zusammenhang hatte Martin einen seiner süßesten und schaurigsten Tagträume: eine trostlose stürmische See nach einem Schiffbruch, und er selbst allein im Dunkel, eine Kreolin über Wasser haltend, mit der er am Vorabend zuvor an Deck Tango getanzt hatte. Nach dem Schwimmen war es wunderbar angenehm, sich nackt auf den heißen Steinen auszustrecken und, den Kopf zurückgelegt, zu den Zypressen aufzublicken, die wie schwarze Dolche tief in den Himmel stießen. Für Kolja, den Arztsohn aus Jalta, der sein ganzes Leben auf der Krim verbracht hatte, waren diese Zypressen, der ekstatische Himmel und das herrliche blaue Meer mit seinen metallisch funkelnden Schuppen etwas Normales und Alltägliches, und es war schwierig, ihn in Martins Lieblingsspielen unterzubringen und etwa zum Gatten der Kreolin zu machen, der zufällig auf dieselbe unbewohnte Insel verschlagen war.

Gegen Abend kletterten sie durch schmale Zypressenkorridore hinauf nach Adreiz. Aus der lächerlichen, weitläufigen Villa mit ihren vielen Treppenaufgängen, Korridoren und Galerien (sie war so amüsant gebaut, daß man manchmal einfach nicht wußte, auf welchem Niveau man sich befand, oder, wenn man ein paar Stufen hinaufgegangen war, plötzlich nicht in einem Zwischenstock landete, wie erwartet, sondern auf der Gartenterrasse) schimmerte schon gelbes Kerosinlicht durch die Bäume, und von der Hauptveranda her hörte man Stimmen und das Klirren von Geschirr. Lida gesellte sich zu den Erwachsenen, Kolja schlug sich den Bauch voll und ging unverzüglich zu Bett. Martin saß im Dunkeln auf den untersten Stufen, aß Kirschen aus der Hand und horchte auf die heiteren, hell schimmernden Stimmen, auf Iwanows schallendes Gelächter, Lidas behagliches Geschwätz und eine Auseinandersetzung zwischen ihrem Vater und dem Maler Danilewskij, einem redseligen Stotterer. Im allgemeinen waren zahlreiche Gäste da: kicherige Mädchen in bunten Kopftüchern, Offiziere aus Jalta und verängstigte ältere Nachbarn, die sich bei einem Einfall der Roten im vorigen Winter *en masse* in die Berge zurückgezogen hatten. Es war nie ganz klar, wer wen mitgebracht hatte und wer mit wem befreundet war, aber die Gastlichkeit von Lidas Mutter, einer unscheinbaren Frau mit Stehkragen und Brille, kannte keine Grenzen. So erschien eines Tages auch Arkadij Sarianskij, ein schlaksiger, leichenblasser Mann, der irgendwelche Verbindungen zum Theater hatte – einer von diesen albernen Leuten, die auf Tourneen an die Front gehen, wo sie mit musikalischer Begleitung Gedichte rezitieren, in Städtchen Theater spielen, die am nächsten Tag zerstört werden, die davonlaufen, um Epauletten zu kaufen, aber nie weit genug laufen und statt dessen selig schnaufend mit einem Zylinderhut für den letzten Akt von

Ein Liebestraum zurückkommen, den sie wunderbarerweise irgendwo aufgetrieben haben. Er begann kahl zu werden und hatte ein schönes, dynamisches Profil, aber *en face* sah er weniger gut aus: er hatte dicke Säcke unter den schmutzfarbenen Augen und außerdem fehlte ihm ein Schneidezahn. Charakterlich war er gütig, freundlich und sensibel, und wenn sie abends alle zusammen spazierengingen, sang er mit samtigem Bariton die *Romanze*, die anfängt:

Weißt du es noch, wie wir am Meere saßen?
Die Abendröte war ein Feuerstrich . . .

oder er erzählte im Dunkeln einen armenischen Witz, und irgend jemand lachte im Dunkeln. Als Martin seine Bekanntschaft machte, erkannte er ihn mit Staunen und sogar mit gewissem Schrecken als den Betrunkenen, der ihn aufgefordert hatte, an die Mauer zu treten und sich erschießen zu lassen, aber Sarianskij erinnerte sich anscheinend an nichts, so daß es unklar blieb, wer der erwähnte Dedman war. Sarianskij war als Trinker bekannt und dafür, daß er gewalttätig wurde, wenn er bezecht war, aber als eines Tages – bei einem Picknick auf dem Hochplateau oberhalb von Jalta, an einem in Mondlicht, Grillenzirpen und Muskatellerwein getränkten Abend – der Revolver wieder auftauchte, stellte sich heraus, daß seine Trommel leer war; Sarianskij fuhr noch eine Weile fort zu schreien, zu drohen, zu brummen und von seiner schicksalhaften Liebe zu reden; sie deckten ihn mit einem Militärmantel zu, und er schlief ein. Lida saß, das Kinn in die Hände gestützt, dicht am Lagerfeuer und blickte mit ihren im Flammenschein rötlichbraun glänzenden, tanzenden Augen in die sprühenden Funken. Bald stand Martin auf, streckte die Beine, stieg einen dunklen Rasenhang hinauf und trat an den Rand des Kliffs. Unmittelbar zu seinen

Füßen sah er einen breiten schwarzen Abgrund und dahinter das Meer, das erhöht und nähergerückt erschien, weil die Spur des Vollmondes, die sogenannte «Türkenfährte», in der Mitte breiter und nach dem Horizont zu wieder schmaler wurde. Links in der dunstigen, geheimnisvollen Ferne schimmerten die diamantenen Lichter von Jalta. Und wenn Martin sich umwandte, sah er in geringer Entfernung das ruhelos flackernde Nest des Feuers und die Silhouetten der daran sitzenden Leute und eine Hand, die einen Zweig hineinwarf. Die Grillen zirpten unaufhörlich; von Zeit zu Zeit wehte ein lieblicher Hauch von brennendem Wacholder zu ihm herauf; und über der schwarzen Gebirgssteppe, über der seidigen See der ungeheure, alles verschlingende Himmel, taubengrau von Sternen, der einen schwindeln ließ, und plötzlich empfand Martin wieder etwas, was er als Kind mehr denn einmal erlebt hatte: eine unerträgliche Steigerung all seiner Sinne, einen magisch fordernden Impuls, die Gegenwart von etwas, für das allein es sich zu leben lohnte.

6

Diese funkelnde Mondfährte war auf dieselbe Art verlokkend wie einst der Waldpfad auf dem Kinderstubenbild, und auch die Lichtertrauben von Jalta inmitten der weiten Schwärze von unbekannter Struktur und Art erinnerten ihn an einen Kindheitseindruck: mit neun Jahren hatte er, nur im Nachthemd und mit kalten Fersen, am Fenster eines Schlafwagens gekniet; der Südexpress ratterte durch die französische Landschaft. Sofia war, nachdem sie ihren Sohn zu Bett gebracht hatte, zu ihrem Mann in den Speisewagen gegangen; das Dienstmädchen schlief fest im Oberbett. Es war dunkel in dem engen Abteil; nur der blaue Stoff des zusammenfaltbaren Schirms der Nachtlampe ließ ein wenig Licht durch; seine Quaste schwankte, und in den getäfelten Wänden knarrte es leise. Nachdem er sich unter dem Laken hervorgeschlängelt hatte, war er über die Decke zum Fenster gekrochen und hatte das lederne Rouleau hochgeschoben – man mußte einen Knopf aufmachen, und dann glitt es sanft hinauf. Er zitterte vor Kälte, und die Knie taten ihm weh, aber er konnte sich von dem Fenster, hinter dem die nächtlichen Berghänge vorüberfegten, nicht losreißen. Da plötzlich sah er etwas, was ihm jetzt auf dem Plateau auf der Krim einfiel – eine Handvoll Lichter in der Ferne im dunklen Tal zwischen zwei schwarzen Bergen: die Lichter versteckten sich und tauchten wieder auf, und dann kamen sie flimmernd aus einer ganz anderen Richtung, und dann verschwanden sie so plötzlich, als hätte jemand ein schwarzes Tuch darüber geworfen. Bald bremste der Zug und hielt im Finstern. In dem Waggon waren seltsam körperlose Geräusche zu hören: monotones Sprechen, Husten; dann kam die Stimme seiner Mutter auf dem Korridor vorbei; Martin schloß daraus, daß seine Eltern vom Speisewagen zurückkamen und vielleicht auf dem Weg in das Nebenabteil zu ihm hereinschauen würden, und er schlüpfte rasch wieder ins Bett. Nach einem Weilchen fuhr der Zug weiter, blieb aber dann mit einem langen, leise zischenden Seufzer der Erleichterung endgültig stehen, und gleichzeitig wanderten blasse Lichtstreifen langsam durch das dunkle Abteil. Martin kroch noch einmal zum Fenster: er sah einen beleuchteten Bahnsteig; ein Mann mit einem eisernen Gepäckkarren kam unter gedämpftem Klappern vorüber, und auf dem Karren stand ein Lattenverschlag mit der geheimnisvollen Aufschrift «Zerbrechlich». Mehrere kleine Mücken und ein großer Nachtfalter kreisten um eine Gaslaterne; schattenhafte Leute schlurften über den Bahnsteig und unterhielten sich im Gehen über unbekannte Dinge; dann kreischte die Bremslösung, und der Zug glitt hinaus. Laternen zogen vorüber und verschwanden; ein hellerleuchtetes kleines Gebäude, in dem man eine Reihe von Hebeln sah, tauchte auf und blieb zurück. Der Zug schaukelte sanft über eine Weiche, vor dem Fenster wurde es ganz dunkel, und wieder flog draußen nur die Nacht vorüber. Und wieder erblühten aus dem Nichts die vertrauten Lichter, jetzt nicht mehr zwischen zwei Bergen, sondern irgendwie viel näher und greifbarer, und die Lokomotive stieß einen langen, klagenden Pfiff aus, als bedaure auch sie, diese Lichter hinter sich zu lassen. Dann ein plötzliches Fauchen, und ein entgegenkommender Zug schoß vorüber – und verschwand, als hätte es ihn nie gegeben. Die wogende schwarze Nacht nahm ihren glatten Kurs wieder auf, und die Lichter, die sich immer wieder dem Blick entzogen, lösten sich allmählich in Nichts auf.

Als sie schließlich verschwunden waren, befestigte Martin das Fensterrouleau und legte sich hin. Er erwachte sehr früh. Die Bewegung des Zuges kam ihm glatter und entspannter vor, als hätte er sich an das rasende Tempo gewöhnt. Als er das Rouleau aufknöpfte und hochschob, schwindelte ihm einen Augenblick: denn die Erde lief jetzt in der anderen Richtung vorüber, und auch das aschfahle Frühlicht des klaren Himmels war unerwartet, und absolut neu waren für ihn die Terrassen der mit Oliven bepflanzten Abhänge.

Vom Bahnhof fuhren sie in einem Mietlandauer eine von staubigen Brombeeren gesäumte staubige Straße entlang nach Biarritz, und da Martin zum erstenmal in seinem Leben Brombeeren sah und die Station aus irgendeinem Grunde «Die Negerin» genannt wurde, hatte er viel zu fragen. Heute, mit sechzehn Jahren, verglich er immer wieder das Meer der Krim mit dem Ozean in Biarritz; ja, in der Biskaya waren die Wellen höher und die Brecher heftiger, und der dicke baskische *baigneur* in seinem ständig nassen Badeanzug («Ein mörderischer Beruf», pflegte sein Vater zu sagen) nahm Martin bei der Hand und führte ihn ins flache Wasser; dann kehrten sie beide der Brandung den Rücken, und eine riesige, brüllende Woge stürzte sich von hinten über sie und ertränkte und vernichtete die ganze Welt. Auf dem ersten, spiegelgleichen Streifen des Strandes nahm eine Frau mit dunkelhäutigem Gesicht und grauen Haarbüscheln am Kinn sie nach dem Bade in Empfang und warf ihm ein flauschiges Badetuch um die Schultern. Später half in einer nach Teer riechenden Kabine ein Wärter beim Ausziehen des feuchtklebrigen Badeanzuges und brachte eine Wanne mit fast kochend heißem Wasser, in das man die Füße stecken mußte. Wenn Martin und seine Eltern dann angezogen waren, saßen sie am Strand – Mutter mit ihrem großen weißen Hut unter einem rüschenbesetzten weißen Sonnenschirm; Vater auch unter einem Schirm, aber einem männlich cremefarbenen; und Martin im gestreiften Sweater und sonnenvergilbten Strohhut, auf dessen Band H.M.S. *Indomitable* stand. Die Hosen hochgekrempelt, baute er eine von Gräben umgebene Sandburg. Ein Waffelverkäufer mit Baskenmütze kam vorbei; er drehte mit einem mahlenden Geräusch die Kurbel der roten Blechtonne, die seine Ware enthielt, und die großen, gebogenen Waffeln, gemischt mit Flugsand und Seesalz, gehörten zu den lebhaftesten Erinnerungen jener Zeit. Hinter dem Strand, auf der gepflasterten Promenade, die an stürmischen Tagen von der See überspült wurde, pflegte eine muntere, stark geschminkte, nicht mehr ganz junge Blumenfrau Vater eine Nelke ins Knopfloch seines weißen Jacketts zu stecken, während Vater mit komischem Wohlwollen zusah, die Unterlippe vorgeschoben und seine Kinnfalten an den Rockaufschlag gedrückt.

Es war ein Jammer, daß in den letzten Septembertagen die glückliche Zeit an der See zu Ende ging, daß man Abschied nehmen mußte von der Villa mit dem knorrigen Feigenbaum, der auch nicht eine reife Frucht hergab. Auf der Heimreise machten sie in Berlin Station, wo Jungen auf Rollschuhen auf dem Asphalt vorüberklapperten, mitunter sogar ein Erwachsener mit einer Mappe unterm Arm. Und dann gab es dort herrliche Spielzeugläden (Lokomotiven, Tunnel, Viadukte) und Tennisplätze draußen am Kurfürstendamm und den Sternhimmel an der Decke des «Wintergartens», und eine Fahrt in einem weißen Elektrotaxi in den Kiefernwald von Charlottenburg an einem kühlen, klaren Tage.

An der Grenze, wo man umsteigen mußte, merkte Martin, daß er seinen Federhalter im Abteil vergessen hatte, den Federhalter mit der kleinen Glaslinse, in der eine blaue und perlmuttfarbene Landschaft aufblitzte, wenn man sie ans Auge hielt; aber während des Abendessens im Bahnhofsrestaurant (Haselhuhn mit Preiselbeeren) brachte der Schlafwagenschaffner den Federhalter, und Vater gab ihm einen Rubel. Auf der russischen Seite der Grenze wurde man von Schnee und Frost begrüßt, ein ganzer Berg von Holzkloben türmte sich auf dem Tender, die karminrote russische Lokomotive war mit einem fächerförmigen Schneepflug versehen, und dicke Dampfwolken stiegen sich kräuselnd aus dem mächtigen Schornstein auf. Der Nordexpress, von Werschbolowo an unter russischer Regie, behielt das braune Holzwerk seiner Waggons bei, wurde aber jetzt würdevoller, breitflankiger und reichlich geheizt, und nach einer Station gewann er nicht sofort seine volle Geschwindigkeit, sondern brauchte eine ganze

Weile, bis er wieder in Schwung kam. Es war hübsch, in dem mit blauem Teppich ausgelegten Korridor auf einem Klappsitz zu hocken, und der dicke Schaffner mit dem vorstehenden Kinn in der schokoladebraunen Uniform strich Martin im Vorübergehen über den Kopf. Draußen dehnten sich weiße Felder; hier und da ragten entlaubte Weiden aus dem Schnee. An einer Bahnschranke stand eine Frau in Filzstiefeln mit einem grünen Fähnchen in der Hand; ein Bauer, der von seinem Schlitten abgesprungen war, legte seine Fausthandschuhe über die Augen seines zurückscheuenden Gauls. Und nachts sah Martin etwas Wunderbares: an dem schwarzen, spiegelnden Fenster flogen Tausende von Funken vorüber – pfeilgerade Striche einer in Feuer getauchten Feder.

7

Seit jenem Jahr entwickelte sich in Martin eine Leidenschaft für Eisenbahnen, Reisen, Lichter in der Ferne, die herzzerreißende Klage der Lokomotiven im nächtlichen Dunkel und die Wachsfigurenschärfe vorbeifliegender kleiner Stationen mit Leuten, die man nie wiedersehen würde. Das langsame Stampfen, das Knirschen der Sorgkette, das Erzittern im Innern des kanadischen Frachters, mit dem er und seine Mutter im April 1919 die Krim verließen, die stürmische See und der peitschende Regen waren nicht so förderlich für das erregende Reiseerlebnis wie ein Expresszug, und erst nach und nach kam Martin hinter diesen neuen Zauber. Eine zerzauste junge Frau im Regenmantel mit einem schwarz-weißen Schal um den Hals schlenderte über das Deck, blies das Haar weg, das sie im Gesicht kitzelte, zunächst von ihrem bleichen Gatten begleitet, bis die See ihn besiegte; ihre Gestalt, ihr flatternder Schal lösten in Martin genau dasselbe Reisefieber aus wie der Anblick der karierten Mütze und der Wildlederhandschuhe, die sein Vater auf der Reise zu tragen pflegte, oder die Krokodilledertasche, die das kleine französische Mädchen über der Schulter trug, mit dem er so lustig inmitten der vorüberfliegenden Landschaft durch den langen Gang eines Schnellzuges gestreift war. Diese junge Frau war der einzige Passagier, der wie ein richtiger Seefahrer aussah, ganz anders als die übrigen, die der Kapitän dieses überstürzt gecharterten Fahrzeugs, der auf der verrückt gewordenen Krim keine Fracht gefunden hatte und nicht leer zurückfahren wollte, an Bord genommen hatte. Trotz des vielen Gepäcks – ungefüge, hastig zusammengerafft, mit Stricken verschnürt statt Riemen – machten all diese Leute irgendwie den Eindruck von unbeschwerten Reisenden, als hätte der Zufall sie auf dieses Schiff verschlagen; in ihrer Verwirrung und Schwermut konnten sie sich den praktischen Regeln für weite Reisen nicht anpassen. Sie waren auf der Flucht vor tödlicher Gefahr, aber aus irgendeinem Grunde beunruhigte es Martin wenig, daß es so war, daß der Schieber mit dem aschfahlen Gesicht da drüben, der in seinem Gürtel auf der bloßen Haut einen Haufen kostbarer Steine trug, von dem ersten Rotarmisten, den seine Brillanteninnereien in Versuchung geführt hätten, auf der Stelle getötet worden wäre, wenn er dieses Schiff nicht erreicht hätte. Und Martin sah fast gleichgültig zu, wie die russische Küste im Nieselregen zurückblieb, so einfach und zurückhaltend, ohne jedes Anzeichen, das auf die übernatürliche Länge der Trennung hingedeutet hätte. Erst als alles im Nebel verschwunden war, rief er sich gierig und blitzschnell Adreiz und die Zypressen und das heitere Haus ins Gedächtnis, dessen Bewohner auf die erstaunten Fragen unruhiger Nachbarn zu antworten pflegten: «Fliehen? Aber wo sollten wir leben, wenn nicht auf der Krim?» Und seine Erinnerung an Lida war anders gefärbt als die frühere tatsächliche Beziehung zu ihr: er mußte daran denken, wie er ihr einmal, als sie sich über einen Mückenstich beklagte und die gerötete Stelle an ihrer sonnenbraunen Wade kratzte, hatte zeigen wollen, daß man mit dem Fingernagel ein Kreuz auf die Schwellung machen müsse, und sie hatte ihm ohne jeden Grund einen Klaps auf die Hand gegeben. Auch der Abschiedsbesuch fiel ihm ein, bei dem sie alle nicht gewußt hatten, worüber sie sprechen sollten, und immer wieder auf Kolja zurückgekommen waren, der zum Einkaufen nach Jalta gefahren war, und wie erleichtert sie alle waren, als er schließlich zurückkam. Lidas längliches, zartes Gesicht, das etwas Rehartiges hatte, verfolgte Martin jetzt auf Schritt und Tritt. Während er in der Kajüte des Kapitäns, mit dem er sich angefreundet hatte, unter einer tickenden Uhr auf der Couch lag, oder dem Ersten Maat, einem pockennarbigen Kanadier, der selten sprach, in ehrfürchtigem Schweigen bei der Wache Gesellschaft leistete – und wenn der Kanadier etwas sagte, sprach er das Englische so aus, als zerkaute er die Worte, aber einmal hatte er in Martins Herz einen geheimnisvollen Schauer geweckt durch die Mitteilung, daß alte Seebären sich nie hinsetzen, auch nicht im Ruhestand, die Enkel tun das, aber die Großväter gehen herum («die See sitzt einem in den Beinen»); während er sich an all diese nautischen Neuigkeiten gewöhnte – an den penetranten Ölgeruch und das Rollen des Schiffes, an die verschiedenen fremden Brotsorten, von denen eine wie die russische eucharistische *prosfora* schmeckte –, versuchte Martin sich einzureden, daß er aus Kummer auf die Reise gegangen wäre, daß er einer Liebe nachtrauerte, die unter einem schlechten Stern gestanden, obwohl niemand, der sein schon von Wind und Wetter gebräuntes, friedliches Gesicht sah, etwas von seinen Seelenqualen ahnen konnte. Geheimnisvolle, wunderbare Leute gab es hier: da war der Mann, der das Schiff gechartert hatte, ein mürrischer Puritaner aus Nova Scotia, dessen Regenmantel in der Toilette des Kapitäns hing – sie war in hoffnungslos verfallenem Zustand – und direkt über dem Sitz hin und her baumelte. Da war der Zweite Maat mit Namen Patkin, ein Jude aus Odessa, der zwar Amerikanisch sprach, aber russische Worte noch in undeutlichen Umrissen erkennen konnte. Und unter den Matrosen war ein gewisser Silvio, ein Spanisch-Amerikaner, der immer barfuß ging und einen Dolch bei sich trug. Eines Tages erschien der Kapitän mit einer Verletzung an der Hand; erst sagte er, die Katze hätte ihn gekratzt, aber später vertraute er seinem Freund Martin an, daß Silvios Zähne ihn so verwundet hatten, als er ihn wegen Trunkenheit an Bord geohrfeigt hatte. So wurde Martin in das Leben auf See eingeführt. Die architektonisch komplizierte Bauart des Schiffes, all diese Treppen, Irrgänge und Pendeltüren, gaben ihm bald ihre Geheimnisse preis, und es war schwierig, einen noch unbekannten Winkel zu finden. Die Dame mit dem gestreiften Schal indessen schien ebenso neugierig zu sein wie Martin, denn sie flitzte an den unerwartetesten Orten an ihm vorüber, immer mit windverwehtem Haar, immer den Blick in die Ferne gerichtet; schon am zweiten Tag lag ihr Mann apathisch und kragenlos auf der Wachstuchbank im Salon, während auf einer anderen Bank Sofia mit einer Zitronenscheibe zwischen den Lippen lag. Dann und wann spürte auch Martin eine saugende Leere in der Magengrube und eine Art allgemeine Unsicherheit, während die Dame keine Müdigkeit kannte; Martin hatte sie bereits zu derjenigen ausersehen, die er im Fall einer Katastrophe als erste retten würde. Aber trotz der tobenden See erreichte das Schiff an einem kalten, milchiggrauen Morgen den Hafen von Konstantinopel, und plötzlich erschien ein nasser Türke an Deck, und Patkin, der für gegenseitige Quarantäne war, schrie ihn an: «Ich ersaufe dich!» (*Ja tebja utonu*) und bedrohte ihn sogar mit der Pistole. Am nächsten Tag fuhren sie weiter ins Marmarameer, und der Bosporus hinterließ bei Martin überhaupt keinen Eindruck bis auf drei oder vier Minarette, die im Nebel wie Fabrikschornsteine aussahen, und die Stimme der Dame im Regenmantel, die beim Anblick der düsteren Küste laut mit sich selber sprach; Martin strengte sich an, etwas zu verstehen, und glaubte das Adjektiv «amethysten» (*ametistowij*) zu verstehen, aber wahrscheinlich hatte er sich verhört.

8

Hinter Konstantinopel klarte der Himmel auf, obwohl die See noch «*ostschenj* (sehr) kabbelig» blieb, wie Patkin sich ausdrückte. Sofia wagte sich an Deck, kehrte aber gleich wieder in den Salon zurück, denn sie sagte, es gebe nichts Hassenswerteres auf der Welt als dieses sklavische Auf und Ab des ganzen Innern im Takt mit dem Auf und Ab des Schiffsbugs. Der Gatte der Dame stöhnte, wollte von Gott wissen, wann das endlich aufhören werde, und griff mit zitternden Händen eilig nach dem Becken. Martin, den seine auf der Bank liegende Mutter bei der Hand hielt, fühlte, daß er sich auch würde übergeben müssen, wenn er nicht schleunigst hinausging. In diesem Augenblick kam die Dame mit flatterndem Schal herein und richtete eine mitfühlende Frage an ihren Mann. Dieser antwortete, ohne zu sprechen oder die Augen aufzuschlagen, mit einer russischen Handbewegung: er fuhr sich über den Adamsapfel, als schnitte er sich die Kehle durch (was heißen sollte: Ich werde abgeschlachtet); daraufhin richtete sie dieselbe Frage an Sofia, die sich auf ein Märtyrerlächeln beschränkte. «Sie sehen auch nicht allzu glücklich aus», sagte die Dame mit einem strengen Blick zu Martin. Dann schwankte sie, warf das Ende ihres Schals über die Schulter und ging hinaus. Martin folgte ihr, und bei dem frischen Wind, der ihm ums Gesicht wehte, und dem Anblick der leuchtendblauen See mit den weißen Schaumkronen wurde ihm besser. Sie saß auf einer Taurolle und schrieb in ein kleines Notizbuch, das in Saffianleder gebunden war. Neulich hatte ein Mitreisender von ihr gesagt: «Nicht schlecht, das Frauenzimmer», und Martin hatte sich ärgerlich nach der Gruppe von mutlosen Herren mittleren Alters mit hochgestellten Kragen umgedreht, ohne den Missetäter identifizieren zu können. Verlegen stand er da und betrachtete ihre roten Lippen, die sie unentwegt anfeuchtete, während ihr Bleistift über das Papier flog; er wußte nicht, wovon er sprechen sollte, und hatte einen salzigen Geschmack auf den Lippen. Sie schrieb weiter und schien ihn nicht zu bemerken. Und doch hatte Martin mit seinem netten runden Gesicht, seinen siebzehn Jahren, einer gewissen adretten Solidität von Körperbau und Bewegungen, die man oft bei Russen findet, aber aus irgendeinem Grunde als «etwas Englisches» klassifiziert – die Martins ganze Erscheinung also in dem gegürteten blauen Mantel hatte, einen gewissen Eindruck auf die Dame gemacht.

Sie war fünfundzwanzig und hieß Alla, und sie schrieb Gedichte: drei Dinge, die, sollte man meinen, eine Frau faszinierend machen müssen. Ihre Lieblingsdichter waren zwei talentlose, modische Autoren, Paul Géraldy und Victor Gofman; und ihre eigenen Gedichte – so wohlklingend, so pikant – wendeten sich stets in höflicher Form an den Mann und funkelten von blutroten Rubinen. Eines von ihnen hatte kürzlich in der St. Petersburger Gesellschaft großen Erfolg gehabt. Es begann so:

Auf Purpurseide, unterm Kaisertuch
Hast du liebkost mich und mein Blut gesogen,
Und unsre schönen Körper, tot und ausgebrannt,
Sie werden morgen mit dem Sand sich mischen.

Die Damen schrieben es sich ab, eine von der anderen, lernten es auswendig und rezitierten es, und ein Seekadett setzte es sogar in Musik. Sie heiratete mit achtzehn und blieb ihrem Mann mehr als zwei Jahre lang treu, aber die Welt ringsum dampfte vom rubinroten Dunst der Sünde; glattrasierte, beharrliche Männlichkeiten drohten sich am Donnerstag, sieben Uhr abends, am Heiligabend um Mitternacht oder um drei Uhr in der Frühe unter ihren Fenstern umzubringen; die Daten gerieten durcheinander, und es war schwer, all diese Verabredungen einzuhalten. Ein Großfürst siechte ihretwegen dahin; Rasputin bedrängte sie einen Monat lang per Telephon. Und zuweilen sagte sie, ihr Leben wäre nur der leichte Rauch einer ambraparfümierten Regie-Zigarette.

Martin verstand von alledem gar nichts. Ihre Dichtung verblüffte ihn etwas. Als er sagte, Konstantinopel sei alles andere als amethystfarben, widersprach Alla, er habe eben keine poetische Phantasie, und bei ihrer Ankunft in Athen gab sie ihm Pierre Louÿs' *Chansons de Bilitis* in der billigen Ausgabe, die mit nackten Jünglingsgestalten illustriert ist, und daraus las sie ihm mit bedeutungsvoller Betonung des französischen Textes im sinkenden Abend auf der Akropolis vor – einem höchst geeigneten Ort, könnte man sagen. Besonders reizvoll fand er ihre gleichsam rieselnde Aussprache des Buchstabens «r», als wäre da nicht nur ein Buchstabe, sondern eine ganze Galerie, die, als wäre das nicht genug, von ihrem Spiegelbild im Wasser begleitet wurde. Und statt sich an diese korybantische französische Literatur, an die von Gitarrenklängen erfüllten Petersburger weißen Nächte oder an die zügellosen Sonette von fünf daktylischen Stanzen zu halten, brachte er es fertig, in dieser Frau mit dem schwer assimilierbaren Namen etwas ganz, ganz anderes zu sehen. Die Bekanntschaft, die unmerklich auf dem Schiff begonnen hatte, wurde an der See in Griechenland, in einem der weißen Hotels von Phaleron, fortgesetzt. Sofia und ihr Sohn mußten sich mit einem winzig kleinen häßlichen Zimmer begnügen, dessen einziges Fenster auf einen staubigen Hof hinausging, wo ein junger Hahn im Morgengrauen mit verschiedenen quälenden Vorbereitungen – einleitendem Flügelschlagen und ähnlichen Geräuschen – mit seiner Serie von heiseren, fröhlichen Schreien begann. Martin schlief auf einer harten blauen Couch; Sofias Bett war schmal und wackelig und die Matratze klumpig. Der einzige Vertreter des Insektenreiches in diesem Zimmer war ein einzelner Floh, der dafür aber sehr geschickt, gefräßig und absolut unfangbar war. Alla, die zu ihrem Glück ein ausgezeichnetes Zimmer mit zwei Betten bekommen hatte, bot Sofia an, mit ihrem Mann das Bett zu tauschen, das heißt bei ihr zu schlafen, während dieser mit Martin zusammen schlief. Nachdem Sofia mehrmals hintereinander «Ich denke nicht daran, ich denke nicht daran», gesagt hatte, nahm sie das Angebot nur zu gern an, und der Bettentausch fand noch am selben Tage statt. Tschernoswitow war groß, schlaksig und mürrisch und füllte das ganze kleine Zimmer mit seiner Gegenwart. Anscheinend vergiftete der Floh sich sofort an seinem Blut, denn er erschien nicht wieder. Seine Toilettenutensilien – ein kleiner Spiegel, durch einen Sprung zweigeteilt, Eau de Cologne, ein Rasierpinsel, den er immer auszuspülen vergaß und der den ganzen Tag, von angetrocknetem Seifenschaum verklebt, auf Fensterbrett, Tisch oder Stuhl herumstand – deprimierten Martin und waren abends besonders lästig, wenn er vor dem Schlafengehen diverse Krawatten und Netzhemden des Mannes von seiner Couch entfernen mußte. Beim Ausziehen kratzte Tschernoswitow sich träge, unterbrochen von herzhaftem Gähnen; dann stellte er einen riesigen nackten Fuß auf die Stuhlkante, wühlte sich in den Haaren und erstarrte in dieser unbequemen Stellung, bis er langsam wieder in Bewegung kam, seine Uhr aufzog, ins Bett stieg und dann unter vielem Grunzen und Stöhnen die Matratze lange mit seinem Körper durchknetete. Nach einer Weile erhob er die Stimme im Dunkel immer zu demselben Satz: «Eine besondere Bitte, mein Junge: verstänkern Sie die Luft nicht.» Morgens beim Rasieren sagte er unweigerlich: «Pickeltod – eine Gesichtscreme, die in Ihrem Alter unentbehrlich ist.» Während des Ankleidens, wobei er möglichst Socken wählte, die das Dekorum wahrten, das heißt nur am großen Zeh und nicht oberhalb der Ferse durchlöchert waren, rief er (einen bekannten Dichter zitierend): «Ach ja, zu meiner Zeit waren auch wir flinke Läufer», und pfiff leise durch die Zähne. Das alles war sehr monoton und unerquicklich. Martin pflegte höflich zu lächeln.

Aber das Bewußtsein eines gewissen Risikos gewährte ihm einigen Trost. Jede Nacht konnte er in einem verräterischen Traum deutlich einen vokalreichen Namen aussprechen, und jede Nacht konnte der erbitterte Gatte sich mit einem scharfen Rasiermesser zu ihm herüberstehlen. Tschernoswitow benutzte natürlich einen Rasierapparat, den er genauso schlampig wie den Rasierpinsel behandelte, und im Aschenbecher lag täglich eine verrostete Klinge, gesäumt mit angetrocknetem Schaum und schwarzen Haaren. Seine Verdrießlichkeit und seine abgeschmackten Aussprüche waren für Martin der Beweis für eine tiefsitzende, aber beherrschte Eifersucht. Da er tagsüber in Athen seinen Geschäften nachging, mußte er notgedrungen den Verdacht nähren, daß seine Frau die Zeit allein mit dem gutgelaunten, ruhigen, aber welterfahrenen jungen Mann verbrachte, als der Martin sich selber sah.

9

Es war sehr heiß und sehr staubig. In den Cafés wurde einem ein winziges Täßchen mit einer süßen, schwarzen, klebrigen Flüssigkeit serviert und dazu ein riesiges Glas mit eiskaltem Wasser. An den Zäunen am Strand hingen die zerfetzten Plakate mit dem Namen einer russischen Sopranistin. Die elektrische Bahn, die nach Athen fuhr, erfüllte den müßigen blauen Tag mit sanftem Gerumpel, dann wurde alles wieder still. Die verschlafenen Häuschen von Athen erinnerten an ein bayerisches Städtchen. Die gelbbraunen Berge in der Ferne waren wunderbar. Auf der Akropolis, zwischen Marmorbrocken, zitterten blasse Mohnblumen im Wind. Mitten auf der Straße begannen – niemand wußte, warum – die Schienen, auf denen die Waggons der zur Küste fahrenden Züge standen. In den Gärten reiften die Orangen. Vielleicht gab es ein leeres Grundstück mit einem prachtvollen Säulenwald – eine war umgestürzt und an drei Stellen gesprungen. All dieser zerbröckelnde gelbe Marmor ging allmählich in die Hände der Natur über. Martins Hotel würde für die ihm zugemessene Lebenszeit neu bleiben und dann dasselbe Schicksal haben.

Während er mit Alla am Meeresufer stand, sagte er sich mit einem ekstatischen Schauer, daß er in einem schönen, fernen Land war; und welche Würze war es, verliebt zu sein, welche Seligkeit, im Wind neben einer lachenden Frau mit zerzaustem Haar zu stehen, deren leuchtendbunter Rock von derselben Brise, die einst Ulysses' Segel geschwellt hatte, bald hin und her gezerrt, bald gegen ihre Knie gedrückt wurde. Als sie eines Tages über den unebenen Sand schlenderten, stolperte sie, Martin fing sie auf, sie blickte über die Schulter auf die Sohle ihres Schuhes, den sie mit der Ferse nach oben angehoben hatte, dann stolperte sie wieder; damit war es entschieden, und er preßte seinen Mund auf ihre halbgeöffneten Lippen. Während dieser ausgedehnten, ziemlich ungeschickten Umarmung hätten beide beinahe das Gleichgewicht verloren. Sie machte sich frei und erklärte lachend, er küsse zu feucht und solle ein paar Stunden nehmen. Martin wurde sich mit einem Gefühl der Demütigung bewußt, daß ihm die Beine zitterten und das Herz heftig klopfte. Er war wegen dieser Erregung wütend auf sich, sie erinnerte ihn daran, wie in der Schule nach einer Prügelei seine Klassenkameraden gerufen hatten: «Seht mal, wie blaß er ist!» Doch dieser erste Kuß seines Lebens – die Augen geschlossen und tief innen so etwas wie einen bebenden Punkt, dessen genauen Ursprung er nicht gleich verstand – war so wunderschön, erfüllte sein Vorgefühl so großzügig, daß die Unzufriedenheit mit sich selbst bald verflog. Der stürmisch wilde Tag verging in leidenschaftlichen Wiederholungen und Fortschritten, und abends war Martin so müde, als hätte er Holz geschleppt. Und als Alla in Begleitung ihres Mannes den Speisesaal betrat, wo er und seine Mutter schon ihre Orangen schälten, und am Nebentisch Platz nahm (dabei entfaltete sie flink ihre zur Bischofsmütze gefaltete Serviette, ließ sie mit einer leichten Aufwärtsbewegung der Hände in den Schoß fallen und rückte dann mit dem Stuhl näher an den Tisch), stieg Martin langsam die Röte ins Gesicht, und es dauerte lange, bis er den Mut aufbrachte, ihrem Blick zu begegnen, aber als er es schließlich wagte, fand er in ihrer Miene keine Antwort auf seine Verlegenheit.

Martins gierige, zügellose Einbildungskraft hätte sich nicht mit Keuschheit vereinen lassen. Sogenannte «unreine» Phantasien hatten ihn in den letzten zwei bis drei Jahren heimgesucht, und er gab sich keine besondere Mühe, ihnen zu widerstehen. Anfangs führten sie ein getrenntes Leben, gesondert von den tatsächlichen Verliebtheiten seiner frühen Knabenzeit. Eines denkwürdigen Winterabends in St. Petersburg, als sie zu Hause Theater gespielt hatte, schloß er sich, noch geschminkt, die Augenbrauen mit Holzkohle nachgezogen und mit einer weißen Russenbluse angetan, mit einer gleichaltrigen Kusine – sie war ebenfalls geschminkt und trug ein tief in die Stirn gezogenes Kopftuch – in einen Wandschrank ein, und als er ihre feuchten kleinen Hände drückte, hatte Martin deutlich die Romantik seines Benehmens, aber keine Erregung empfunden. Mayne Reids Held Maurice Gerald ließ seine Stute Seite an Seite mit derjenigen von Louise Pointdexter halten und legte den Arm um die biegsame Taille der blonden Kreolin, und hier ruft der Autor in einem persönlichen Beiseite: «Was läßt sich mit einem solchen Kuß vergleichen?» So etwas verursachte einen viel tieferen erotischen Schauer. In der Regel entflammte ihn das Abwegige, das Verbotene, das Unbestimmte – alles, was so undeutlich war, daß es seiner Phantasie Spielraum für die Einführung von Einzelheiten ließ – ob es nun ein Porträt der Lady Hamilton war oder das Getuschel eines glotzäugigen Schulkameraden über «verrufene Häuser». Nun hatte der Nebel sich gelichtet, die Sicht war klarer geworden. Er war zu sehr in diese Empfindungen vertieft, um Allas Äußerungen die gebührende Aufmerksamkeit zu schenken. «Ich werde ein bezaubernder Traum für dich bleiben»,

«Ich bin wahnsinnig sinnlich», «Du wirst mich nie vergessen, wie man ‹einen vor langer Zeit gelesenen alten Roman› vergißt (Kennst du das Lied?)», «Und du darfst mit deinen späteren Geliebten nie, nie über mich sprechen.»

Was Sofia anbelangt, so erregte die neue Situation gleichzeitig ihr Gefallen und Mißfallen. Auf die affektierten Berichte von Bekannten – «Wir sind heute spazierengegangen, und da haben wir ihn gesehen, ja wirklich – Arm in Arm mit dieser Dichterin – scheint völlig den Kopf verloren zu haben, Ihr Junge» – erwiderte Sofia, das sei doch in seinem Alter ganz natürlich. Martins frühzeitige Entdeckung der männlichen Leidenschaft machte sie stolz und dennoch konnte sie nicht übersehen, daß Alla – zweifellos eine reizende, umgängliche junge Dame – vielleicht ein bißchen zu «flott» war, wie die Engländer sagen, und während sie die Vernarrtheit ihres Sohnes verzieh, konnte sie Allas verführerisch-ungesittetes Benehmen nicht entschuldigen. Zum Glück ging ihr Aufenthalt in Griechenland seinem Ende zu: in den nächsten Tagen erwartete Sofia von dem Schweizer Henry Edelweiß (einem Vetter ihres Mannes) Antwort auf einen Brief, in dem sie ihn unter großen Schwierigkeiten vom Tode ihres Mannes und der Erschöpfung ihrer finanziellen Mittel in Kenntnis gesetzt hatte. Henry war früher in Rußland öfter bei ihnen gewesen und mit ihr und ihrem Mann gut befreundet; er mochte seinen Neffen gern und hatte stets im Ruf eines redlichen und großzügigen Mannes gestanden. «Erinnerst du dich, Martin, wann Onkel Henry das letzte Mal bei uns war? Jedenfalls war es *vorher*, nicht wahr?» Dieses *«vorher»*, das immer ohne Objekt gebraucht wurde, hieß vor dem Streit, vor der Trennung von ihrem Mann, und auch Martin sagte ohne nähere Bestimmung «vorher» oder «nachher». «Ich glaube, es war nachher», antwortete er, denn er erinnerte sich, wie Onkel Henry auf ihrer Datscha angekommen war und mit seiner Mutter eine lange Unterredung unter vier Augen gehabt hatte, nach der seine Augen gerötet waren, denn er hatte ungewöhnlich nah am Wasser gebaut und weinte sogar im Kino. «Ja, natürlich – wie dumm von mir», sagte Sofia hastig, der plötzlich sein Besuch wieder vor Augen stand, das Gespräch über ihren Mann, Henrys Ermahnungen, sie sollten sich versöhnen. «Und du erinnerst dich doch gut an ihn, nicht wahr? Er hat dir jedesmal, wenn er kam, etwas mitgebracht.»

«Das letzte Mal ein Haustelephon», sagte Martin mit einer Grimasse: das Telephon zu installieren, war langweilig, und als schließlich jemand es wirklich gemacht hatte – nämlich die Verbindung vom Kinderzimmer zum Zimmer seiner Mutter –, funktionierte es nie richtig, und schließlich ging es ganz kaputt und blieb irgendwo liegen, genau wie andere frühere Geschenke von Onkel Henry, zum Beispiel *Die Schweizer Familie Robinson*, im Vergleich zu dem richtigen Robinson ein ungemein langweiliges Buch, oder der kleine Güterzug aus Blech, über den Martin heimlich vor Enttäuschung geweint hatte, denn er mochte nur Personenzüge.

«Warum schneidest du so ein Gesicht?» fragte Sofia.

Er erklärte es ihr, und sie sagte lachend: «Ja, das stimmt, das stimmt», und dann versank sie für ein Weilchen in Gedanken an Martins Kindheit, an unwiederbringliche, unbeschreibliche Dinge, und diese Träumerei hatte einen herzzerreißenden Zauber: wie schnell alles vergeht! . . . Man denke nur – muß sich schon rasieren, hat saubere Nägel, dieser schicke fliederfarbene Schlips, diese Frau. «Diese Frau ist natürlich ganz reizend», sagte Sofia, «aber findest du nicht, daß sie ein ganz klein bißchen zu lebhaft ist? Du solltest dich nicht so fortreißen lassen. Sag mal – nein, ich will dich lieber nichts fragen. Aber es heißt, daß sie in Petersburg schrecklich kokett war. Und erzähl mir nicht, daß ihre Gedichte dir wirklich gefallen! Dieser weibliche Dämonismus? Sie ist so affektiert, wenn sie Verse rezitiert. Ist es wahr, daß du schon so weit mit ihr bist, daß – ich weiß nicht, daß ihr Händchen haltet oder etwas der Art?»

Martin lächelte rätselhaft.

«Ich bin überzeugt, daß zwischen euch nichts weiter ist», sagte Sofia listig, während sie ihrem Sohn liebevoll in die ebenfalls listig zwinkernden Augen blickte. «Sicher ist gar nichts zwischen euch. Du bist noch zu jung.»

Martin lachte, sie zog ihn an sich und drückte ihm einen saftigen, gierigen Kuß auf die Wange. All das trug sich am frühen Vormittag zu, an einem Gartentisch auf der Terrasse vor dem Hotel. Der Tag versprach schön zu werden; der wolkenlose Himmel war noch von Dunst verdeckt, etwa so wie ein besonders lebendiges Titelbild in der teuren Ausgabe eines Märchenbuches manchmal mit einem Seidenpapier bedeckt ist. Martin zog vorsichtig das durchscheinende Blatt weg, und dort auf den weißen Stufen erschien mit ganz leichtem Schwung der schlanken Hüften, in einem leuchtendblauen Rock, der mit regelmäßigen Wellenlinien gemustert war, mit wohlberechneter Langsamkeit, erst die eine und dann die andere blankgeputzte Schuhspitze streckend, rhythmisch die brokatene Handtasche schlenkernd und schon lächelnd, das Haar seitlich gescheitelt, eine junge Frau mit hellen Augen, schlankem Hals und großen schwarzen Ohrringen, die ebenfalls im Takt ihrer Schritte hin und her baumelten. Martin ging ihr entgegen, küßte ihr die Hand und trat zurück, und sie begrüßte lachend und mit trillernden «r's» Sofia, die in einem Korbstuhl saß und eine dicke englische Zigarette rauchte, ihre erste nach dem Morgenkaffee.

«Sie haben so schön geschlafen, Alla, daß ich Sie nicht

wecken wollte», sagte Sofia, ihre lange emaillierte Zigarettenspitze von sich abhaltend, mit einem Seitenblick auf Martin, der jetzt beinebaumelnd auf der Brüstung saß. Übersprudelnd vor Aufregung begann Alla die Träume zu erzählen, die sie letzte Nacht gehabt hatte, prachtvolle Träume von Marmor und Priestern wie im alten Griechenland, deren Fähigkeit, in Träumen zu erscheinen, Sofia stark bezweifelte. Der frisch gesprengte Kies glitzerte feucht.

Martins Neugier nahm zu. Die Wanderungen am Strand und die von jedermann zu beobachtenden Küsse erschienen ihm allmählich als ein zu ausgedehntes Vorwort; zugleich war seine Begierde nach dem eigentlichen Text mit Angst vermischt: gewisse Einzelheiten konnte er sich einfach nicht vorstellen, und seine Unerfahrenheit beunruhigte ihn. Es war ein unvergeßlicher Tag, als Alla sagte, sie sei nicht aus Holz, er dürfe sie nicht so liebkosen, und nach dem Mittagessen, wenn ihr Mann in die Stadt gefahren war und Sofia ihr Mittagsschläfchen hielt, werde sie heimlich zu Martin kommen und ihm irgend jemandes Gedichte zeigen – und das war der Tag, der mit dem Gespräch über Onkel Henry und das Haustelephon angefangen hatte. Als Onkel Henry später in der Schweiz seinem Neffen eine schwarze Statuette (einen den Ball dribbelnden Fußballspieler) zum Geburtstag schenkte – wieso, wußte Martin nicht –, sah er in dem Augenblick, als sein Onkel diesen unnützen Gegenstand auf den Tisch stellte, mit verblüffender Klarheit einen weit zurückliegenden, zärtlichen Morgen in Griechenland vor sich, als Alla die weißen Stufen heruntergekommen war. Gleich nach dem Essen war er in sein Zimmer gegangen und hatte gewartet. Tschernoswitows Rasierpinsel versteckte er hinter dem Spiegel: seine Gegenwart war ihm irgendwie unbehaglich. Vom Hof schallte das Klirren von Wassereimern herauf,

Wasserplätschern und gutturale Stimmen. Der gelbe Fenstervorhang blähte sich üppig, und ein Sonnenfleck auf dem Fußboden veränderte seine Form. Die Fliegen flogen nicht im Kreis um den Schaft der Deckenlampe, sondern in Parallelogrammen und Trapezoiden, hin und wieder ließen sie sich auf dem Messing nieder. Er legte Jackett und Kragen ab, streckte sich auf der Couch aus und führte ein Zwiegespräch mit dem Klopfen seines Herzens. Beim Laut ihrer leichten Schritte, und als sie dann an die Tür klopfte, schien in seiner Magengrube etwas zu zerreißen. «Sieh mal, ich habe einen ganzen Stoß mitgebracht», sagte Alla in verschwörerischem Flüsterton, aber im Augenblick konnte Martin nichts gleichgültiger sein als Verse. «So ein wilder Junge, meine Güte, so ein wilder Junge», flüsterte sie, während sie ihm diskret behilflich war. Martin hatte es eilig, er jagte der Verzückung nach und holte sie ein, und sie legte die Hand auf seinen Mund und sagte halblaut: «Sch, sch – die Leute nebenan . . .»

«Das ist wenigstens ein kleiner Gegenstand, der dich immer begleiten wird», sagte Onkel Henry mit klarer Stimme und lehnte sich in ehrlicher Bewunderung der Statuette zurück. «Mit achtzehn muß man schon an die Ausschmückung seines zukünftigen Arbeitszimmers denken, und da du für englische Spiele etwas übrig hast –»

«Es ist sehr schön», sagte Martin, der seinen Onkel nicht verletzen wollte, und strich mit den Fingern über den unbeweglichen Ball an der Stiefelspitze des Spielers.

Rund um das hölzerne Chalet wuchsen dichte Tannen; die Berge waren von Nebel verhängt. Das heiße lohfarbene Griechenland lag wirklich weit hinter ihnen. Doch wie die Erregung jenes stolzen, festlichen Tages nachzitterte: Ich habe eine Geliebte! Wie verschwörerisch die blaue Couch später am Abend aussah! Beim Schlafengehen kratzte Tschernoswitow sich wie üblich über die Schulterblätter, gab seine Müdigkeit zu erkennen, dann knarrte er im Dunkeln, ersuchte Martin, keine Winde fahren zu lassen, und schließlich schnarchte er mit nasalem Pfeifen, während Martin dachte: oh, wenn er wüßte... Und dann eines Tages, als ihr Mann von Rechts wegen hätte in der Stadt sein müssen, und Alla im Zimmer der beiden Männer ihr Kleid ordnete (nachdem sie bereits «einen Blick ins Paradies getan» hatte, wie sie sich ausdrückte), während Martin, verschwitzt und zerzaust, nach einem Manschettenknopf suchte, der in eben diesem Paradies heruntergefallen war, ging die Tür mit einem mächtigen Stoß auf, und Tschernoswitow kam herein und sagte: «Ach so, hier bist du, meine Liebe. Ich habe natürlich vergessen, Spiridonows Brief mitzunehmen. Das wäre ein schönes Durcheinander geworden.»

Alla strich mit der Hand über ihren zerknitterten Rock und fragte stirnrunzelnd: «Hat er schon unterschrieben?»

«Der Bernstein, dieser alte Scheißer, trödelt immer noch herum», antwortete Tschernoswitow, in einem Koffer kramend. «Wenn sie die Zahlung hinauszögern wollen, sollen sie sich, verdammt noch mal, selber aus der Bredouille heraushelfen, die Schweine.»

«Vergiß nicht den Aufschub, das ist die Hauptsache», sagte Alla. «Na, hast du's gefunden?»

«Zur Hölle mit seiner Scheißmutter», brummte Tschernoswitow, einige Briefumschläge durchblätternd. «Es muß doch hier sein. Ich kann es doch nicht verloren haben.»

«Wenn du es verloren hast, ist die ganze Sache im Eimer», sagte sie mißmutig.

«Diese ewige Trödelei», brummte Tschernoswitow. «Das ist keine Art, Geschäfte zu machen. Zum Verrücktwerden ist das. Ich werde mich sehr freuen, wenn Spiridonow nein sagt.»

«Nun reg dich nicht so auf, es wird schon da sein», sagte Alla, aber auch sie war sichtlich beunruhigt.

«Hier ist es, Gott sei Dank!» rief Tschernoswitow und überflog das gefundene Papier, während er vor Konzentration den Unterkiefer hängen ließ.

«Vergiß nicht den Aufschub zu erwähnen», erinnerte ihn Alla.

«Schon gut», sagte Tschernoswitow und eilte hinaus.

Diese geschäftliche Unterhaltung verblüffte Martin einigermaßen. Weder Mann noch Frau hatten sich irgendwie verstellt: sie waren von ihren Problemen so absorbiert gewesen, daß sie seine Gegenwart wirklich total vergessen hatten. Alla fand jedoch sofort in ihre vorherige Stimmung zurück, scherzte über die Unbrauchbarkeit griechischer Türschlösser, die alle von selbst aufgingen, und hatte für Martins beunruhigte Frage nur ein Achselzucken: «Oh, mach dir keine Sorge, er hat nichts gemerkt.» An diesem Abend konnte Martin lange nicht einschlafen: noch immer verblüfft lauschte er dem selbstgefälligen Schnarchen. Als er drei Tage später mit seiner Mutter nach Marseille abreiste, brachten die beiden Tschernoswitows sie nach Piräus ans Schiff; sie standen Arm in Arm auf der Pier, und Alla lächelte und winkte mit einem Mimosenzweig. Gestern hatte sie allerdings ein paar Tränchen vergossen.

10

Über sie, über jenes Titelbild, das sich nach Entfernung des Seidenpapiers als ein bißchen grob, ein bißchen zu glänzend erwiesen hatte, legte Martin wieder den Dunstschleier, und durch ihn gesehen, nahmen die Farben wieder ihren geheimnisvollen Zauber an.

Dann, auf dem großen Ozeandampfer, wo all
blankgeputzt und geräumig war, wo es einen
Toilettenartikeln, eine Bildergalerie und einen Friseur gab und wo die Passagiere abends an Deck Twostep und Foxtrott tanzten, dachte er mit verzückter Sehnsucht an diese liebenswerte Frau mit der rührend eingefallenen Brust und den klaren Augen und daran, wie ihre zerbrechliche Gestalt in seinen Armen zu knirschen schien und wie sie dann leise sagte: «Au, du zerbrichst mich ja.» Inzwischen ging es direkt an Afrika vorbei, der Purpurstreifen von Sizilien wanderte am nördlichen Horizont vorüber, dann glitt das Schiff zwischen Korsika und Sardinien hindurch, und all diese Schemen von ausgedörrtem Land, die irgendwo ringsrum, irgendwo in der Nähe existierten, aber ungesehen vorüberzogen, fesselten Martin mit ihrer körperlosen Gegenwart. Während der Nachtfahrt von Marseille nach der Schweiz glaubte er seine geliebten Lichter zwischen den Bergen zu erkennen, und wenn es auch kein *train de luxe* mehr war, sondern ein gewöhnlicher Expresszug, ruckelig, dunkel, schmutzig von Kohlenstaub, so war der Zauber so stark wie eh und je: diese Lichter, diese klagenden Pfiffe in der Nacht. Von Lausanne fuhren sie mit dem Auto zu dem Chalet, das etwa tausend Meter höher in den Bergen lag, und Martin, der neben dem Fahrer saß, blickte hin und wieder zurück, um seiner Mutter und seinem Onkel zuzulächeln, die beide große Autobrillen trugen und beide die Hände auf die gleiche Art in den Schoß gelegt hatten. Henry Edelweiß war Junggeselle geblieben und trug einen buschigen Schnurrbart, und irgend etwas in seinem Tonfall und die Art, wie er mit einem Zahnstocher oder einer Nagelfeile herumspielte, erinnerte Martin an seinen Vater. Als Onkel Henry auf dem Bahnhof von Lausanne Sofia begrüßte, brach er in Tränen aus und legte

die Hand übers Gesicht, aber später im Restaurant beruhigte er sich und begann in seinem etwas schwülstigen Französisch von Rußland und den Reisen, die er früher dort gemacht hatte, zu erzählen. «Welch ein Glücksfall», sagte er zu Sofia, «welch ein großer Glücksfall, daß deine Eltern diese schreckliche Revolution nicht mehr erlebt haben. Ich erinnere mich ganz genau an die alte Fürstin mit ihrem weißen Haar. Wie lieb hatte sie den armen, armen Sergej!» Und bei der Erinnerung an seinen Vetter füllten Henrys Augen sich wieder mit himmelblauen Tränen.

«Ja, meine Mutter hatte ihn lieb, das stimmt», sagte Sofia, «aber eigentlich hatte sie jeden und alles lieb. Doch sag mir, wie du Martin findest», fuhr sie hastig fort, um Henry von derlei melancholischen Themen abzulenken, die aus seinem Munde, unter dem weichen Schnurrbart einen Anflug von unerträglicher Sentimentalität hatten.

«Ja, ja, er sieht ihm ähnlich», nickte Henry. «Die gleiche Stirn, das gleiche schöne –»

«Aber ist er nicht sehr erwachsen geworden?» unterbrach Sofia rasch. «Und stell dir vor, er war schon verliebt, leidenschaftlich –»

Onkel Henry ging zur Politik über. «Diese Revolution», fragte er rhetorisch, «wie lange kann sie dauern? Ja, niemand weiß es. Das arme, schöne Rußland geht unter. Vielleicht wird die feste Hand eines Diktators diesen Ausschreitungen ein Ende machen. Aber viele schöne Dinge – eure Ländereien, eure verheerten Ländereien, euer Landhaus, vom schurkischen Pöbel niedergebrannt – alledem kannst du jetzt adieu sagen.»

«Wieviel kostet hier ein Paar Skier?» fragte Martin.

«Ich weiß nicht», erwiderte Onkel Henry mit einem Seufzer. «Ich habe diesem englischen Sport nie gefrönt. Übrigens hat dein Französisch einen englischen Akzent. Das ist schlecht. Das müssen wir alles ändern.»

«Er hat eine Menge vergessen», trat Sofia für ihren Sohn ein. «In den letzten Jahren hat Mlle. Planche ihm keine Stunden mehr gegeben.»

«Tot», sagte Onkel Henry gefühlvoll. «Noch ein Toter mehr.»

«Nein, nein», lächelte Sofia. «Wie kommst du darauf? Sie hat einen Finnen geheiratet und lebt friedlich in Wyborg.»

«Jedenfalls ist das alles sehr traurig», sagte Onkel Henry. «Ich hatte mir so sehr gewünscht, daß Sergej eines Tages mit dir hierherkommen würde. Aber man bekommt nie, was man ersehnt, und Gott allein weiß, was uns bevorsteht. Wenn du deinen Hunger gestillt hast und bestimmt nichts mehr willst, können wir aufbrechen.»

Die Straße lag in hellem Sonnenschein und hatte viele Kurven; eine Felswand, in deren Spalten Dornbüsche blühten, erhob sich zur rechten, während das Gelände steil zu einem Tal abfiel, in dem halbmondförmige schäumende Wasserfälle sich über Felsbänke ergossen; dann kamen, bald auf der einen, bald auf der anderen Seite, dichte Reihen von dunklen Nadelbäumen; ringsum ragten Berge auf, die unmerklich ihre Position veränderten; ihre grünlichen Flächen waren mit Schnee gestreift; von hinten blickten ihnen grauere Berge über die Schulter, und ganz in der Ferne gewahrte man Bergriesen von undurchsichtiger violetter Weiße, und diese bewegten sich nie, und der Himmel über ihnen erschien verblaßt im Vergleich zu den leuchtendblauen Flecken zwischen den Wipfeln der schwarzen Tannen, unter denen der Wagen dahinfuhr. Plötzlich erinnerte Martin sich mit einem ihm noch neuen Gefühl an den dichten Tannensaum ihres Parks in Rußland – durch ein rautenförmiges blaues Glas auf der Veranda gesehen. Und als er, seine leicht zitterigen Beine streckend, im Kopf ein klares Summen, aus dem Wagen stieg, war er verblüfft über den frischen, rauhen Geruch nach Erde und schmelzendem Schnee und über die ländliche Schönheit des Hauses. Es stand abseits, einen halben Kilometer vom nächsten Dörfchen entfernt, und vom oberen Balkon aus hatte man eine dieser herrlichen Aussichten, die in ihrer ätherischen Vollkommenheit geradezu erschreckend wirken. Derselbe blaue Himmel – ein russischer Frühlingshimmel – schaute zum Fenster des reinlichen kleinen WC herein, wo es nach Holz und Harz roch. Über allem – dem Garten mit seinen kahlen schwarzen Rabatten und weißen Apfelblüten, dem Tannenwald gleich hinter dem Obstgarten und dem Feldweg, der ins Dorf führte – über allem lag eine kühle, glückliche Ruhe, eine Ruhe, die etwas *wußte*, und Martin wurde es ein bißchen schwindelig, vielleicht von dieser Ruhe, vielleicht von den Gerüchen oder vielleicht von der neuentdeckten beglückenden Unbeweglichkeit nach der dreistündigen Fahrt.

In diesem Chalet wohnte Martin bis zum Spätherbst. Zunächst nahm man an, daß er schon zum Winter die Universität Genf beziehen werde; jedoch nach einem lebhaften Briefwechsel mit englischen Freunden schickte Sofia ihn nach Cambridge. Onkel Henry war nicht sofort damit einverstanden: er hatte eine Abneigung gegen die Engländer, die er für eine kalte, perfide Nation hielt. Andererseits hatte der Gedanke an die Ausgaben, die diese berühmte Universität erforderte – weit entfernt, ihn zu betrüben –, im Gegenteil etwas Verführerisches. So gern er in Kleinigkeiten sparte und einen Penny mit der linken Hand festhielt, so bereitwillig schrieb er mit der rechten große Schecks aus, besonders wenn es sich um etwas Ehrenwertes handelte. Manchmal trug er – eigentlich rührend – übertriebenen Eigensinn zur Schau, schlug auf den Tisch, blies seinen Schnurrbart auf und brüllte: «Wenn ich das tue, dann nur, weil es mir Spaß macht!» Mit einem

Seufzer schob Sofia die Armbanduhr aus Genf an ihrem Handgelenk hin und her, während Henry mit feuchten Augen in seiner Tasche nach einem umfangreichen Taschentuch grub, einmal, zweimal trompetete und dann den Schnurrbart nach rechts und links hin glatt strich.

Mit Beginn des Sommers wurden die mit einem Kreuz gebrandmarkten Schafe höher hinauf ins Gebirge getrieben. Ein geschwätziges metallisches Klingeln unbekannten Ursprungs näherte sich allmählich aus einer unbekannten Richtung. Es trieb näher heran, es hüllte den Lauschenden ein und verursachte ein seltsames Kitzeln im Mund. Dann kam in einer Staubwolke eine graue, gelockte, dicht gedrängte Masse von Schafen herangeströmt, die sich aneinander rieben, und das feuchte, dumpfe Klingeln ihrer Glocke, das alle Sinne entzückte, stieg, schwoll so geheimnisvoll an, daß es so schien, als läutete der Staub selbst, der über den vorüberziehenden Rücken der Schafe wölkte. Von Zeit zu Zeit trennte sich ein Schaf von den übrigen und trabte allein weiter, woraufhin ein zottiger Hund es zur Herde zurücktrieb; und hinten ging gemächlichen Schrittes der Schäfer. Dann änderte das Geklingel seine Klangfarbe, wurde noch einmal dumpfer und leiser, aber noch lange hing es in der Luft, ebenso wie der Staub. «Hübsch, hübsch!» murmelte Martin vor sich hin, während er dem Klingeln bis zum letzten Ton nachlauschte, dann setzte er seinen Lieblingsspaziergang fort, der zu Anfang einen Feldweg und Waldpfad entlangführte. Der Tannenhain lichtete sich ganz unvermittelt, saftige grüne Wiesen tauchten auf, und der steinige Pfad senkte sich zwischen Weißdornhecken. Hin und wieder blieb eine Kuh mit nasser rosa Nase auf ihrem Bergaufweg vor ihm stehen, schlug mit dem Schweif und ging, mit dem Kopf ruckend, weiter. Hinter der Kuh kam ein hurtiges altes

Frauchen mit einem Stecken, das Martin feindselig anblickte. Weiter unten stand, von Pappeln und Ahorn umgeben, ein großes weißes Hotel, dessen Besitzer mit Henry Edelweiß entfernt verwandt war.

Im Laufe dieses Sommers wurde Martin noch stämmiger und bekam breitere Schultern, und seine Stimme gewann einen gleichmäßigen tiefen Ton. Zugleich befand er sich in einem Zustand innerer Verwirrung, und Gefühle, die er nicht ganz verstand, wurden durch alle möglichen Dinge heraufbeschworen: durch die ländliche Kühle in den Zimmern, die man nach der Hitze mit besonderer Schärfe wahrnahm; durch eine dicke Hummel, die mit ärgerlichem Gebrumm an die Zimmerdecke stieß; durch die Tatzen der Tannenbäume vor dem Blau des Himmels; oder durch die festen braunen Röhrenpilze, die man am Waldrand fand. Die bevorstehende Reise nach England versetzte ihn in freudige Erregung. Seine Erinnerung an Alla Tschernoswitow hatte ihre äußerste Vollkommenheit erreicht, und er sagte sich häufig, daß er für die glückliche Zeit in Griechenland nicht so dankbar sei, wie er sein müßte. Der Durst, den sie gestillt und damit nur verstärkt hatte, quälte ihn während dieses Alpensommers so heftig, daß er lange Zeit abends nicht einschlafen konnte und sich unter zahlreichen anderen Abenteuern alle Mädchen vorstellte, die ihn im Morgengrau der großen Städte erwarteten, und zuweilen sprach er laut irgendeinen Mädchennamen vor sich hin – Isabella, Nina, Margarita –, einen noch kalten und unbewohnten Namen, ein leeres, hallendes Haus, dessen Herrin noch zögerte, es in Besitz zu nehmen; und er versuchte zu erraten, welcher dieser Namen plötzlich zum Leben erwachen, so lebendig und vertraut werden würde, daß er ihn nie wieder so geheimnisvoll wie jetzt würde aussprechen können.

Morgens kam Marie, die Nichte des alten Stubenmädchens, um bei der Hausarbeit zu helfen. Sie war siebzehn, sehr still und anmutig mit dunkelrosig getönten Wangen und gelben Zöpfen, die sie fest um den Kopf gewunden trug. Manchmal, wenn Martin im Garten war, stieß sie eines der oberen Fenster auf, um ihr Staubtuch auszuschütteln, und dann blieb sie regungslos stehen und blickte vielleicht auf die hellen Wolken, deren ovale Schatten über die Berghänge wanderten; dann strich sie sich mit dem Handrücken über die Schläfe und wandte sich langsam ab. Martin ging hinauf in die Schlafzimmer, schloß aus dem Zugwind, in welchem Zimmer saubergemacht wurde, und fand Marie, in Nachdenken versunken, mitten auf dem naßglänzenden Fußboden knien; er sah sie von hinten mit den schwarzen Wollstrümpfen und dem grün gepunkteten Kleid. Sie sah Martin nie an, bis auf ein Mal – und was war das für ein Ereignis! –, als sie mit einem leeren Eimer an ihm vorüberkam und unsicher, zärtlich – nicht ihn, sondern die Küken anlächelte. Er tat einen heiligen Schwur, daß er eine Unterhaltung mit ihr anknüpfen und sie flüchtig umarmen würde. Doch einmal, nachdem sie fortgegangen war, schnupperte Sofia, verzog das Gesicht und riß schleunigst alle Fenster auf; Martin war von Bestürzung und Abneigung gegen Marie erfüllt, und nur sehr allmählich, nachdem er sie mehrmals von fern gesehen hatte – flüchtig im Rahmen eines Fensters oder durch einen Laubvorhang am Brunnen erspäht –, begann er dem Zauber wieder zu verfallen; nur fürchtete er sich jetzt, sich ihr zu nähern. So lockte ihn etwas Beglückendes und Sehnsüchtiges von fern, das aber nicht an ihn gerichtet war. Als er einmal den Berghang weit hinaufgeklettert war, hockte er sich auf einen großen, rundlichen Felsblock, und unten auf dem gewundenen Pfad zog mit melodisch-melancholischem Klingeling eine Herde vorbei und dahinter ein fröhlicher, zerlumpter Schäfer und ein lächelndes Mädchen, die im Gehen an einem Strumpf strickte. Sie gingen vorbei, ohne einen Blick auf Martin zu werfen, als wäre er körperlos, und er sah ihnen lange nach. Ohne aus dem Tritt zu kommen, legte der Mann den Arm um die Schultern seiner Gefährtin, und ihrem Nacken sah man an, daß sie nicht aufhörte zu stricken, während sie weiterzogen, in ein anderes Tal. Ein andermal erschienen auf dem Tennisplatz vor dem Hotel bloßarmige junge Damen in weißen Kleidern, die unter lautem Geschrei mit ihren Tennisschlägern die Bremsen verjagten, aber sobald sie zu spielen anfingen, wurden sie plump und hilflos; Martin selbst war ein ausgezeichneter Tennisspieler, der jeden jungen Argentinier aus dem Hotel mühelos schlug: in früher Jugend hatte er sich jene Harmonie angeeignet, die für die Freude an allen entscheidenden Eigenschaften des Sphärischen wichtig ist, eine Koordination aller Elemente, aus denen der Schlag nach dem weißen Ball sich zusammensetzt, so daß der mit bogenförmigem Schwung begonnene Impuls nach dem lauten Schwirren der gespannten Saiten noch fortdauert, da er sich sozusagen durch die Armmuskeln bis hinauf in die Schulter fortsetzt, als schlösse er den geschmeidigen Kreis, aus dem ebenso geschmeidig der nächste Schwung geboren wird. An einem heißen Augusttag fand Bob Kitson, ein Professional aus Nizza, sich auf dem Platz ein und forderte Martin zu einem Spiel auf. Martin spürte das bekannte dumme Zittern, die Rache einer zu lebhaften Phantasie. Dennoch hielt er sich zu Anfang gut, abwechselnd durch Flugbälle am Netz oder flache, kraftvolle Schläge von der Grundlinie aus in die äußersten Ecken. Zuschauer sammelten sich um den Platz, und das schmeichelte ihm. Sein Gesicht glühte, er war halb verrückt vor Durst. Sein Aufschlag kam knallhart, und er verwandelte die Neigung seines Körpers sofort in einen Sprung ans Netz und war im Begriff, den Satz zu gewinnen. Aber der

Professional, ein schlaksiger, kaltblütiger Jüngling mit Brille, dessen Spiel bisher mehr wie faules Schlendern gewesen war, wurde plötzlich wach und glich mit fünf blitzschnellen Schüssen den Stand des Spieles aus. Martin wurde müde und deprimiert. Er spielte gegen die Sonne. Sein Hemd kroch immer wieder unter dem Gürtel hervor. Wenn der Gegner diesen Punkt gewann, war das Spiel für ihn unwiderruflich verloren. Kitson schlug aus einer unbequemen Eckstellung einen Lob, und Martin, der in einer Art Cakewalk retirierte, machte sich zu einem Schmetterball bereit. Als er zuschlug, hatte er eine flüchtige Vision von Niederlage und der Schadenfreude seiner gewohnten Partner. Und ach, der Ball landete schwach im Netz. «Pech gehabt», sagte Kitson munter, und Martin, seine Enttäuschung heroisch verbergend, grinste ebenso munter zurück.

11

Auf dem Heimweg wiederholte er in Gedanken jeden Schlag und verwandelte Niederlage in Sieg; dann schüttelte er den Kopf: wie sehr, sehr schwer war es, das Glück einzufangen! Bäche murmelten, unter dem Laub verborgen; blaue Schmetterlinge flatterten von feuchten Stellen des Weges auf; Vögel tummelten sich geschäftig in den Büschen; alles war deprimierend sonnig und sorglos. Abends nach dem Essen saßen sie wie gewöhnlich im Wohnzimmer; die Tür zur Piazza war weit geöffnet, und da der elektrische Strom versagte, brannten Kerzen in den Kronleuchtern. Von Zeit zu Zeit neigten ihre Flammen sich zur Seite, dann langten unter den Armsesseln schwarze Schatten hervor. Martin las, schon in der Nase bohrend, in einem Bändchen Maupassant mit altmodischen Illustrationen: ein schnurrbärtiger Bel Ami mit Stehkragen entkleidete mit der Routine einer Kammerzofe eine sich zierende, breithüftige Frau. Onkel Henry hatte seine Zeitung sinken lassen und betrachtete mit in die Seite gestemmten Armen die Karten, die Sofia auf einem mit grünem Filz bezogenen Tisch auslegte. Durch Fenster und Tür drängte die warme schwarze Nacht herein. Plötzlich hob Martin den Kopf und horchte, als gäbe diese Harmonie von Nacht und Kerzenlicht ihm einen unbestimmten Wink. «Diese Patience ist zum letztenmal aufgegangen, als wir noch in Rußland waren», sagte Sofia. «Im allgemeinen geht sie sehr selten auf.» Mit gespreizten Fingern sammelte sie die über den Tisch verstreuten Karten ein und begann sie neu zu mischen. Onkel Henry seufzte.

Martin streckte sich, des Lesens müde, und ging auf die Terrasse hinaus. Es war draußen sehr dunkel, und die Luft roch nach Feuchtigkeit und Nachtblumen. Ein Stern löste sich: wie so oft fiel er ärgerlicherweise nicht direkt in Martins Blickfeld, sondern etwas seitlich davon, so daß sein Auge nur das Zucken einer lautlosen Veränderung am Himmel wahrnahm. Die Umrisse der Berge waren verschwommen, und hier und da in den Falten der Finsternis flimmerten zwei oder drei Lichtpunkte. «Reisen», sagte Martin leise, und er wiederholte das Wort viele Male, bis er jegliche Bedeutung herausgequetscht hatte, dann legte er die lange, seidige Haut, die es abgeworfen hatte, beiseite, und im nächsten Augenblick hatte das Wort wieder Leben gewonnen. «Stern. Nebel. Samt. Reise», artikulierte er sorgfältig, und bei jedem Wort wunderte es ihn, wie verdünnt der Klang den Sinn wiedergab. Zu welch entlegenem Ort war dieser junge Mann gekommen, welche fernen Länder hatte er schon gesehen, und was tat er hier zur

Nachtzeit in den Bergen, und warum war alles in der Welt so seltsam, so schauervoll? «Schauervoll», wiederholte Martin laut, und das Wort gefiel ihm. Wieder kam ein Stern ins Purzeln. Er blickte starr zum Himmel auf, wie einst, wenn sie in der Viktoria von einem Nachbargut auf dem dunklen Waldweg nach Hause fuhren, der noch sehr kleine Martin am Rande des Schlummers schaukelnd mit zurückgeworfenem Kopf zu dem Himmelsstrom aufsah, der zwischen der dichten Masse von Bäumen dahinfloß. Wo, fragte er sich, würde er wieder im Leben zum Nachthimmel aufblicken – so wie damals, so wie jetzt? Auf welcher Pier? Auf welchem Bahnhof? An welchem Marktplatz? Ein Gefühl reicher Einsamkeit, das ihn oft in einer Menschenmenge überfiel – das Entzücken, mit dem er sich sagte: Nicht einer dieser Leute, die ihren Geschäften nachgehen, weiß, wer ich bin, woher ich komme, was ich gerade jetzt denke, und Martin malte sich atemlos entrückt aus, wie er ganz allein in einer fremden Stadt – sagen wir, London – nachts durch unbekannte Straßen streifen würde. Er sah die schwarzen Hansoms durch den Nebel spritzen, einen Polizisten im glänzenden schwarzen Umhang, Lichter auf der Themse und andere Bilder aus englischen Romanen. Er hatte sein Gepäck auf dem Bahnhof gelassen und ging an unzähligen erleuchteten englischen Läden vorüber, aufgeregt nach Isabel, Nina, Margaret suchend – nach irgendeiner, nach der er diese Nacht würde benennen können. Und sie – für was würde *sie* ihn halten? Für einen Künstler, einen Matrosen, einen Gentleman-Einbrecher? Sie würde von ihm kein Geld annehmen, sie würde zärtlich sein, und morgens würde sie ihn nicht fortlassen wollen. Aber dieser Nebel in den Straßen, diese vielen Menschen – und wie schwer war diese Suche! Und obwohl vieles dann anders aussah und die Hansoms fast ganz ausgestorben waren, erkannte er doch gewisse Dinge wieder, als er eines

Herbstabends ohne Gepäck aus der Victoria Station trat; er erkannte die dunkle, fettige Luft, den nassen Ölumhang des Bobbys, die Spiegelungen, die platschenden Geräusche. Auf dem Bahnhof hatte er in einer freundlichen, sauberen Zelle eine ausgezeichnete Dusche genommen und sich mit einem warmen, flauschigen Handtuch abgetrocknet, das ein rotbackiger Wärter ihm gebracht hatte; er hatte saubere Wäsche und seinen besten Anzug angezogen und seine beiden Koffer zur Aufbewahrung gegeben, und jetzt war er stolz darauf, daß er das alles so vernünftig gemacht hatte. Er fühlte sich kaum von der Reise ermüdet, er empfand nur freudige Erregung. Riesige Busse wälzten sich schwer und gewaltig über den pfützenbedeckten Asphalt. Leuchtreklamen liefen an dunkelroten Fassaden hinauf und lösten sich wieder auf. Er kam an Mädchen vorüber; er wandte sich nach ihnen um; aber je hübscher das Gesicht, desto schwerer war es, den entscheidenden Schritt zu wagen. Einladende Cafés wie in Athen oder Lausanne gab es hier nicht, und in dem Pub, in dem er ein Glas Bier trank, sah er nur Männer, gereizte, mürrische Männer mit roten Adern im Weiß ihrer vorquellenden Augen. Nach und nach überkam ihn ein unbestimmter Ärger: die russische Familie, bei der er laut brieflicher Vereinbarung eine Woche lang wohnen sollte, wartete jetzt sicher auf ihn und machte sich Sorgen. Sollte er ruhig ein Taxi nehmen und die imaginäre Nacht vergessen? Aber dann erschien es ihm schmählich, daß er den Glauben an sein Phantasiebild so rasch verlor – wie heftig hatte er sie im Morgengrauen ersehnt, als er aus dem Zugfenster in die Ebene hinausgeblickt hatte, auf den kalten rosa Himmel, die schwarze Silhouette einer Windmühle. «Feigheit und Verrat», sagte Martin leise. Er bemerkte, daß er zum zweitenmal dieselbe Straße entlangging, er erkannte sie an einem Schaufenster, in dem Perlenhalsbänder ausgelegt waren. Er blieb stehen und stellte mit flüchtigem Blick seine alte Abneigung gegen Perlen fest: Austernhämorrhoiden mit einem kränklichen Glanz. Ein Mädchen mit einem Regenschirm blieb neben ihm stehen. Martin musterte sie von der Seite: schlanke Figur, schwarzes Kostüm, glitzernde Hutnadel. Sie wandte ihm das Gesicht zu, lächelte und schürzte die Lippen zu einem kleinen «uh»-Laut. In ihren Augen sah Martin die funkelnden Lichter, das Spiel der reflektierten Farben, den Schimmer des Regens, und er murmelte heiser: «Guten Abend.»

Sobald sie im Dunkel des Taxis waren, umarmte er sie, das Gefühl ihrer biegsamen Schlankheit machte ihn toll. Sie legte kichernd die Hände vors Gesicht. Später im Hotelzimmer, als er unbeholfen seine Brieftasche herauszog, sagte sie: «Nein, nein. Wenn du willst, geh morgen mit mir in ein schickes Restaurant.» Sie fragte, woher er sei, vielleicht Franzose? und als er den Kopf schüttelte, begann sie zu raten: Belgier? Däne? Holländer? Sie glaubte ihm nicht, als er sagte, daß er Russe sei. Später ließ er durchblicken, daß er vom Spielen auf Ozeandampfern lebte, erzählte ihr von seinen Reisen, schmückte hier ein bißchen aus, fügte da etwas hinzu, und während er ein Neapel beschrieb, das er nie gesehen hatte, betrachtete er verliebt ihre kindlichen nackten Schultern und den blonden Schopf und war vollkommen glücklich. In der Frühe des nächsten Morgens, als er noch schlief, zog sie sich rasch an und ging, nachdem sie zehn Pfund aus seiner Brieftasche gestohlen hatte. «Der Morgen nach der Orgie», dachte Martin lächelnd und klappte die Brieftasche zu, die er vom Fußboden aufgelesen hatte. Er goß sich aus dem Krug Wasser über den Kopf, wobei er das ganze Zimmer vollspritzte, und lächelte immer noch im Gedanken an die Wonnen der Nacht. Ein bißchen schade war es, daß sie so töricht weggelaufen war, daß er sie nie wiedersehen würde. Sie hieß Bess. Als er aus dem Hotel trat und die breiten Morgenstraßen entlangging, hätte er vor Freude springen und singen mögen, und um seinem Übermut Luft zu machen, erkletterte er eine Leiter, die an einem Laternenpfahl lehnte, und daraus ergab sich eine lange, komische Auseinandersetzung mit einem älteren Passanten, der ihm von unten her wütend mit seinem Spazierstock drohte.

12

Die zweite Schelte empfing er von Olga Silanow. Diese Dame hatte nämlich gestern bis spät in die Nacht auf ihn gewartet und sich um so größere Sorgen gemacht, als sie sich ihn aus irgendeinem Grunde jünger und hilfloser vorgestellt hatte, als er tatsächlich war. Er erklärte, er hätte gestern die Adresse verlegt und sie erst spätabends in einer selten benutzten Tasche gefunden, und so habe er in einem Hotel am Bahnhof übernachtet. Frau Silanow wollte den Namen des Hotels wissen und warum er nicht angerufen habe? Martin erfand einen gutklingenden ungewöhnlichen Namen – Hotel zur Guten Nacht – und erklärte, er hätte ihre Nummer im Telephonbuch gesucht, aber nicht gefunden. «Schäm dich», sagte Frau Silanow ärgerlich, und dann plötzlich lächelte sie ein herrliches, wunderschönes Lächeln, das ihr schlaffes, melancholisches Gesicht völlig verwandelte. Martin erinnerte sich aus seiner Petersburger Zeit an dieses Lächeln, und da er damals ein Kind gewesen war, und da Frauen meistens lächeln, wenn sie mit fremden Kindern sprechen, hatte er Olga Silanow als eine Frau mit strahlendem Gesicht im Gedächtnis behalten, und er war zunächst über ihr altes und trübsinniges Aussehen sehr verblüfft gewesen.

Ihr Mann, der früher in der russischen Öffentlichkeit eine wohlbekannte Erscheinung gewesen war, befand sich zufällig auf Reisen, und Martin wurde in seinem Arbeitszimmer untergebracht. Dieses und das Speisezimmer lagen im Erdgeschoß, das Wohnzimmer im ersten und die Schlafräume im zweiten Stock. Die ganze stille Wohnstraße bestand aus solchen schmalen Häusern, die nicht voneinander zu unterscheiden und auch innen in der gleichen Weise aufgeteilt waren. Der einzige Farbfleck in der Straße war die dicke rote Säule des Briefkastens an der Ecke. Hinter den Häusern zur Rechten lagen Gärten, in denen im Sommer Rhododendronbüsche blühten, hinter denen zur Linken ein kleiner Park mit jetzt entlaubten, hohen Ulmen und einem Tennisplatz, dessen Rasen herbstlich vergilbt war.

Silanows ältere Tochter Nelly hatte vor kurzem einen russischen Offizier geheiratet, der in deutscher Gefangenschaft gewesen und dann nach England gegangen war. Sonja, die jüngere Tochter, stand vor dem Abschluß einer Vorbereitungsschule, die sie nach ihrer Schulzeit im St. Petersburger Kaiserlichen Lyzeum besuchte. Außerdem wohnte Frau Silanows Schwester Jelena im Hause mit ihrer Tochter Irina, einem bedauernswert abstoßenden und nicht ganz zurechnungsfähigen Geschöpf.

Die Woche, die er in diesem Haus verbrachte, um sich in England einzuleben, war für ihn ziemlich langweilig. Den lieben langen Tag war er unter Fremden, die ihn keinen Schritt allein tun ließen. Sonja zog ihn auf und machte sich über seine Garderobe lustig – Hemden mit gestärkten Manschetten und steifem Vorhemd, seine geliebten leuchtend purpurfarbenen Socken, die orangegelben Schuhe mit den wulstigen Kappen, die er in Athen gekauft hatte. «Das sind amerikanische Schuhe», sagte Martin mit gespielter Gelassenheit.

«Ja, die Amerikaner machen sie speziell für Neger und Russen», erwiderte Sonja schlagfertig. Ferner stellte sich heraus, daß Martin keinen Morgenrock mitgebracht hatte, und wenn er morgens, stolz in ein Bettlaken gewickelt, ins Badezimmer ging, sagte Sonja, das erinnere sie an ihre Vettern und deren Kameraden im Lyzeum; die waren einmal im Landhaus der Silanows zu Besuch gewesen, da waren sie auch immer morgens im Bettlaken gewickelt herumgelaufen, außerdem hatten sie nackt geschlafen und den Garten als Toilette benutzt. Schließlich machte Martin so viele Einkäufe, daß zehn Pfund nicht ausreichten und er seinem Onkel schreiben mußte, was wegen der etwas nebulosen Erklärungen, die er über das Verschwinden der anderen zehn Pfund geben mußte, besonders unangenehm war. Ja, es war eine mühsame, unselige Woche für Martin. Selbst seine englische Aussprache, auf die er im stillen stolz war, erwies sich als eine Gelegenheit für Sonja, ihn spöttisch zu korrigieren. Ganz unerwartet war er als unwissendes, unreifes Muttersöhnchen abgestempelt. Er fand das unfair, denn hatte er nicht unendlich viel mehr Erfahrungen und Abenteuer hinter sich als ein sechzehnjähriges Mädchen? Darum konnte er sich einer gewissen boshaften Schadenfreude nicht erwehren, als er einige ihrer jungen Männer beim Tennis triumphal besiegte und am letzten Abend zum hawaiischen Gejaule des Grammophons seinen fehlerlosen Twostep vorführen konnte (den er seinerzeit am Mittelmeer gelernt hatte).

In Cambridge fühlte er sich noch fremder. Im Gespräch mit seinen englischen Studiengenossen merkte er mit Erstaunen, daß sein Wesen unverkennbar russisch war. Aus seiner halb englischen Kindheit hatte er nur solche Dinge zurückbehalten, die von den gebürtigen Engländern seines Alters, die als Kinder dieselben Bücher gelesen hatten, ins Dunkel der Vergangenheit verbannt worden waren, wie es ihnen zukam; Martins Leben hingegen hatte an einem bestimmten Punkt eine abrupte Wendung und einen anderen Lauf genommen, und gerade darum hatten Umwelt und Bräuche der Kindheit ein gewisses Märchenaroma angenommen, so daß ein Buch, das er damals geliebt hatte, ihm jetzt zauberhafter und lebendiger in Erinnerung war als dasselbe Buch in der Erinnerung seiner englischen Altersgenossen. Er erinnerte sich an verschiedene Ausdrükke, die vor zehn Jahren unter englische Schuljungen gang und gäbe gewesen waren, jetzt aber entweder als vulgär oder als lächerlich altmodisch galten. Plumpudding mit lodernder blauer Flamme gab es in St. Petersburg nicht wie in England nur zu Weihnachten, sondern an jedem Tag des Jahres, und nach Ansicht vieler Leute war der, den der Edelweißsche Küchenchef zubereitete, besser als jeder im Laden gekaufte. Die Petersburger spielten Fußball auf festgewalztem Boden, nicht auf Rasen, und der Strafstoß wurde «Pendel» genannt, ein in England unbekannter Ausdruck. Martin konnte es nicht mehr wagen, Wollsachen in den Farben jener gestreiften Kleidungsstücke zu tragen, die vor langer, langer Zeit bei Drew, dem englischen Laden am Newskij-Prospekt, gekauft waren, denn diese Farben entsprachen der Sportkleidung einer Public School, die er nie besucht hatte. In Wahrheit war all dieses – ziemlich auffällig – «Englische» durch die Besonderheiten seines Heimatlandes gefiltert und in russischen Nuancen eingefärbt.

13

Der prachtvolle Herbst, den er gerade in der Schweiz erlebt hatte, blieb irgendwie im Hintergrund seiner ersten Cambridger Eindrücke lebendig. Morgens waren die Alpen in zarten Dunst gehüllt. Ein abgerissenes Büschel Ebereschen lag mitten auf der Straße, deren Wagenfurchen mit einem glimmerähnlichen Eishäutchen überzogen waren. Obgleich es windstill war, lichtete das leuchtendgelbe Birkenlaub sich mit jedem Tage mehr, und der türkisfarbene Himmel blickte nachdenklich-heiter durch die Zweige. Die üppig wuchernden Farnkräuter färbten sich rötlich; schillernde Spinnwebfetzen, von Onkel Henry «Jungfernhaar» genannt, schwebten durch die Luft. Martin blickte auf, denn er glaubte das ferne Schmettern eines Kranichzuges zu hören, aber es waren keine Kraniche zu sehen. Er wanderte viel herum, als suchte er etwas; er fuhr auf dem klapperigen Fahrrad, das einem der Dienstboten gehörte, die raschelnden Pfade entlang, während seine Mutter unter einem Ahorn auf einer Bank saß und nachdenklich mit ihrem Spazierstock die feuchten roten Blätter auf dem braunen Erdboden aufspießte. Diese wilde, mannigfaltige Schönheit gab es in England nicht; hier hatte die Natur etwas Zahmes, Gewächshausartiges, und der phantasielose Herbst verblich in geometrischen Parks unter einem regnerisch-nebeligen Himmel. Aber die rosa-grauen Mauern, die rechteckigen Rasenplätze, die an den seltenen sonnigen Vormittagen mit bleichem Silber überzuckert waren, der schmale Fluß, die Steinbrücke, die zusammen mit ihrem perfekten Spiegelbild einen vollen Kreis bildete – das alles hatte seine eigene Schönheit.

Weder das schlechte Wetter noch die Eiseskälte im Schlafzimmer, wo die Tradition das Heizen verbot, konnte der für Martin charakteristischen meditativen *joie de vivre* etwas anhaben. Er gewann sein kleines Wohnzimmer aufrichtig lieb, den behaglichen, Kamin, das verstaubte Pianola, die harmlosen Lithographien an der Wand, die niedrigen Korbsessel und die billigen Porzellanfigürchen auf den Regalen. Wenn spätabends die heilige Flamme des Kaminfeuers zu verlöschen drohte, kratzte er die Asche zusammen, legte erst Holzspäne und dann einen Berg Kohlen darauf und blies das Feuer mit dem asthmatischen Blasebalg an, und damit der Rauchfang auch richtig zog, breitete er einen großen Bogen der *Times* über das Kaminloch. Das straffe Blatt Papier wurde warm und durchscheinend, und die Druckzeilen, die sich mit den durchschimmernden Zeilen der Rückseite vermengten, sahen wie das bizarre Druckwerk irgendeines barbarischen Dialekts aus. Dann, während das Summen und Knistern des Feuers zunahm, erschien auf dem Papier ein fuchsroter Fleck, der allmählich dunkler wurde und plötzlich zerplatzte. Das ganze Zeitungsblatt stand nun in Flammen, wurde sofort eingesogen und flog den Schornstein hinauf. Und ein verspäteter Heimkehrer, etwa ein Don im Talar, konnte im Dunkel der gotischen Nacht eine Hexe mit feurigem Haar aus dem Schornstein zum Sternhimmel auffahren sehen. Am nächsten Tag mußte Martin Strafe zahlen.

Martin blieb dank seines lebhaften und geselligen Temperaments nicht lange allein. Ziemlich bald freundete er sich mit seinem Hausgenossen Darwin an – er wohnte ein Stockwerk tiefer –, und auch auf dem Fußballplatz, im Club und im Speisesaal lernte er verschiedene junge Leute kennen. Er merkte, daß jedermann sich verpflichtet fühlte, mit ihm über Rußland zu sprechen und nach seiner Meinung zur Revolution, zur Intervention, zu Lenin und Trotzki zu fragen; andere, die schon einmal in Rußland gewesen waren, lobten die russische Gastfreundschaft und fragten, ob er zufällig einen Herrn Iwanow in Moskau kenne. Solche Gespräche waren Martin ein Greuel; dann nahm er beiläufig seinen Band Puschkin vom Schreibtisch und las ihnen *Herbst* in der Übertragung von Archibald Moon vor:

O trübe Zeit, Entzücken für das Auge!
Süß ist mir deine Abschiedslieblichkeit!
Ich liebe der Natur prachtvolles Welken,
Und wie die Wälder glühn im Gold- und Purpurkleid.

Das verursachte einiges Staunen, und nur Darwin, ein großer, schläfriger Engländer im kanariengelben Sweater, der, in einen Armsessel gefläzt, geräuschvoll an seiner Pfeife zog und zur Zimmerdecke aufsah, nickte beifällig.

Dieser Darwin, der oft abends nach dem Essen hereinschaute, unterrichtete Martin zu dessen Erbauung ausführlichst über gewisse strenge Grundregeln des Collegelebens: ein Student durfte sich außerhalb des Hauses nicht in Hut und Mantel sehen lassen, wie kalt es auch sein mochte; man schüttelte einander nicht die Hand und sagte auch nicht guten Morgen; wenn man zufällig einen Bekannten traf, begrüßte man ihn – und wäre es Atom Thompson persönlich – mit einem Grinsen und einem forschen Zuruf. Es war nicht elegant, sich auf dem Fluß mittels eines gewöhnlichen Ruderbootes fortzubewegen; zu diesem Zweck gab es Punts und Kanus. Man sollte nie die alten Collegewitze wiederholen, die das Entzücken aller Neulinge sind. «Aber vergiß nicht», fügte Darwin mit weiser Miene hinzu, «daß man auch im Beobachten dieser Traditionen nicht zu weit gehen darf, denn manchmal ist es, um die Snobs zu schockieren, sehr gut, mit einer Melone auf dem Kopf und einem Schirm unterm Arm auszugehen.» Martin bekam den Eindruck, daß Darwin schon lange auf der Universität sei, sicher mehrere Jahre, und er tat ihm leid wie alle Stubenhocker. Darwin setzte ihn durch seine Verschlafenheit, durch seine trägen Bewegungen in Erstaunen, durch ein gewisses Wohlbehagen, das von seiner ganzen Person ausging. Um seinen Neid zu erregen, schilderte Martin ihm seine Wanderungen mit leidenschaftlichen Worten; dabei flocht er unbewußt einiges hinein, das er für Bess erfunden hatte, und er merkte kaum, daß die fiktiven Elemente zum festen Bestandteil der ganzen Schilderung geworden waren. Diese Übertreibungen waren allerdings auch unschuldig genug: die zwei bis drei Picknicks auf dem Krim-Plateau wurden zu gewohnheitsmäßigen Steppenwanderungen mit Stock und Rucksack; Alla Tschernoswitow wurde zu einer geheimnisvollen Gefährtin bei Ausflügen in einer Segelyacht, seine Spaziergänge mit ihr verwandelten sich in einen ausgedehnten Aufenthalt auf einer der griechischen Inseln und die purpurnen Konturen von Sizilien in wirkliche Gärten und Villen. Darwin sah zur Zimmerdecke auf und nickte beifällig. Seine Augen waren hellblau, leer und ausdruckslos; seine Schuhsohlen, die er fast immer zur Schau stellte, da er eine Vorliebe für halbliegende Stellungen mit bequem hochgelegten Füßen hatte, waren mit einem komplizierten System von Gummistreifen beschlagen. Alles an ihm, von den solide beschuhten Füßen bis zu seiner knochigen Nase, war beste Qualität, großzügig und von unerschütterlicher Gelassenheit.

14

Etwa dreimal im Monat wurde Martin zu seinem «Tutor» gerufen, das heißt dem Professor, dem es oblag, den Besuch der Vorlesungen zu kontrollieren, seinen Schützling im Fall einer Erkrankung zu besuchen, Fahrten nach London zu genehmigen und eine Rüge zu erteilen, wenn der betreffende Student zu einer Geldbuße verurteilt worden war (weil er nach Mitternacht nach Hause gekommen oder abends ohne akademische Robe ausgegangen war). Martins Tutor war ein verschrumpeltes, scharfäugiges altes Männchen mit einwärts gerichteten Zehen, Latinist und Horaz-Übersetzer und ein großer Austernliebhaber. «Ihr Englisch ist besser geworden», sagte er einmal zu Martin. «Das ist gut. Haben Sie viele Bekanntschaften geschlossen?»

«O ja», antwortete Martin.

«Sind Sie zum Beispiel mit Darwin befreundet?»

«O ja», wiederholte Martin.

«Das freut mich. Er ist ein prachtvoller Kerl. Drei Jahre Schützengraben, Frankreich und Mesopotamien, das Viktoriakreuz und nicht einen Kratzer, weder moralisch noch physisch. Der literarische Erfolg hätte ihm zu Kopf steigen können, aber auch das ist nicht passiert.»

Außer den Tatsachen, daß Darwin sein Studium mit achtzehn Jahren unterbrochen hatte, um sich freiwillig zur Armee zu melden, und kürzlich einen Band Kurzgeschichten veröffentlicht hatte, von denen die Kenner schwärmten, erfuhr Martin, daß er Vertreter seines Colleges im Boxen war, daß er seine Kindheit in Madeira und Hawaii verbracht hatte und daß sein Vater ein berühmter Admiral war. Daneben erschienen Martin seine dürftigen Erlebnisse unbedeutend und rührend, und er schämte sich seiner Aufschneiderei. Als Darwin an diesem Abend in sein Zimmer geschlakst kam, fand Martin die Situation einerseits komisch und andererseits peinlich. Nach und nach begann er sich nach Mesopotamien und den Kurzgeschichten zu erkundigen, und Darwin gab ihm keine ernsthaften Antworten, sondern sagte, das beste Buch, das er je geschrieben habe, sei ein kleines Handbuch für Studenten mit dem Titel «Vollständige Beschreibung der siebenundsechzig Möglichkeiten, nach Torschluß ins Trinity College hineinzukommen, mit einem detaillierten Plan seiner Mauern und Gitter. Erste und letzte Ausgabe. Mehrfach durch den Autor verifiziert, denn er ist nie erwischt worden». Aber Martin bestand auf dem, was für ihn interessant und wichtig war: dem Kurzgeschichtenband, von dem die Kenner schwärmten. Schließlich sagte Darwin: «Na schön, ich werde dir ein Exemplar geben. Komm mit auf meine Bude.»

Er hatte seine Bude nach seinem Geschmack eingerichtet. Sie enthielt übernatürlich bequeme Ledersessel, mit denen der Körper verschmolz, wenn er hineinsank wie in einen schmiegsamen Abgrund, und auf dem Kaminsims stand eine große Photographie von einer Hündin, die völlig entspannt auf der Seite lag, in einer Reihe vor ihr die rundlichen Hinterteile ihrer sechs Welpen. Martin hatte schon mehrere Studentenbuden gesehen: manche waren seinem Zimmer sehr ähnlich, freundlich, aber von ihrem Bewohner nicht verwöhnt, mit allerlei fremden Gegenständen, die zum Haus gehörten; es gab das Zimmer des Sportlers mit einem Regal voll silberner Trophäen und einem zerbrochenen Ruder an der Wand; dann gab es richtige Studierzimmer, voll von Büchern und Zigarettenasche; und schließlich eine der scheußlichsten Behausungen, die man finden konnte – fast kahl, mit hellgelber Tapete, nur ein Bild an der Wand, aber das war ein Cézanne (eine Kohlekritzelei, die eine vage Ähnlichkeit mit einem weiblichen Akt hatte), und irgendwo stand eine Statuette aus bemaltem Holz – ein Bischof aus dem vierzehnten Jahrhundert, der den Stumpf seines einen Unterarms in den Raum streckte. Das ansprechendste Zimmer war Darwins Bude, besonders wenn man genau hinsah und ein bißchen herumstöberte: welch ein Juwel zum Beispiel eine Anzahl Zeitungen, die Darwin im Schützengraben herausgegeben hatte! Das Blatt war heiter und spritzig und voll von komischen Verschen; weiß der Himmel, wie und wo sie das Ding gedruckt hatten! Und dazwischen zufällige Klischees zur Verschönerung leerer Stellen – Korsettreklamen, die sie in den Ruinen einer Druckerei gefunden hatten.

«Hier», sagte Darwin, Martin ein Buch reichend, «nimm es.»

Das Buch erwies sich als bemerkenswert. Die Texte waren nicht eigentlich Kurzgeschichten – nein, sie waren eher so etwas wie Traktate, zwanzig etwa gleich lange Traktate. Das erste hieß «Korkenzieher» und enthielt tausenderlei interessante Dinge über Korkenzieher – ihre Geschichte, ihre Schönheit, ihre Vorzüge. Ein anderes Traktat handelte von Papageien, ein drittes von Spielkarten, ein viertes von Höllenmaschinen, ein fünftes von Wasserspiegelungen. Und es gab eines über Eisenbahnzüge, und darin fand Martin alles, was er liebte: die Telegraphenmasten, die den Aufschwung der Drähte abschnitten, den Speisewagen mit den Vichy- oder Évianflaschen, welche die vorüberfliegenden Bäume durchs Fenster prüfend zu mustern schienen; und diese Kellner mit den zudringlichen Augen, und diese Miniaturküche, wo ein schwitzender Koch mit weißer Mütze schwankend dastand und einen Fisch panierte.

Wenn Martin je daran gedacht hätte, Schriftsteller zu werden, wenn ihn je das heftige Verlangen des Schriftstellers (der Todesfurcht so nah verwandt) gequält hätte, diese beständige Unruhe, die ihn zwingt, diese oder jene winzigkleine Einzelheit unauslöschlich festzuhalten – vielleicht hätten diese Abhandlungen über Kleinigkeiten – Dinge, die ihm tief vertraut waren – seinen schmerzlichen Neid erregt und den Wunsch, über dieselben Dinge noch besser zu schreiben. Statt dessen überwältigte ihn sein herzliches Wohlwollen Darwin gegenüber derart, daß ihm sogar die Augen zu jucken begannen. Als er am nächsten Morgen auf dem Weg zur Vorlesung seinen Freund an der Ecke überholte, sagte er mit allem Anstand und ohne den anderen anzusehen, das Buch habe ihm gut gefallen; dann ging er, sich Darwins lässigem, aber federndem Schritt anpassend, schweigend mit ihm weiter.

Die Auditorien lagen in der ganzen Stadt verstreut. Wenn zwei Vorlesungen unmittelbar aufeinanderfolgten, aber in verschiedenen Hörsälen gehalten wurden, mußte man sich nach der ersten entweder aufs Fahrrad schwingen oder eilig durch Hintergassen und über hallende gepflasterte Höfe rennen. Reines Glockengeläut rief hin und her, von Turm zu Turm; die engen Straßen waren von Motorenlärm, Wagengerassel und Klingeln der Fahrräder erfüllt. Während der Vorlesung drängte der glitzernde Schwarm von Fahrrädern sich vor den Toren und wartete auf die Besitzer. Der Dozent im schwarzen Talar stieg aufs Katheder und legte sein bequastetes viereckiges Barett mit einem kleinen Plumps auf das Pult.

15

Als Martin die Universität bezogen hatte, brauchte er geraume Zeit, um sich für ein Studienfach zu entscheiden. Es gab so viele Gebiete, und alle waren so fesselnd, daß er eine Weile zögernd an der Peripherie blieb, und überall fand er den gleichen Zauberquell des Lebenselixiers. Wie aufregend war der Viadukt, über einen alpinen Abgrund gespannt, lebendig gewordener Stahl, die göttliche Exaktheit der Berechnung. Er verstand die Leidenschaft des Archäologen, der, nachdem er zu bisher unbekannten Gräbern vorgedrungen war, vor dem Eintreten anklopfte und, sobald er in der Grabkammer war, vor Bewegung ohnmächtig wurde. Schönheit wohnt im Licht und in der Stille der Laboratorien: wie ein erfahrener Taucher mit offenen Augen durchs Wasser gleitet, so blickt der Biologe mit entspannten Augenlidern in die Tiefen des Mikroskops, sein Hals und seine Stirn beginnen langsam sich zu röten, und während er sich von dem untersuchten Objekt losreißt, sagt er: «Damit ist alles entschieden.» Das menschliche Denken, das, die Mathematik unter sich ausgebreitet, an den Trapezen des sternenerfüllten Universums dahinflog, war wie ein Akrobat, der mit dem Netz arbeitet, aber plötzlich merkt, daß in Wirklichkeit kein Netz da ist, und Martin beneidete diejenigen, die dieses Schwindelgefühl erreichten und mit einer neuen Berechnung ihre Furcht überwanden. Ein neues Element voraussehen oder eine Theorie schaffen, eine Bergkette entdekken oder ein neues Tier benennen – das eine war genauso verlockend wie das andere. Am Geschichtsstudium gefiel Martin das, was er sich deutlich vorstellen konnte, und darum liebte er Carlyle. Mit seinem schlechten Datengedächtnis und seiner Verachtung für Verallgemeinerungen suchte er gierig nach dem Lebendigen und Menschlichen, nach allem, was zu jener Klasse erstaunlicher Einzelheiten gehört, die kommende Generationen sehr wohl befriedigen könnten, wenn sie einen abgespielten alten Film aus unseren Tagen sehen. Er stellte sich lebhaft den frostig weißen Tag vor, die einfache Konstruktion der schwarzen Guillotine und das plumpe Ringen auf dem Schafott, wo der Henker einen bloßschultrigen dicken Mann mit rohen Griffen bändigen, während ein gutmütiger *citoyen* in der

Menge eine *citoyenne*, deren Neugier größer ist als ihre Statur, an den Ellbogen hochhebt.

Es gab noch andere, vagere Gebiete wie die Nebel der Jurisprudenz, der Staats- und Wirtschaftswissenschaft. Doch vor diesen Fächern scheute er zurück, weil der Funke, den er in allem suchte, hier zu tief vergraben war. Unschlüssig, was er unternehmen, was er wählen sollte, lehnte Martin allmählich alles ab, was ihn hätte zu ausschließlich präokkupieren können. Die Literatur indessen war noch zu erwägen. Auch hier kündigten sich freudige Entdeckungen an; wie erregend war dieser langweilige Wortwechsel über Wetter und Sport zwischen Horaz und Maecenas oder der Kummer des alten Lear, wenn er die manierierten Namen der Schoßhunde seiner Töchter aussprach, die ihn anbellten! So wie er sich über das «grüne Gras» und den «indigofarbenen Chiton» freute, die er in der russischen Version des Neuen Testaments fand, so suchte Martin in der Literatur auch nicht den allgemeinen Sinn, sondern die unerwarteten, sonnigen Lichtungen, wo man sich trotz aller Hingerissenheit strecken kann, bis die Gelenke knacken. Er las sehr viel, aber meist war es ein Wiederlesen; und bei literarischen Gesprächen passierten ihm hin und wieder kleine Unfälle. Zum Beispiel verwechselte er einmal Plutarch mit Petrarca und ein andermal hielt er Calderón für einen schottischen Dichter.

Nicht jeder Schriftsteller vermochte ihn anzurühren. Er blieb unbewegt, als er auf seines Onkels Rat Lamartine las oder wenn der Onkel selbst mit einem Schluchzen in der Stimme *Le Lac* deklamierte und dann, hilflos vor Rührung, kopfschüttelnd sagte: *«Comme c'est beau»*. Die Aussicht, weitschweifige, seichte Werke und ihren Einfluß auf andere weitschweifige, seichte Werke zu untersuchen, reizte ihn nicht. Unter diesen Umständen hätte er sich wahrscheinlich nie entschieden, wenn nicht eine geheimnisvolle Stimme ihm immer wieder zugeflüstert hätte, daß er keine freie Wahl habe, daß es etwas gebe, das er studieren *müsse*. Während des herrlichen Schweizer Herbstes fühlte er zum erstenmal, daß er eben doch ein Verbannter und dazu verurteilt war, fern der Heimat zu leben. Das Wort «Verbannter» hatte einen köstlichen Klang: Martin blickte in die Schwärze der nächtlichen Koniferen hinaus, spürte auf seinen Wangen byronhafte Blässe und auf den Schultern einen Umhang. Diesen Umhang legte er in Cambridge an, obwohl es nur eine akademische Robe aus leichtem bläulichem Stoff war, halb durchscheinend, wenn man sie ans Licht hielt, mit vielen Falten auf den Schultern und flügelartigen Halbärmeln, die man zurückgeworfen trug. Der Segen geistiger Einsamkeit und die Erregung des Reisens gewannen neue Bedeutung. Es war, als hätte Martin den richtigen Schlüssel zu all den vagen, zärtlichen und stürmischen Gefühlen gefunden, die ihn bedrängten.

Um diese Zeit war der Lehrstuhl für russische Literatur und Geschichte von dem hervorragenden Gelehrten Archibald Moon besetzt. Er hatte ziemlich lange in Rußland gelebt, war überall gewesen, hatte jedermann kennengelernt und alles gesehen. Jetzt konnte man den bleichen, dunkelhaarigen Mann mit einem Kneifer auf der schmalen Nase in kerzengerader Haltung auf einem Fahrrad mit hoher Lenkstange vorüberfahren sehen; beim Essen in der berühmten Hall mit den eichenen Tischen und hohen Buntglasfenstern pflegte er wie ein Vogel mit dem Kopf hin und her zu rucken und zwischen seinen langen Fingern außerordentlich schnell Brot zu zerkrümeln. Es hieß, dieser Engländer habe auf dieser Welt nur eine große Liebe, und das sei Rußland. Viele begriffen nicht, warum er nicht dort geblieben war. Moons Antwort auf solcherlei Fragen war immer dieselbe: «Fragen Sie Robertson, warum er nicht in Babylon geblieben ist.» (Robertson war der

Orientalist.) Darauf erhob man den durchaus vernünftigen Einwand, daß Babylon nicht mehr existierte. Dann nickte Moon mit einem listigen, verschwiegenen Lächeln. Die bolschewistische Revolution war für ihn etwas unbezweifelbar und eindeutig Endgültiges. Während er bereitwillig einräumte, daß sich in der «Sowjetunion» nach den primitiven Phasen allmählich so etwas wie eine Zivilisation entwickeln könne, erhielt er doch die Behauptung aufrecht, Rußland sei abgeschlossen und unwiederholbar, man könne es wie ein prachtvolle Amphore in die Arme nehmen und hinter Glas stellen. Der tönerne Küchentopf, der zur Zeit dort fabriziert wurde, habe damit nichts zu tun. Den Bürgerkrieg nannte er absurd: die eine Seite kämpfte für das Gespenst der Vergangenheit, die andere für das Gespenst der Zukunft, und währenddessen hatte Archibald Moon das wirkliche Rußland still und leise gestohlen und in seinem Studierzimmer eingeschlossen. Er bewunderte diese Endgültigkeit. Ihre Farbe war das Blau der Wasser und des durchscheinenden Porphyrs Puschkinscher Verse. Seit fast zwanzig Jahren arbeitete er jetzt an einer englischsprachigen Geschichte Rußlands, die er in einen einzigen dicken Band zu quetschen hoffte. Ein naheliegendes Motto («Schönheit ist eine ew'ge Freude»), hauchdünnes Papier, in weiches Maroquin gebunden. Es war keine leichte Aufgabe: er mußte Gelehrsamkeit und knappe, anschauliche Prosa miteinander in Einklang bringen, er mußte ein perfektes Bild von einem abgeschlossenen Jahrtausend geben.

16

Archibald Moon erstaunte und fesselte Martin. Seine langsame russische Diktion, aus der er in jahrelanger geduldiger Arbeit auch die letzten Spuren englischer Gaumenlaute ausgemerzt hatte, war glatt, einfach und ausdrucksvoll. Sein Wissen zeichnete sich durch Frische, Präzision und Tiefe aus. Er las aus russischen Dichtern vor, von denen Martin nicht einmal die Namen kannte. Die Buchseite zwischen den langen, ein wenig zitternden Fingern festhaltend, verströmte Archibald Moon jambische Tetrameter. Der Raum lag im Halbdunkel, und der Lampenschein traf nur das Buch und Moons Gesicht mit blassen Glanzlichtern auf den Backenknochen, feinen Falten auf der Stirn und durchscheinenden rosigen Ohren. Wenn er geendet hatte, preßte er die schmalen Lippen zusammen, nahm seinen Kneifer so vorsichtig ab, als wäre er eine Libelle, und putzte die Gläser mit einem Wildlederläppchen. Martin saß auf der Kante seines Sessels, das viereckige schwarze Barett auf den Knien.

«Um Himmels willen, ziehen Sie diese Robe aus und legen Sie diese Mütze irgendwohin», sagte Moon dann mit gequältem Stirnrunzeln. «Erzählen Sie mir nicht, daß es Ihnen Spaß macht, mit dieser Quaste zu spielen. Weg, weg damit.»

Er schob Martin eine Zigarettendose zu – sie war aus Glas und trug auf dem silbernen Deckel das Collegewappen – oder holte aus einem Wandschrank eine Flasche Whisky, einen Sodasiphon und zwei Gläser.

«Wissen Sie übrigens, wie man da unten einen Karren zur Beförderung von Trauben nennt?» fragte er, den Kopf zurückwerfend, und nachdem er sich vergewissert hatte, daß Martin es nicht wußte, fuhr er genießerisch fort: «*Mo*-

schwara, moschwara, Sir», und man hätte nicht sagen können, was ihm größeres Vergnügen machte: daß er die Krim besser kannte als Martin oder daß er das Wort «Sir» wie die Russen aussprechen konnte, so daß es sich auf «Mär» reimt. Mit sichtlicher Freude teilte er Martin mit, daß das russische Wort *«huligan»* vom Namen einer irischen Räuberbande herkomme und daß die Golodai-Insel nicht nach *«golod»* (Hunger) benannt sei, sondern nach einem Engländer namens Holliday, der dort eine Fabrik gebaut hatte. Als er einmal von einem unwissenden Journalisten sprach (den er in der *Times* zornig zur Rede gestellt hatte), sagte Martin, der Journalist habe wahrscheinlich nicht geantwortet, weil er *sdreyfil* habe (sich drücken wollte); Moon hob die Augenbrauen, schlug im Wörterbuch nach und fragte Martin, ob er zufällig einmal in der Wolgagegend gelebt habe. Ein andermal, als Martin den umgangssprachlichen Ausdruck *ugrobil* («kaltgemacht»,«umgebracht») gebrauchte, wurde Moon böse und schrie, solch ein Wort gebe es im Russischen nicht, könne es nicht geben. «Ich habe es gehört, jeder kennt es», sagte Martin bescheiden und wurde von Sonja unterstützt, die neben Frau Silanow auf der Couch saß und nicht ohne Neugier Martin den Gastgeber spielen sah.

«Die russische Wortbildung, die Geburt der Neologismen», sagte Moon, sich plötzlich dem lächelnden Darwin zuwendend, «endete zusammen mit Rußland, das heißt, vor zwei Jahren. Alles Spätere ist *blatnaja musyka* (Gaunersprache).»

«Ich verstehe kein Russisch, bitte übersetzen Sie», erwiderte Darwin.

«Ja, wir verfallen immer wieder ins Russische», sagte Frau Silanow. «Das ist nicht höflich. Bitte, alle Englisch sprechen!» Inzwischen hob Martin einen metallenen Deckel von den Muffins und Crumpets (die ein Kellner aus der

College-Kantine gebracht hatte), um zu kontrollieren, ob sie das Richtige geschickt hatten, und schob die Platte näher an das lodernde Kaminfeuer. Außer Darwin und Moon hatte er einen russischen Studenten eingeladen, den alle einfach bei seinem Vornamen Wadim nannten, und nun wußte Martin nicht, ob man auf ihn warten oder mit dem Tee anfangen sollte. Mutter und Tochter Silanow waren zum erstenmal bei ihm zu Gast, und er lebte in beständiger Angst vor Sonjas Spott. Sie trug ein marineblaues Kostüm, dazu kleine, derbe braune Schuhe mit langen Zungen, die unter den Schnürbändern durchgeführt und dann, in lederne Fransen auslaufend, darüber zurückgeklappt waren. Ihr kurzgeschnittenes, etwas grob wirkendes schwarzes Haar fiel ihr in waagerecht geschnittenen Ponys in die Stirn. Die Grübchen in ihren blassen Wangen stimmten außergewöhnlich gut zu ihren leicht schrägstehenden Augen von stumpfem Schwarz. Als Martin vormittags die beiden Damen vom Bahnhof abgeholt hatte, und auch später, als er ihnen die alten Höfe, die Brunnen, die Alleen mit den riesigen kahlen Bäumen zeigte, aus denen krächzend schwerfällige, plumpe Krähen aufflogen, hatte Sonja mißmutig und verstimmt ausgesehen und über die Kälte geklagt. Während sie, auf eine Steinbrüstung gelehnt, auf die leichtbewegte Cam und die dahinter aufragenden grauen Türme blickten, kniff sie plötzlich die Augen zusammen und fragte Martin, ob er die Absicht habe, sich General Judenitschs antibolschewistischen Truppen im Norden anzuschließen.

Martin antwortete verwundert, nein, er denke nicht daran.

«Und was ist dieses rosa Haus da drüben?»

«Das ist das Bibliotheksgebäude», erklärte Martin. Ein paar Minuten später, als er neben Sonja und ihrer Mutter unter einer Arkade ging, sagte er rätselhaft: «Die eine Seite kämpft für das Gespenst der Vergangenheit und die andere für das Gespenst der Zukunft.»

«Ja, genau», stimmte Frau Silanow bei. «Dieser Gegensatz hindert mich daran, Cambridge wirklich zu würdigen. Es stört mich, daß es neben diesen wundervollen alten Gebäuden so viele Autos, Fahrräder, Sportgeschäfte, Fußbälle gibt –»

«Auch zu Shakespeares Zeit haben sie Fußball gespielt», sagte Sonja. «*Mich* stört was anderes», setzte sie hinzu, «nämlich die Platitüden, die manche Leute von sich geben.»

«Bitte, Sonja, benimm dich», sagte ihre Mutter.

«Oh, dich habe ich nicht gemeint», sagte Sonja mit einem Seufzer. Sie gingen schweigend weiter.

«Ich glaube, es fängt an zu niesel-fieseln», sagte Martin und streckte die Hand aus.

«Warum sagst du nicht ‹Jupiter Pluvius› oder ‹Die Regentrude›?» bemerkte Sonja sarkastisch und wechselte den Schritt, um sich ihrer Mutter anzupassen. Später beim Lunch im besten Restaurant der Stadt hob sich ihre Stimmung.

Es amüsierte sie, daß Martins Freund den Namen dieses Affenforschers trug, und Darwins Dialog mit dem unglaublich gemütlichen alten Kellner gefiel ihr.

«Was studieren Sie?» fragte ihre Mutter höflich.

«Ich? Nichts», erwiderte Darwin, den Kopf hebend. «Ich dachte gerade darüber nach, daß dieser Fisch eine Gräte mehr hat, als er haben sollte.»

«Nein, nein, ich meinte im College, welche Vorlesungen Sie hören.»

«Verzeihung, ich habe Sie mißverstanden», sagte Darwin, «aber Ihre Frage trifft mich trotzdem überraschend. Irgendwie reicht mein Gedächtnis nicht von einer Vorlesung bis zur nächsten. Erst heute morgen habe ich mich gefragt, was zum Kuckuck ich gelesen habe. Mnemotechnik? Schwerlich.»

Nach dem Lunch machten sie wieder einen Spaziergang, der aber viel vergnüglicher war, denn erstens kam die Sonne heraus, und zweitens führte Darwin sie in eine Galerie, wo es, wie er behauptete, ein uraltes, bemerkenswert wachsames Echo gab: wenn man mit dem Fuß stampfte, so wurde der Schall von einer weit entfernten Mauer wie ein Gummiball zurückgeworfen. Darwin stampfte mit dem Fuß, aber von einem Echo war nichts zu hören, und er sagte, vermutlich hätte ein Amerikaner es für sein Haus in Massachusetts gekauft. Dann schlenderten sie hinüber zu Martins Zimmer, und bald kam Archibald Moon, und Sonja fragte Darwin leise, warum der Professor sich die Nase puderte. Moon begann sein ausgereiftes Russisch zu sprechen und paradierte mit seltenen und gehaltvollen Sprichwörtern. Das Benehmen des Mädchens war entschieden tadelnswert, fand Martin. Sie saß entweder mit steinerner Miene da, oder sie lachte ohne jeden Grund, wenn ihr Blick sich mit dem von Darwin traf. Der letztere saß mit übergeschlagenen Beinen und stopfte seine Pfeife.

«Ich möchte wissen, wo Wadim bleibt», sagte Martin verlegen und legte die Hand an die volle Teekanne.

«Ach, fang doch an und schenk ein», sagte Sonja, woraufhin Martin sich mit den Teetassen zu schaffen machte. Alle verfielen in Schweigen und sahen ihm zu. Moon rauchte eine gelb-braun gefärbte Zigarette von der Art, die man in England russisch nennt.

«Schreibt deine Mutter dir oft?» fragte Frau Silanow.

«Jede Woche», antwortete Martin.

«Du fehlst ihr sicher», sagte Frau Silanow und blies in ihren Tee.

«Nun, ich sehe die nationale Zitrone nicht», bemerkte

Moon feinsinnig, wieder auf russisch. Darwin bat Sonja mit gedämpfter Stimme um Übersetzung. Moon sah ihn von der Seite an und ging wieder zu englisch über; absichtlich boshaft die Cambridger Sprechweise imitierend, sagte er, es habe etwas geregnet, aber nun habe es sich aufgeklärt, und höchstwahrscheinlich werde es heute nicht mehr regnen; er sprach von Bootsrennen und erzählte den wohlbekannten Witz von dem Studenten, dem Wandschrank und der Kusine in einer ausführlichen Version. Darwin rauchte und murmelte: «Sehr gut, Sir, sehr gut. Das ist der echte, vernünftige Brite in seinen Mußestunden.»

17

Jemand kam die Treppe heraufgetrampelt; die Tür flog auf und Wadim trat ein. Gleichzeitig fiel sein Fahrrad, das er, ein Pedal abwärts gestellt, unten an die Bordschwelle gelehnt hatte, laut klirrend um, was in dem niedrigen ersten Stockwerk deutlich zu hören war. Wadims kleine Hände mit den abgebissenen Nägeln waren rot vom Halten der Lenkstange in der kalten Luft. Sein außerordentlich zartes, gleichmäßig rosiges Gesicht trug einen Ausdruck von Verwirrung, fast Benommenheit, die er zu verbergen suchte, indem er scheinbar atemlos keuchte und mit der Nase, die für gewöhnlich feucht war, schnüffelnde Geräusche machte. Er hatte zerknitterte hellgraue Flanellhosen an, ferner ein ausgezeichnet geschnittenes braunes Jackett und ein Paar alte Pumps, die er zu allen Zeiten und bei jedem Wetter trug. Noch immer schnüffelnd und verwirrt lächelnd begrüßte er alle und setzte sich neben Darwin, den er sehr gern hatte und aus irgendeinem Grunde *«Mamka»*

(Amme) nannte. Wadim brachte, wo er konnte, ein russisches Verschen an, eine Art Limerick: *Prijatno sretj, kogdá bolschoj medwédj vedjót rutschku málenjkuju sútschku, tschtob ejó pojetj'* (Ach, wie sieht sich's lustig an, wenn ein dicker Bärenmann mit 'ner kleinen Pinscherin strebt zum Lotterbette hin). Seine geschwinde, abgehackte Sprechweise war von allen möglichen zischenden, trompetenden und quiekenden Tönen begleitet wie die Sprache eines Kindes, das weder über Gedanken noch Worte verfügt, aber nicht imstande ist, den Mund zu halten. Wenn er verlegen war, ging er noch mehr aus den Fugen und wurde noch alberner; er wirkte dann wie eine Kreuzung zwischen einem schüchternen Erwachsenen mit einem Sprachfehler und einem launenhaften Baby. Sonst war er ein netter, kameradschaftlicher, ansprechender Bursche, stets zum Lachen aufgelegt und mit einem feinen Spürsinn (einmal, sehr viel später, ruderte er eines Frühlingsabends mit Martin auf dem Fluß, und ein launisches Lüftchen wehte ihnen von Gott weiß wo einen schwachen Myrthenduft zu, und Wadim sagte: «Das riecht nach Krim», was genau zutraf). Er hatte bei Engländern großen Erfolg. Sein College-Tutor, ein dicker, asthmatischer alter Mann, dessen Spezialgebiet Weichtiere waren, sprach seinen Namen mit gutturaler Zärtlichkeit aus und begegnete seiner perfekten Trägheit mit perfekter Nachsicht. In einer dunklen Nacht halfen Martin und Darwin ihm, das Firmenschild eines Tabakladens abzunehmen, das von da an sein Zimmer zierte. Außerdem verschaffte Wadim sich mittels eines einfachen, aber ingeniösen Tricks einen Polizeihelm: er ließ eine halbe Krone im Mondschein blitzen und bat einen gutmütigen Bobby, ihm über eine Mauer zu helfen; sobald er oben war, beugte er sich hinunter und schnappte dem Mann den Helm vom Kopf. Er war auch der Anstifter in der Geschichte mit der brennenden Kutsche: sie passierte am Guy Fawkes-Tag: die ganze Stadt spie Feuerwerk, auf dem Marktplatz brannte ein Freudenfeuer, und Wadim und seine Kameraden spannten sich vor einen alten Landauer, den sie für ein paar Pfund erworben hatten, luden ihn voll Stroh und zündeten es an. Den brennenden Landauer hinter sich, preschten sie durch die Straßen, und das Rathaus wäre um ein Haar abgebrannt. Und schließlich war er ein Meister unanständiger Ausdrücke, trällerte einen Schlager, in den er sich vernarrt hatte, unentwegt vor sich hin, hatte eine Vorliebe für mutterorientierte Flüche, physiologische Koseworte und obszöne Zitate, die er dann Lermontow zuschrieb. Sein Bildungsweg war nicht bemerkenswert, sein Englisch sehr drollig und ansprechend, aber kaum verständlich. Er hatte eine Leidenschaft für die Marine, Minenleger und die Schönheit von Kriegsschiffen in Schlachtordnung. Er konnte stundenlang mit Zinnsoldaten spielen und aus einer silbernen Kanone Erbsen abschießen. Seine Witze, seine Pumps, seine Schüchternheit und Mutwilligkeit, sein zartes Profil mit goldflaumigen Konturen – das alles, zusammen mit dem Glanz seines fürstlichen Titels, hatte eine unwiderstehliche, berauschende Wirkung auf Archibald Moon, etwa so wie der Champagner und die Salzmandeln, die er früher genossen hatte, ein einsamer, blasser Engländer mit einem beschlagenen Kneifer, der den Moskauer Zigeunern lauschte. Jetzt aber saß Moon mit einer Tasse in der Hand am Feuer, kaute ein Muffin und hörte Frau Silanow zu, die ihm von der russischen Zeitung erzählte, die ihr Mann in Paris gründen wollte. Martin überlegte sich währenddessen unruhig, daß es falsch gewesen war, Wadim einzuladen, der, von Sonja eingeschüchtert, stumm dasaß und verstohlen Darwin mit Rosinen beschoß, die er aus dem Kuchen klaubte. Auch Sonja war verstummt und starrte gedankenverloren auf das Pianola. Mit lässigem Schwung ging Darwin zum Kamin hinüber und klopfte seine Pfeife aus, dann drehte er den Flammen den Rücken zu und begann sich zu wärmen. *«Mamka»*, sagte Wadim leise mit einer Grimasse und kicherte. Frau Silanow sprach weiter aufgeregt über Dinge, die Moon kein bißchen interessierten. Draußen wurde es dunkel, und irgendwo in der Ferne riefen die Zeitungsjungen «Amdzeitung, Amdzeitung!».

18

Es war Zeit zum Aufbruch für die Silanows, wenn sie den Zug nach London erreichen wollten. Archibald Moon verabschiedete sich an der ersten Straßenecke und entschwand in kerzengerader Haltung mit einem zärtlichen Lächeln für Wadim (der hinter seinem Rücken gewöhnlich ein unanständiges Substantiv, ergänzt durch «auf Rollschuhen», für ihn gebrauchte). Eine Weile fuhr Wadim langsam direkt neben dem Gehsteig, die eine Hand auf Darwins Schulter gelegt, der nebenher ging; dann sagte er hastig, aber umständlich Lebewohl und sauste davon, wobei er mit dem Mund einen Ton wie eine defekte Autohupe machte. Am Bahnhof kaufte Darwin Bahnsteigkarten für sich und Martin. Sonja war müde und gereizt und kniff unentwegt die Augen zusammen.

«Also, vielen Dank für die Gastfreundschaft, für das nette Zusammensein», sagte Frau Silanow. «Grüß deine Mutter, wenn du ihr schreibst.»

Aber Martin richtete die Grüße nicht aus: solche Dinge werden selten ausgerichtet. In der Regel war Briefeschreiben eine Plage für ihn; wie sollte man beispielsweise von diesem ziemlich verkorksten, irgendwie erfolglosen und unerfreulichen Tag berichten? Er kritzelte zehn Zeilen, erzählte die Anekdote von dem Studenten, dem Wandschrank und der Kusine, versicherte seiner Mutter, daß er wohl und munter sei, regelmäßig esse und ein Unterhemd trage (was nicht stimmte). Plötzlich sah er im Geiste den Postboten durch den Schnee gehen; der Schnee knirschte ein wenig, und blaue Fußstapfen blieben darauf zurück. Seine Beschreibung dieses Bildes lautete: «Mein Brief wird vom Postboten gebracht werden. Hier regnet es.» Er überlegte, dann strich er den Postboten aus und ließ nur den Regen stehen. Er schrieb die Adresse in großer, sorgfältiger Schönschrift und dachte dabei zum zehntenmal an das, was ein anderer Student einmal zu ihm gesagt hatte: «Nach deinem Nachnamen hätte ich gedacht, du wärst Amerikaner!» Schade, er dachte immer zu spät daran, dies in einem Brief zu verwenden, immer wenn er ihn schon zugeklebt hattc; und cr war zu faul, ihn noch einmal aufzumachen. Auf eine Ecke des Umschlags machte er versehentlich einen Tintenklecks. Er sah ihn lange aus zusammengekniffenen Augen an, und schließlich machte er daraus eine schwarze Katze von hinten. Frau Edelweiß bewahrte diesen Umschlag zusammen mit seinen Briefen auf. Am Ende jedes Semesters machte sie ein Bündel daraus, das sie kreuzweise mit einem Band verschnürte. Mehrere Jahre später hatte sie Gelegenheit, sie wiederzulesen. Aus dem ersten Semester hatte sie relativ viele Briefe. Hier war Martins Ankunft in Cambridge; hier fanden sich Darwin, Wadim, Archibald Moon zum erstenmal erwähnt; hier war ein Brief vom 9. November, seinem Namenstag; «Heute ist der Tag», schrieb Martin, «an dem die Gans zum erstenmal das Eis betritt und der Fuchs sein Lager wechselt.» Und hier war ein Brief mit der ausgestrichenen, aber deutlich lesbaren Zeile «Mein Brief wird vom Postboten gebracht werden.» Frau Edelweiß erinnerte sich mit eindringlicher Klarheit daran, wie sie früher mit Henry auf der glitzernden Straße zwischen den von Schneemassen gebeugten Tannenästen spazierengegangen war, und plötzlich hörte sie das Klingeln der vielstimmigen Glöckchen, das war der Postschlitten, und da war der Brief, und sie beeilte sich, ihre Handschuhe auszuziehen, um den Brief zu öffnen. Jetzt fiel ihr auch ein, daß sie in jener Zeit und noch fast ein Jahr danach schreckliche Angst gehabt hatte, Martin könnte, ohne ihr etwas zu sagen, in die Weiße Nordarmee eintreten. Sie fand einigen Trost in dem Bewußtsein, daß dort in Cambridge ein wahrer Engel seinen besänftigenden Einfluß auf ihren Sohn ausübte – der ausgezeichnete, verständige Archibald Moon. Doch Martin konnte ihm noch immer entschlüpfen. Völlig beruhigt war sie nur, wenn Martin in den Ferien bei ihr in der Schweiz war. Als sie Jahre später diese Briefe unter Seelenqualen wiederlas, schienen sie trotz ihrer Greifbarkeit gespenstischer als die dazwischenliegenden Pausen. Ihre Erinnerung belud die Zwischenzeiten mit Martins lebendiger Gegenwart – Weihnachten, Ostern, Sommer. So glich ihr Leben drei Jahre lang, bis Martin vom College abging, einer Reihe von Fenstern. Sie erinnerte sich gut an sie, diese Fenster. Da waren die ersten Winterferien und die Skier, die Henry auf ihren Rat für ihn gekauft hatte, und wie Martin sie anlegte. «Ich muß tapfer sein», sagte Frau Edelweiß leise zu sich. «Manchmal geschehen doch Wunder. Man muß nur Vertrauen haben und warten. Wenn Henry noch einmal mit dieser schwarzen Armbinde erscheint, werde ich ihn einfach verlassen.» Und sie lächelte durch die Tränen, die ihr übers Gesicht strömten, während sie fortfuhr, mit zitternden Händen die Briefbündel aufzubinden.

Diese erste Weihnachtsheimkehr, die seine Mutter so lebendig im Gedächtnis hatte, war auch für Martin etwas

Festliches. Er hatte das verrückte Gefühl, wieder in Rußland zu sein, so weiß war alles, aber da er sich seiner Sentimentalität schämte, sagte er seiner Mutter nichts davon und beraubte sie damit für die Zukunft einer weiteren rührenden Erinnerung. Er freute sich über das Geschenk seines Onkels; für einen Augenblick sah er einen schneebedeckten Hang in einem Vorort von St. Petersburg vor sich obwohl in jener fernen Zeit die Kinderskier natürlich Schlingen hatten, in die man die Spitzen der russischen Filzstiefel hineinsteckte, und außerdem war an den aufgebogenen Spitzen der Skier eine Schnur, an der man sich festhalten konnte. Nicht so die neuen Skier – richtige, wirkliche Skier aus biegsamem Eschenholz, und auch die Stiefel waren richtige Skistiefel. Ein Knie beugend, regulierte Martin den Fersenzug und legte den steifen Hebel der Bindung zurück. Das eiskalte Metall biß an den Fingern. Als er auch den anderen Ski angelegt hatte, hob er seine Fäustlinge vom Schnee auf, streckte sich, stampfte ein paarmal mit den Füßen, um zu sehen, ob alles fest saß und lief los.

Ja, er wähnte sich wieder in Rußland. Dies waren die prachtvollen «Schneeteppiche» aus Puschkins Gedicht, das Archibald Moon so klangvoll rezitierte, im eiligen Lauf der choriambischen Variationen schwelgend. Über den Tannen mit ihrer Schneelast strahlte klar und hell der blaue Himmel. Das Schneehäufchen, das ein von einem Hochsitz zum anderen fliegender Eichelhäher aufgestört hatte, zerrieselte in der Luft. Martin lief durch den Wald zu der Lichtung, von der er vorigen Sommer zum Hotel *Majestic* abgestiegen war. Er sah es tief unten liegen, eine Säule von rosenfarbenem Rauch stieg senkrecht aus einem Schornstein auf. Was war an diesem Hotel, das ihn so stark verlockte, warum mußte er wieder dorthin hasten, wo er doch im Sommer nichts weiter dort gefunden hatte als einen Haufen eckiger englischer Backfische mit rauhen Stimmen? Aber kein Zweifel, es winkte ihm zu: die Sonnenreflexe in den Fenstern blinkten ihm eine stumme Aufforderung zu. Martin erschrak sogar über diese rätselhafte Aufdringlichkeit, diese abstruse Beharrlichkeit. Dieses Blinksignal war ihm schon früher irgendwo in der Landschaft begegnet. Er mußte dort hinunter: es wäre falsch, so schmeichelhafte Winke nicht zu beachten. Die feste Schneefläche begann unter seinen Skiern köstlich zu pfeifen, während er schneller und schneller den Abhang hinabsauste. Und wie oft erlebte er später, wenn er in seinem frostigen Cambridger Zimmer im Schlaf lag, so eine Traumabfahrt, aus der er plötzlich mit einer betäubenden Schnee-Explosion erwachte. Alles war wie immer. Er hörte im Wohnzimmer nebenan die Uhr ticken. Eine Maus rollte ein Stück Zucker über den Fußboden. Schritte gingen auf dem Gehsteig vorüber und verhallten. Er drehte sich auf die andere Seite und schlief sofort wieder ein; morgens hörte er, noch verschlafen, andere Geräusche aus dem Wohnzimmer: Frau Newman machte sich dort zu schaffen, rückte Möbel, legte Kohlen aufs Feuer, zerriß Papier, entzündete ein Streichholz – und bald darauf ging sie, und die Stille füllte sich allmählich mit dem köstlichen Morgensummen des brennenden Kaminfeuers.

«Schließlich war da nichts Besonderes», überlegte Martin und langte nach den Zigaretten auf dem Nachttisch. «Meist ältere Burschen in Sweatern. Gutes Beispiel dafür, wie die Metaphysik einen zum Narren halten kann. Ah, heute ist Samstag – auf nach London. Wieso bekommt Darwin immerzu Briefe von Sonja? Da muß ich mal auf den Busch klopfen. Gute Idee, Grshezinskijs Vorlesung zu schwänzen. Da kommt die Hexe, um mich zu wecken.»

Frau Newman brachte ihm den Tee. Sie war eine rothaarige ältliche Frau mit kleinen Fuchsaugen. «Gestern abend, Sir, sind Sie ohne Robe ausgegangen», bemerkte sie phlegmatisch. «Ich werde Ihrem Tutor Meldung machen müssen.» Sie zog die Vorhänge auf, gab einen knappen, aber exakten Wetterbericht und ging wieder.

Martin zog seinen Bademantel an, stieg die knarrende Treppe hinunter und klopfte an Darwins Tür. Darwin, schon rasiert und gewaschen, verzehrte Rührei mit Speck; der Marshall, ein dickes Lehrbuch über Volkswirtschaft, lag aufgeschlagen neben seinem Teller.

«Heute wieder ein Brief?» inquirierte Martin streng.

«Ja, von meinem Schneider», sagte Darwin schmatzend.

«Sonja hat keine besonders gute Schrift», bemerkte Martin.

«Miserabel sogar», pflichtete Darwin zwischen zwei Schlucken Kaffee bei. Martin trat hinter ihn, legte beide Hände um seinen Hals und fing an zu drücken.

«Der Speck ist sowieso schon unten», sagte Darwin mit selbstgefällig forcierter Stimme.

19

Gegen Abend fuhren sie beide nach London. Darwin übernachtete in einem der reizenden Zwei-Zimmer-Apartments, die von Clubs für Junggesellen bereitgehalten werden – und Darwins Club war einer der schicksten und seriösesten von London: schwellende Polstersessel, Journale aus schimmerndem Glanzpapier und dicke, verschwiegene Teppiche. Martin wurde diesmal bei den Silanows in einem der oberen Schlafzimmer untergebracht, da Nelly in Reval und ihr Mann im Vormarsch auf St. Petersburg war. Als Martin ankam, war nur Michail Platonowitsch Silanow selbst zu Hause. Er saß schreibend in seinem Arbeitszimmer – ein stämmiger, untersetzter Mann mit tatarischen Gesichtszügen und den gleichen glanzlos dunklen Augen wie Sonja; er trug stets abnehmbare, röhrenförmige Manschetten und ein gestärktes Hemd; die Hemdbrust bauschte sich, so daß seine Brust an einen Taubenkropf gemahnte. Er war einer von diesen Russen, die nach dem Aufwachen zuallererst eine Hose mit baumelnden Hosenträgern anziehen, sich morgens nur Gesicht, Hals und Hände waschen, das aber sehr gründlich, und die das wöchentliche Bad als ein nicht ganz risikofreies Unternehmen betrachten. Er war seinerzeit ziemlich viel herumgereist, betätigte sich sehr aktiv in liberaler Politik, sah das Leben als eine Reihe von Kongressen in verschiedenen Städten, war wie durch ein Wunder dem Tod durch die Sowjets entronnen und trug immer eine unförmig dicke Aktentasche bei sich. Und wenn jemand überlegend sagte: «Was mache ich nur mit diesen Büchern – es regnet», wickelte er besagte Bücher unverzüglich wortlos und ungemein geschickt in Zeitungspapier, kramte in seiner Aktentasche, förderte einen Bindfaden zutage, und schon hatte er blitzschnell das säuberliche Paket kreuzweise verschnürt – ein Vorgang, dem der unselige Bekannte, von einem Fuß auf den andern tretend, mit ängstlichem *attendrissement* zusah. «Schon erledigt, Sir», pflegte Silanow zu sagen, und nach einem hastigen Lebewohl war er auf und davon nach Riga, Belgrad oder Paris. Er reiste immer mit leichtem Gepäck, drei sauberen Taschentüchern in der Aktentasche, und wenn er in der Eisenbahn saß, war er völlig blind für malerische Fleckchen (die der Schnellzug in seinem vertrauensvollen Bemühen um das Wohlbefinden der Reisenden berührte), in eine Broschüre versunken, die er hier und da mit Randbemerkungen versah. Zwar wunderte Martin sich über Silanows Gleichgültigkeit gegen Landschaften, Komfort und

Reinlichkeit, aber er bewunderte ihn doch wegen seines trockenen, unverdrossenen Mutes, und jedesmal, wenn er ihn sah, mußte er daran denken, daß dieser so unsportlich und unelegant wirkende Mann, der wahrscheinlich nur Billard spielte und vielleicht kegelte, den Bolschewisten dadurch entkommen war, daß er durch ein Abflußrohr gekrochen war und daß er sich einmal mit dem Oktobristen Tutschkow duelliert hatte.

«Willkommen», sagte Silanow und streckte ihm seine schwärzliche Hand entgegen. «Setz dich.» Martin setzte sich, Silanow versenkte sich wieder in das zur Hälfte beschriebene Blatt Papier auf seinem Schreibtisch, nahm die Feder zur Hand, ließ sie einen Augenblick flatternd unmittelbar über dem Papier schweben, um dann vom Flattern zu rasch gleitendem Schreiben überzugehen; dann gab er die Feder frei und sagte gleichzeitig: «Sie müßten jetzt jeden Augenblick zurück scin.»

Martin langte nach einer Zeitung, die neben ihm auf einem Tisch lag. Wie sich herausstellte, war es eine russische Emigrantenzeitung, die in Paris erschien.

«Was macht das Studium?» fragte Silanow, ohne den Blick von der gleichmäßig dahineilenden Feder zu heben.

«Ganz gut», sagte Martin und legte die Zeitung beiseite. «Wie lange sind sie schon weg?» Silanow antwortete nicht: die Feder stürmte jetzt mächtig voran. Nach einigen Minuten sprach er jedoch weiter, immer noch ohne Martin anzusehen. «Reine Zeitvergeudung, denke ich mir. Den Colleges ist doch nichts wichtig als *le sport.*»

Martin grinste. Silanow drückte eilig den Löscher über alle Zeilen, die er geschrieben hatte, und sagte: «Deine Mutter bittet mich immer wieder um weitere Auskünfte, aber ich weiß nicht mehr. Ich habe ihr seinerzeit auf die Krim geschrieben und ihr alles berichtet, was ich wußte.» Martin räusperte sich.

«*Tschto wy* (Was ist das?)?» fragte Silanow, der dieses schlechte Russisch in Moskau aufgelesen hatte.

«Nichts», erwiderte Martin.

«Ich spreche natürlich vom Tode deines Vaters», sagte Silanow, Martin mit glanzlosen Augen ansehend. «Falls du dich erinnerst: ich war es, der euch seinerzeit benachrichtigt hat.»

«Ja, ja, ich weiß», sagte Martin, hastig nickend. Er wurde immer verlegen, wenn Fremde – auch in bester Absicht – zu ihm über seinen Vater sprachen.

«Unsere letzte Begegnung ist mir so deutlich gegenwärtig, als wäre sie heute gewesen», fuhr Silanow fort. «Wir trafen uns zufällig auf der Straße. Ich war damals schon untergetaucht. Erst wollte ich ihn gar nicht ansprechen. Aber Sergej Robertowitsch sah so erschreckend elend aus. Ich weiß noch, daß er sich große Sorgen darum machte, was aus dir und deiner Mutter auf der Krim werden sollte. Und zwei Tage später, als ich ihn besuchen wollte, da trugen sie gerade den Sarg heraus.»

Martin nickte immer wieder, während er gequält darüber nachgrübelte, wie er das Thema wechseln könnte. Silanow erzählte ihm das alles zum drittenmal, und im ganzen war es ein ziemlich blasser Bericht. Silanow wendete das Papier um. Seine Feder zitterte, dann schrieb sie wieder. Um die Zeit totzuschlagen, griff Martin wieder nach der Zeitung, aber gerade da wurde die Wohnungstür aufgeschlossen, und aus der Diele hörte man Stimmen, Füßescharren und Irinas schreckliches, keckerndes Lachen.

Martin ging hinaus, um sie zu begrüßen, und wie es ihm im allgemeinen erging, wenn er mit Sonja zusammentraf: er hatte sofort das Gefühl, als Relief vor einem dunklen Hintergrund zu stehen. So war es bei ihrem letzten Besuch in Cambridge gewesen (sie war mit ihrem Vater gekommen, und der hatte ihn mit Fragen nach dem Alter der verschiedenen Colleges und der Anzahl der Bücher in der Bibliothek gequält, während sie und Darwin beständig über dies oder jenes leise lachten), und jetzt kam sie wieder über ihn, diese seltsame Erstarrung. Sein hellblauer Schlips, die scharfen Spitzen seines weichen Kragens, sein zweireihiger Anzug – alles war offensichtlich in Ordnung, und doch hatte Martin unter Sonjas unergründlichem Blick den Eindruck, daß er schäbig angezogen und sein Haar schlecht gebürstet wäre, daß er Schultern wie ein Möbelträger hätte und daß sein Gesicht, weil es rund war, dumm aussähe. Nicht weniger abstoßend waren seine stark ausgeprägten Fingerknöchel, die neuerdings, seitdem er Boxstunden nahm und beim Fußball als Tormann spielte, gerötet und geschwollen waren. Das solide Sicherheitsgefühl, das irgendwie mit der Kraft seiner Schultern, der Kühle seiner glattrasierten Wangen, der Verläßlichkeit eines kürzlich plombierten Zahnes zu tun hatte, all das verflüchtigte sich sofort in Sonjas Gegenwart. Besonders genierte er sich wegen seiner ungleichmäßigen Augenbrauen: sie waren nur an ihrem Ausgangspunkt dicht und nahmen dann nach den Schläfen zu einen Ausdruck überraschter Spärlichkeit an.

Das Abendessen wurde angerichtet. Frau Pawlow, eine kleine, dicke und grämliche Dame, die ihrer Schwester ähnlich sah (obwohl sie noch seltener lächelte als diese), überwachte Irina routiniert und diskret und sah darauf, daß ihre Tochter anständig aß, ohne sich zu sehr auf den Tisch zu flegeln oder ihr Messer abzulecken. Silanow kam ein wenig später, steckte schnell und energisch einen Serviettenzipfel in den Kragen, und nahm, sich halb erhebend und über den Tisch langend, ein Brötchen, das er unverzüglich aufschnitt und mit Butter bestrich. Seine Frau las einen Brief aus Reval und sagte während des Lesens zu Martin: «Bitte, bedien dich.» Zu seiner Linken rutschte Irina hin und her, kratzte sich in der Achselhöhle und richtete liebreiche Töne an ihr kaltes Hammelfleisch. Zu seiner Rechten saß Sonja, die ihn unsäglich reizte durch die Art, wie sie sich mit der Messerspitze Salz nahm, durch ihr kurzes schwarzes Haar mit seinem harten Glanz und das Grübchen in ihrer blassen Wange. Nach dem Essen rief Darwin an und schlug vor, tanzen zu gehen. Sonja zierte sich ein Weilchen, dann willigte sie ein. Martin ging in sein Zimmer, um sich umzuziehen, und war schon dabei, seine seidenen Socken überzustreifen, als Sonja ihm durch die Tür mitteilte, sie sei müde und wolle doch nicht mitgehen. Nach einer halben Stunde kam Darwin, sehr vergnügt, sehr groß und elegant, den Zylinder schief auf dem Kopf, mit Eintrittskarten für einen sehr teuren Ball in der Tasche. Martin sagte ihm, Sonja habe schlappgemacht und sei zu Bett gegangen, woraufhin Darwin eine Tasse lauwarmen Tee trank, fast natürlich wirkend gähnte und sagte, in dieser Welt habe doch schließlich alles seine gute Seite. Martin wußte, daß er einzig und allein nach London gefahren war, um Sonja zu sehen, und als Darwin in seinem unnützen Zylinder und Abendumhang pfeifend auf der leeren dunklen Straße davonging, fühlte er sich an Darwins Stelle sehr gekränkt. Leise schloß er die Eingangstür und ging hinauf in sein Schlafzimmer. Sonja schlüpfte aus ihrem Zimmer und kam ihm im Korridor entgegen; sie war im Kimono und sah in absatzlosen Pantoffeln sehr klein aus.

«Ist er weg?» fragte sie.

«Wirklich gemein von dir», bemerkte Martin halblaut, ohne stehenzubleiben.

«Du hättest ihn zurückhalten können», rief sie ihm nach, und dann setzte sie rasch hinzu: «Ich weiß was – ich gehe runter und rufe ihn an, und dann gehe ich doch zum Tanzen, ja, das mache ich.»

Ohne zu antworten, knallte Martin seine Tür zu; er putzte sich wütend die Zähne, riß sein Bett auf, als wollte er jemanden hinauswerfen, und nachdem er dem Licht mit mörderischen Fingern den Garaus gemacht hatte, zog er sich die Decke über den Kopf. Aber nach einigen Minuten hinderte ihn die dicke Decke nicht daran, Sonjas hurtige Schritte im Korridor und das Zufallen ihrer Zimmertür zu hören – war es möglich, daß sie tatsächlich unten gewesen war und telephoniert hatte? Er lauschte aufmerksam, und nachdem wieder eine Weile Stille geherrscht hatte, hörte er ihre Schritte von neuem, nur daß sie jetzt anders klangen – leichter, fast ätherisch. Martin konnte sich nicht beherrschen. Er trat auf den Korridor hinaus und sah Sonja gerade noch in einem flamingofarbenen Kleid die Treppe hinunterhüpfen, in der Hand einen duftigen Fächer und um ihr schwarzes Haar etwas Helles gewunden. Ihre Zimmertür stand offen, und das Licht brannte. Ein Puderwölkchen hing in der Luft wie der Pulverdampf nach einem Schuß, ein offensichtlich erschossener Strumpf lag unter einem Stuhl; und der Teppich war übersät mit den kunterbunten Innereien des Kleiderschrankes.

Statt sich für seinen Freund zu freuen, fühlte Martin sich tief gekränkt. Alles war still bis auf das kräftige Schnarchen, das aus dem Schlafzimmer des Hausherrn kam. «Zum Teufel mit ihr», brummte er, und eine Weile kämpfte er mit sich, ob er auch noch zum Ball gehen solle – schließlich hatten sie drei Eintrittskarten. Er sah sich die pompöse Treppe hinaufeilen in den Pumps mit flachen Schleifen, in Smoking und seidenem Hemd mit gefältelter Hemdbrust (wie sie in diesem Jahr bei den Dandies Mode waren). Die Flamme der Musik schoß aus den offenen Türen. Die nachgiebig-zarte Liebkosung eines weichen Mädchenbeines, das ständig zurückweicht und sich doch an dich drückt, das duftende Haar ganz dicht an deinem Munde, eine Wange, die ihren Puder auf deinem seidenen Rockaufschlag hinterläßt – all diese uralten, zärtlichen Banalitäten erregten Martin tief. Er genoß es, mit einer hübschen Fremden zu tanzen, genoß die nichtssagende, züchtige Unterhaltung, hinter der man aufmerksam dem verzaubernden, unbestimmten Etwas lauscht, das sich in dir und in ihr vollzieht, das noch ein paar Takte länger dauern und dann, da es keine Auflösung findet, auf immer verschwinden und gänzlich vergessen sein wird. Aber während das Bündnis der Körper noch nicht zerschnitten ist, beginnen die Umrisse einer möglichen Liebesaffäre sich zu formen, und der Rohentwurf schließt bereits alles ein: das plötzliche Schweigen zwischen zwei Menschen in einem schwach erhellten Zimmer; den Mann, der mit zitternden Fingern die soeben angezündete, aber hinderliche Zigarette sorgfältig auf den Rand eines Aschenbechers legt; die Augen der Frau, die sich wie in einer Filmszene langsam schließen, und das verzückte Dunkel und darin ein Lichtpunkt, eine glänzende Limousine, die schnell durch die Regennacht fährt, und plötzlich eine weiße Terrasse und die flimmernden Kräuselwellchen der See, und Martin fragt leise das Mädchen, das er fortgetragen hat: «Dein Name – wie heißt du?» Laubschatten spielen auf ihrem hellschimmernden Kleid. Sie steht auf, sie geht. Der gierige Croupier harkt Martins letzte Chips zusammen, und ihm bleibt nichts übrig, als die Hände in die leeren Smokingtaschen zu stecken und langsam in den Casinogarten hinabzusteigen, und später, wenn er als Hafenarbeiter angeheuert hat, sieht er sie wieder – auf der Yacht eines anderen, funkelnd, lachend, Münzen ins Wasser werfend.

«Komisch», sagte Darwin eines Abends, als er und Martin aus einem kleinen Kino in Cambridge kamen, «das alles ist fraglos armselig, banal und ziemlich unglaubwürdig, und doch ist es irgendwie aufregend – diese Gischtflocken, die *femme fatale* auf der Yacht, der ruinierte und abgerissene, ach, so männliche Mann, der seine Tränen herunterschluckt.»

«Es ist hübsch zu reisen», sagte Martin. «Ich möchte viel reisen.»

Dieses Gesprächsfragment, das zufällig von einem Aprilabend übriggeblieben war, fiel Martin wieder ein, als er zu Anfang der Sommerferien, schon in der Schweiz, einen Brief von Darwin aus Teneriffa erhielt. Teneriffa – Gott, war für ein schönes, smaragdenes Wort! Es war Morgen. Marie, die katastrophal heruntergekommen und merkwürdig verquollen aussah, kniete in einer Ecke und wrang den Scheuerlappen in einen Eimer aus. Große weiße Wolken segelten über den Bergen dahin und blieben an den Gipfeln hängen, und von Zeit zu Zeit trieben rauchige Wolkenfäden die Abhänge hinunter, auf denen das Licht, je nach Ebbe und Flut der Sonne, fortwährend wechselte. Martin ging in den Garten, wo Onkel Henry in einem monströsen Strohhut mit dem Curé des Dorfes plauderte. Als dieser, ein kleiner Mann mit einer Brille, die er immer wieder mit Daumen und kleinem Finger der linken Hand zurechtrückte, eine tiefe Verbeugung machte und mit raschelnder schwarzer Soutane an der grellweißen Mauer entlangging und in seinen Einspänner kletterte, der mit einem dicken, rosaweißen, senffarben gesprenkelten Pferd bespannt war, sagte Martin: «Es ist wunderbar hier, und ich liebe diese Gegend, aber vielleicht möchte ich irgendwohin reisen, nur für ein paar Wochen – nach den Kanarischen Inseln zum Beispiel.»

«Welche Torheit, welche Torheit», antwortete Onkel Henry schaudernd, und sein Schnurrbart sträubte sich ein wenig. «Wo deine Mutter dich so sehnsüchtig erwartet hat, wo sie so glücklich darüber ist, daß du bis Oktober bei ihr bleiben wirst – und plötzlich willst du weg . . .»

«Wir könnten alle zusammen fahren», sagte Martin.

«Quelle folie», wiederholte Onkel Henry. «Später, wenn du deine Studien beendet hast, habe ich nichts dagegen einzuwenden. Ich habe immer gefunden, daß ein junger Mann etwas von der Welt sehen sollte. Bedenke doch, daß deine Mutter sich erst jetzt langsam von dem erlittenen Schock erholt. Nein, nein, nein.»

Martin zuckte die Achseln und wanderte, die Hände in den Taschen seiner Shorts, den Pfad entlang, der zum Wasserfall führte. Er wußte, daß seine Mutter dort an der lärchenbeschatteten Grotte auf ihn wartete – so lautete die Verabredung. Sie pflegte sehr früh spazierenzugehen, und da sie Martin nicht wecken wollte, hinterließ sie ihm einen Zettel: «Um zehn an der Grotte» oder: «Bei der Quelle auf dem Weg nach Ste. Claire.» Doch obwohl er wußte, daß sie ihn erwartete, wechselte Martin plötzlich die Richtung: er verließ den Pfad und begann durch das Heidekraut bergauf zu steigen.

21

Der Abhang wurde immer steiler, die Sonne brannte auf ihn nieder, die Fliegen wollten ihm immerfort an den Mund und die Augen. Als er einen kreisrunden Birkenhain erreicht hatte, rastete er und rauchte eine Zigarette; dann zog er seine Sportstrümpfe hoch und stieg, ein Birkenblatt kauend, weiter bergauf. Das Heidekraut war spröde und rutschig. Dann und wann verfing sein Fuß sich im niedrigen Dorngesträuch. Auf der Höhe des Abhangs schimmerte eine Anhäufung von Gestein, durch das ein Felsspalt verlief, der sich zu ihm hin verbreiterte und mit feinem Schutt gefüllt war, der, sobald man darauf trat, in Bewegung geriet. Auf diesem Wege konnte man den Gipfel bestimmt nicht erreichen; also begann Martin senkrecht an der Felsenwand hinaufzuklettern. Zuweilen löste sich eine Wurzel oder ein Moospolster, daran er sich klammerte, von dem Stein, und dann suchte er fieberhaft nach einem Halt für den Fuß, oder aber der Standplatz gab nach, und er hing an den Händen und mußte sich mühselig hinaufziehen. Der Gipfel war zum Greifen nahe, als er plötzlich ausglitt und, sich an Büschel von Wildblumen klammernd, abzurutschen begann; er verlor den Halt, spürte einen brennenden Schmerz in dem am Fels entlangschabenden Knie, versuchte das Steile, das an ihm vorüber nach oben glitt, festzuhalten – und plötzlich stießen seine Fußsohlen auf rettenden Boden.

Er stand auf einem überhängenden Sims, der nach rechts hin schmäler wurde und in die Felswand überging; links aber sah man ihn noch ein paar Meter weitergehen, bis er um eine Ecke bog – und was dann aus ihm wurde, blieb unbekannt. Der schmale Felssims erinnerte an die Szenerie eines Alptraumes. Martin stand dicht an den Fels gedrückt

– der ihm beim Herabrutschen die Brust geschürft hatte – und wagte sich nicht davon zu trennen. Als er mit Anstrengung einen Blick über die Schulter warf, sah er unter seinen Fersen einen gewaltigen Abgrund, einen sonnenbeschienenen Absturz, in dessen Tiefe mehrere zurückgebliebene Tannen in panischer Angst dem abwärts wandernden Wald nachliefen, und noch weiter unten die steilen Almen und das winzige elfenbeinweiße Hotel. «Das also war die Botschaft», dachte Martin mit abergläubischem Schauder. «Ich werde fallen, ich werde umkommen, darauf also lauert es. Das – das –» Ob er in den Abgrund hinunterblickte oder die senkrechte Felswand über sich hinauf – beides war gleichermaßen fürchterlich. Die Fläche von der Breite eines Bücherbrettes und ein kleiner Vorsprung an der Felswand, an den seine Finger sich klammerten, war alles, was Martin von der gewohnten festen Welt geblieben war.

Er war erschöpft, ihm schwindelte, ihm wurde übel vor Angst, doch zugleich beobachtete er sich von außen und registrierte seltsam klarsichtig sein Flanellhemd mit dem offenen Kragen, seine ungeschickt hängende Position auf dem Felssims, eine kugelförmige Distel, die an seinem Strumpf klebte, und den kohlschwarzen Schmetterling, der mit beneidenswerter Selbstverständlichkeit wie ein lautloses Teufelchen an ihm vorüber und die Felswand hinauf flatterte; und obgleich niemand da war, der es hätte würdigen können, fing er an zu pfeifen; dann schwor er sich, die Aufforderung des Abgrundes nicht weiter zu beachten, und langsam begann er die Füße zu verschieben und sich nach links zu bewegen. Ach, wenn man nur sehen könnte, was hinter jener Ecke aus dem Sims wurde! Es war, als drückte die Felswand gegen seine Brust, als drängte sie ihn dem Abgrund entgegen, dessen ungeduldigen Atem er im Rücken fühlte. Seine Fingernägel gruben sich in den Stein, der Stein war heiß, die Blumentuffs waren leuchtend blau, eine Eidechse beschrieb flink eine unvollständige Acht und erstarrte wieder, Fliegen kitzelten ihn im Gesicht. Dann und wann mußte er stehenbleiben, dann hörte er, wie er sich selbst etwas vorjammerte – ich kann nicht mehr, ich kann nicht –, und als er sich dabei ertappte, spitzte er die Lippen zu einer bruchstückhaften Melodie – war es ein Foxtrott, war's die *Marseillaise*? Dann leckte er sich die Lippen und nahm unter neuen Klagen seinen Seitwärtsgang wieder auf. Er war nur noch etwa einen Meter von der Biegung entfernt, als er unter seinen Schuhsohlen etwas rieseln fühlte; unwillkürlich wandte er den Kopf, und in der sonnigen Leere begann der weiße Fleck des Hotels sich langsam zu drehen. Martin schloß die Augen und blieb wie erstarrt stehen, aber dann überwand er seine Übelkeit und setzte sich wieder in Bewegung. An der Biegung sagte er rasch: «Bitte, ich flehe dich an, bitte», und sein Gesuch wurde unverzüglich genehmigt: hinter der Ecke verbreiterte der Felsvorsprung sich zur Plattform, und dahinter war das schon vertraute Geröll und der heidekrautbewachsene Berghang.

Dort kam er wieder zu Atem. Sein ganzer Körper schmerzte und vibrierte. Seine Nägel waren dunkelrot geworden, als hätte er Erdbeeren gepflückt; die Schürfwunde am Knie tat weh. Die Gefahr, in der er soeben geschwebt hatte, erschien ihm viel wirklicher als jene, in die er auf der Krim gestolpert war. Jetzt war er stolz auf sich, aber dieser Stolz verlor plötzlich alle Würze, als er sich fragte, ob er das, was ihm zufällig gelungen war, noch einmal bewerkstelligen könne, und zwar diesmal absichtlich. Nach einigen Tagen hielt es ihn nicht länger: er kletterte wieder den heidekrautbewachsenen steilen Berghang hinauf, aber als er die Plattform erreichte, von welcher der Felsvorsprung ausging, brachte er es nicht über sich, auf den schmalen Sims zu treten. Das ärgerte ihn, er versuchte sich anzuspornen, er schalt sich einen Feigling, er stellte sich Darwins spöttisches Lächeln vor – stand eine Weile da, dann zuckte er die Achseln und machte sich auf den Rückweg, wobei er sein Bestes tat, dem in seinem Innern tobenden Raufbold keine Beachtung zu schenken. Immer wieder, bis zum letzten Ferientag, stürzte dieser Rüpel sich auf ihn und machte einen so beleidigenden Krawall, daß Martin schließlich beschloß, nicht mehr auf diesen Berg zu gehen, um der Qual beim Anblick des schmalen Simses, den er nicht zu betreten wagte, zu entgehen.

Im Oktober kehrte er, von Selbstmißbilligung zernagt, nach England zurück. Er ging direkt vom Bahnhof zu den Silanows. Das Hausmädchen, das ihm aufmachte, war neu, das war unangenehm, denn er hatte das Gefühl, in ein fremdes Haus zu kommen. Sonja, ganz in Schwarz gekleidet, stand in der Mitte des Wohnzimmers und strich sich das Haar aus den Schläfen, dann bot sie ihm mit der ihr eigenen direkten, scharfen Bewegung die Hand. Verwundert stellte Martin fest, daß er während des Sommers nicht ein Mal an sie gedacht, ihr nicht ein Mal geschrieben hatte, aber daß die weite Reise sich dennoch gelohnt hatte, sei es auch nur um dieser Verlegenheit willen, die er jetzt beim Anblick ihres blassen, mürrischen Gesichts empfand. «Du weißt wahrscheinlich noch nichts von unserem Kummer», sagte Sonja, und in merkwürdig ärgerlichem Ton berichtete sie, daß sie vor einer Woche an einem Tag zwei schlechte Nachrichten bekommen hatten: Nelly war in Brindisi gestorben und ihr Mann auf der Krim gefallen. «Aha», sagte Martin lahm, «dann ist er also von Judenitsch zu Wrangel übergewechselt.» Mit außergewöhnlicher Klarheit sah er Nellys Mann, dem er nur einmal begegnet war, vor sich, und auch Nelly selbst, die er damals langweilig und fade gefunden hatte und die nun in Brindisi gestorben war. «Mutter ist in einem schrecklichen Zustand», sagte Sonja, in einem Buch blätternd, das verlassen auf dem Sofa lag. «Und Vater ist in geheimer Mission unterwegs – Gott weiß wohin, möglicherweise bis Kiew», setzte sie nach einer Weile hinzu und ließ mit dem Daumen mehrere Blätter einzeln abrollen. Martin setzte sich händereibend in einen Sessel. Sonja klappte das Buch zu und sagte, das Gesicht hebend: «Darwin war großartig, einfach großartig. Er war für uns eine ungeheure Hilfe. So rührend und kein falsches Wort. Bleibst du über Nacht?» – «Eigentlich», sagte Martin, «könnte ich heute abend nach Cambridge fahren. Es würde euch sicher stören, wenn ihr mich unterbringen müßtet und so weiter.» – «Ach was, Unsinn», sagte Sonja und seufzte. Unten ertönte der Gong, der zum Essen rief, und das paßte irgendwie gar nicht zu der Traueratmosphäre, die im Hause herrschte. Martin ging, um sich die Hände zu waschen. In der Toilettentür stieß er mit Silanow zusammen, der nie die Tür abschloß. Er sah Martin aus glanzlosen Augen an, während er ohne Hast seinen Hosenschlitz zuknöpfte. «Darf ich dir mein tiefstes Beileid aussprechen», murmelte Martin, albernerweise die Hakken zusammenschlagend. Silanow senkte die Augenlider als Zeichen der Dankbarkeit, und sie schüttelten sich die Hand. Die Tatsache, daß all dies auf der Schwelle zur Toilette stattfand, unterstrich noch die Absurdität des Händedrucks und der Beileidsformel. Silanow ging langsam hinaus, seine Schenkel zuckten, als müßte er zwischen seinen Beinen etwas zurechtschütteln. Martin hatte vor Qual die Nase gerümpft, wie er bei einem Blick in den Spiegel feststellte. «Schließlich *mußte* ich ja etwas sagen», murmelte er zwischen den Zähnen.

Das Essen verlief stumm bis auf das altmodische Schlürfen, mit dem Silanow seine Suppe aß. Irina und ihre Mutter waren in einem Sanatorium außerhalb der Stadt, und Frau Silanow kam nicht herunter, so daß sie nur zu dritt waren. Das Telephon läutete, und Silanow ging kauend in sein Arbeitszimmer. «Ich weiß, du magst kein Hammelfleisch», sagte Sonja leise, und Martin antwortete mit einem leicht gedämpften Lächeln. «Jogolewitsch will vorbeikommen», sagte Silanow, als er seinen Platz am Tisch wieder einnahm. «Er ist gerade aus St. Petersburg zurück. Bitte den Senf. Er sagte, er hat die Grenze, in ein Leichentuch gehüllt, überquert.» – «Fällt im Schnee nicht so auf», sagte Martin nach einem Weilchen, um das Gespräch in Gang zu halten, aber es ergab sich kein Gespräch.

22

Alexander Naumowitsch Jogolewitsch war, wie sich herausstellte, ein dicker, bärtiger Mann in einer grauen Strickweste und einem schäbigen schwarzen Anzug, mit Schuppen auf den Schultern. Die Schlaufen seiner Zugstiefel hingen heraus, und durch seine rutschenden Socken sah man die Knöchelschnüre seiner Unterhosen. Die Art, wie er unbelebte Dinge völlig ignorierte (wie die Armlehne des Stuhls, auf die er unaufhörlich mechanisch klopfte, oder das dicke Buch, auf das er sich versehentlich setzte und das er dann mit unbewegter Miene unter sich vorzog und, ohne es anzusehen, beiseite legte), deutete auf eine gewisse Wahlverwandtschaft mit Silanow. Die Nachricht vom Verlust seines Freundes nahm er mit einem Nicken seines großen Krauskopfes und einem kurzen Zungenschnalzen auf; dann strich er sich hastig mit der Handfläche über seine derben Gesichtszüge und stürzte sich ohne Vorrede in seine Geschichte. Es war offenkundig, daß nur eines sein Bewußtsein erfüllte, daß nur eines ihn beschäftigte und berührte: Rußlands Elend. Martin malte sich schaudernd aus, was geschehen würde, wenn er Jogolewitschs stürmisch angespannte Rede mit der Erzählung der Anekdote von dem Studenten und seiner Kusine unterbräche. Sonja saß etwas abseits, die Ellbogen auf die Knie und das Gesicht in die Hände gestützt. Silanow hörte zu, einen Finger an die Nase gelegt, und hin und wieder nahm er den Finger weg, um zu sagen: «Entschuldige, Alexander Naumowitsch, aber wenn du zum Beispiel erwähnst –», und Jogolewitsch unterbrach sich einen Augenblick, blinzelte und fuhr in seiner Erzählung fort; seine derben, unaufhörlich wechselnden Gesichtszüge – die zottigen Brauen, die Nüstern seiner birnenförmigen Nase, die Falten seiner bärtigen Wangen – waren dabei unaufhörlich in Bewegung, und auch seine Hände mit den schwarzbehaarten Fingern kamen keinen Moment zur Ruhe: sie hoben etwas auf, warfen etwas hoch, fingen es wieder, streuten es nach allen Seiten, und die ganze Zeit sprach er feurig, mit rollender Aussprache von Hinrichtungen und Hungersnot, von dem in eine Wüste verwandelten St. Petersburg, von der Bösartigkeit, Dummheit und Gemeinheit des Regimes. Er ging nach Mitternacht, und auf der Schwelle drehte er sich noch einmal um und fragte, wieviel *kaloschi* (Gummischuhe) in London kosteten. Nachdem die Tür sich geschlossen hatte, blieb Silanow gedankenverloren stehen, dann ging er zu seiner Frau hinauf. Drei Minuten später klingelte es an der Haustür: Jogolewitsch war zurückgekommen; es stellte sich heraus, daß er den Weg zur U-Bahn nicht wußte. Martin erbot sich, ihn hinzubringen, und während er an Jogolewitschs Seite ausschritt, suchte er verzweifelt nach einem Gesprächsthema. «Erinnern Sie Ihren Vater», sagte Jogolewitsch plötzlich, «ich habe ganz vergessen, ihm zu sagen, daß Maximow ungeduldig auf den Artikel über seine Eindrücke von seinem Besuch bei der Freiwilligen Südarmee wartet. Er weiß schon, worum sich's handelt. Sie brauchen es ihm bloß zu sagen. Maximow hat schon einmal an Ihren Vater geschrieben.»

«Gewiß», antwortete Martin; wollte noch etwas hinzufügen, unterließ es dann aber.

Während er langsam zurückging, stellte er sich Jogolewitsch vor, wie er, in ein weißes Laken gehüllt, über die Grenze ging, dann Silanow mit seiner Aktentasche auf einem zerstörten Bahnhof unter dem gestirnten ukrainischen Himmel. Alles war still im Haus, als er die Treppe hinaufging. Während er sich auszog, mußte er ununterbrochen gähnen. Er empfand eine sonderbare, unbestimmte Angst. Die Lampe auf dem Nachttisch brannte hell, das breite Bett sah weiß und weich aus, sein Morgenrock aus glänzender blauer Seide war vom Mädchen aus seiner Reisetasche genommen und einladends über den Armsessel gebreitet worden. Er bemerkte mit plötzlichem Ärger, daß er vergessen hatte, aus dem Wohnzimmer ein Buch mitzunehmen, an das er vorhin sein Herz gehängt hatte; er hatte sich auf das Lesen im Bett gefreut. Er zog den Morgenrock an und ging ins Erdgeschoß hinunter. Das Buch war ein zerfledderter Band von Tschechows Erzählungen. Er fand es – aus irgendeinem Grunde lag es auf der Erde – und ging wieder in sein Schlafzimmer. Aber das Herzweh wollte nicht weichen, obgleich Martin zu den Leuten gehörte, für die ein gutes Buch vor dem Einschlafen etwas ist, worauf man sich den ganzen Tag freut. Wenn so ein Mensch sich zufällig bei seinen alltäglichen Beschäftigungen erinnert, daß auf seinem Nachttisch völlig sicher ein Buch auf ihn wartet, spürt er eine Aufwallung von unaussprechlichem Glück. Martin begann zu lesen; er wählte die Geschichte, die er kannte und liebte, die er hundertmal hintereinander hätte lesen können: *Die Dame mit dem Hündchen.* Ach, wie reizend sie diese Lorgnette in der Menge auf der Pier in Jalta verlor! Und jetzt wurde ihm ohne ersichtlichen Grund bewußt, was ihn so beunruhigte! Noch vor einem Jahr hatte Nelly in diesem Zimmer geschlafen, und jetzt war sie tot.

«Was für ein Unsinn», brummte Martin und versuchte weiterzulesen, aber das erwies sich als unmöglich. Die Nächte vor langer Zeit fielen ihm ein, in denen er darauf gewartet hatte, daß der Geist seines Vaters ein kratzendes Geräusch in einer Ecke machen würde. Martins Herz begann schneller zu klopfen; das Bett wurde heiß und unbequem. Er stellte sich vor, wie er selbst eines Tages sterben würde, und er hatte das Gefühl, als senkte die Zimmerdecke sich langsam, unerbittlich auf ihn herab. Im dunkleren Teil des Zimmers begann irgend etwas schnell zu trommeln, und ihm stockte das Herz. Aber es war nur verschüttetes Wasser, das nun vom Waschtisch auf das Linoleum tropfte. Doch wie seltsam: wenn es Geister gibt, dann ist ja alles gut, denn es beweist, daß die Seelen nach dem Tode umgehen *können* – warum fürchtet man sich dann so? «Wie werde ich selbst sterben?» dachte Martin und ließ in Gedanken verschiedene Todesarten an sich vorüberziehen. Er sah sich an eine Wand gestellt, atmete so tief ein, wie er konnte, wartete auf die Salve von Gewehrschüssen und erinnerte sich in wilder Verzweiflung an eben diesen Augenblick, an dieses helle Zimmer und die sanfte Nacht, an Sorglosigkeit und Sicherheit. Dann gab es Krankheiten, furchtbare Krankheiten, die einem die Eingeweide zerrissen. Oder vielleicht ein Eisenbahnunglück. Oder einfach das heitere Langsamerwerden des Alters und den Tod im Schlaf. Oder auch einen dunklen Wald und Verfolgung. «Unsinn», dachte Martin. «Ich habe noch viel Zeit vor mir. Außerdem steht jedes Jahr für eine ganze

Epoche. Warum sich Sorgen machen? Doch vielleicht ist Nelly hier und sieht mich jetzt? Vielleicht wird sie – jetzt, diesen Augenblick – mir ein Zeichen geben?» Er sah nach der Uhr, es war kurz vor zwei. Die Spannung wurde unerträglich. Diese Stille schien zu warten: das ferne Hupen eines Automobils hätte Entzücken bedeutet. Der Spiegel der Stille stieg und stieg, und mit einemmal ergoß er sich über den Rand: jemand kam barfuß auf Zehenspitzen den Gang entlang.

«Schläfst du?» kam die geflüsterte Frage durch die Tür, und eine Sekunde lang wurde Martin die Kehle so eng, daß er nicht antworten konnte. Sie schlüpfte herein, leise den Fuß von Zehenspitzen zu Ferse verlagernd. Sie trug einen gelben Schlafanzug, ihr schwarzes Haar war zerzaust. So blieb sie einen oder zwei Augenblicke stehen und blinzelte durch die verklebten Wimpern. Martin hatte sich im Bett aufgesetzt und grinste töricht. «An Schlaf ist gar nicht zu denken», sagte Sonja in einem seltsamen Ton. «Ich kann nicht stilliegen. Ich fürchte mich. Und zu allem diese Greuel, von denen er erzählt hat!» – «Warum bist du barfuß, Sonja? Willst du meine Pantoffeln?» Sie schüttelte den Kopf, schürzte nachdenklich die Lippen, dann warf sie mit einem unbestimmten Blick auf Martins Bett ihr Haar zurück. *«Allez hop»*, sagte Martin, am Fußende auf die Decke klopfend. Sie stieg aufs Bett und kniete sich hin, dann kroch sie langsam herum, und schließlich rollte sie sich auf der Decke in dem von Fußbrett und Wand gebildeten Winkel zusammen. Martin zog das Kissen unter seinem Kopf weg und stopfte es ihr in den Rücken. «*Spasibo* (danke)», sagte sie völlig tonlos: nur der Umriß des Wortes war aus der Bewegung ihrer vollen, blassen Lippen zu erraten. «Sitzt du bequem?» fragte Martin nervös, die Knie heraufziehend, um ihr nicht im Wege zu sein, aber gleich darauf beugte er sich wieder vor, nahm seinen Morgenrock von dem Stuhl neben dem Bett und deckte ihn über ihre bloßen Füße. «Gib mir eine Zigarette», bat sie nach einer Minute des Schweigens. Ein Hauch zarter Wärme ging von ihr aus; um den entzückenden Hals trug sie ein dünnes Goldkettchen. Sie inhalierte den Rauch, kniff die Augen zusammen und gab Martin die Zigarette zurück. «Zu stark», sagte sie bekümmert. «Was hast du im Sommer gemacht?» erkundigte sich Martin, während er mit Mühe ein dunkles Etwas unterdrückte, das völlig wahnsinnig und undenkbar war und ihn sogar fiebrig frösteln ließ. «Nichts Besonderes. Wir waren in Brighton.» Seufzend setzte sie hinzu: «Ich bin mit einem Wasserflugzeug geflogen.» – «Und ich bin beinah verunglückt», sagte Martin. «Doch, doch, um ein Haar. Hoch oben in den Bergen. Beim Bergsteigen. Hab den Halt verloren. Wurde durch ein Wunder gerettet.» Sonja lächelte trübe und sagte: «Weißt du, Martin, sie hat immer behauptet, das Wichtigste im Leben wäre, daß man immer seine Pflicht tut und an nichts anderes denkt. Es ist ein sehr tiefer Gedanke, nicht wahr?» – «Ja, kann sein», erwiderte Martin, mit unsicherer Hand die halbgerauchte Zigarette in den Aschenbecher schiebend. «Kann sein. Aber manchmal ein bißchen langweilig.» – «O nein, ganz und gar nicht – Du verstehst nicht, sie meinte nicht arbeiten oder Geld verdienen, sondern etwas – na ja, etwas, was innere Bedeutung hat.» Sie schwieg, und Martin sah sie in ihrem leichten Schlafanzug frösteln. «Du frierst», sagte er. «Ja, ich glaube. Und *das* war die Pflicht, die man erfüllen muß, aber manche – ich zum Beispiel – haben so etwas nicht in sich.» – «Sonja», sagte Martin, «vielleicht magst du –?» Er schlug einen Zipfel der Decke zurück, und sie kniete sich hin und kroch langsam auf ihn zu. «Und mir scheint», fuhr sie fort, während sie unter die Bettdecke kroch, die Martin, der von dem, was sie sagte, kein Wort hörte, ungeschickt über sie und sich zog, «mir scheint, daß sehr viele Leute das nicht wissen, und weil sie es nicht –» Mit einem tiefen Atemzug nahm Martin sie in die Arme und drückte seine Lippen auf ihre Wange. Sonja packte ihn beim Handgelenk und wälzte sich ohne Zögern aus dem Bett. «Guter Gott!» sagte sie. «Guter Gott!» In ihren dunklen Augen glitzerten Tränen, und im nächsten Augenblick war ihr ganzes Gesicht naß, während lange glänzende Streifen über ihre Wangen rannen. «O bitte, bitte nicht – ich wollte doch nur – ach, ich weiß nicht, o Sonja –» murmelte Martin immer wieder; er wagte sie nicht zu berühren und verlor den Kopf bei dem Gedanken, daß sie vielleicht schreien und den ganzen Haushalt wecken könnte. «Verstehst du denn nicht», sagte sie klagend, «verstehst du denn nicht, daß ich so immer zu Nelly gekommen bin, und dann haben wir geredet und geredet, bis zum Morgengrauen.» Sie wandte sich ab und lief weinend hinaus. Martin saß mit hilflos flehender Miene in einem Chaos von Bettzeug. Sie schloß die Tür hinter sich, machte sie aber noch einmal auf und steckte den Kopf herein: «Idiot», sagte sie in völlig ruhigem, sachlichem Ton, und dann verklang das Tappen ihrer nackten Füße auf dem Korridor.

Eine Weile starrte Martin noch die weiße Tür an. Dann löschte er das Licht und versuchte zu schlafen. Das schien ein hoffnungsloses Unterfangen. Er überlegte, daß er bei Tagesanbruch sich anziehen, packen und lautlos aus dem Hause schleichen mußte, um direkt zum Bahnhof zu gehen; leider schlief er mitten in diesen Überlegungen ein und wachte erst ein Viertel nach neun auf. «Vielleicht war alles ein Traum?» fragte er sich hoffnungsvoll, aber gleich darauf schüttelte er den Kopf und fragte sich mit qualvoll brennender Scham, wie er Sonja nach dieser Nacht wieder begegnen solle. Es war ein unglücklicher Morgen: als er ins Badezimmer stürzte, um sein Bad zu nehmen, stand Silanow am Waschbecken, die kurzen Beine in schwarzen Hosen weit gespreizt, den Rumpf in einem dicken flanellenen Unterhemd vorgebeugt, und wusch sich das Gesicht, rieb Wangen und Stirn, bis die Haut quietschte, schnaubte unter dem sprudelnden Wasserhahn, hielt sich abwechselnd die Nasenlöcher zu, schneuzte sich und spuckte aus. «Nur herein, nur herein, bin gleich fertig», rief er, und vom Wasser geblendet und triefend, die Arme wie kurze Flügel haltend, eilte er ins Schlafzimmer, wo er sein Handtuch lieber aufbewahrte als im Bad.

Als Martin ein wenig später auf dem Weg hinunter ins Speisezimmer war, um seinen Schierlingsbecher zu leeren, lief er Frau Silanow in die Arme: ihr Gesicht, bleich und verschwollen, sah furchtbar aus, und er war so schrecklich verlegen, daß er es nicht wagte, die stereotypen Beileidsworte zu murmeln, aber andere fielen ihm auch nicht ein. Dankbar für sein Schweigen legte sie die Arme um ihn und küßte ihn auf die Stirn – dann ging sie mit einer hoffnungslosen Handbewegung in den hinteren Korridor, wo ihr Mann mit einem völlig unerwarteten zärtlichen Unterton in der Stimme, dessen man ihn nie für fähig gehalten hätte, irgend etwas von einem Paß zu ihr sagte. Sonja traf Martin im Speisezimmer, und als erstes sagte sie zu ihm: «Ich verzeihe dir, weil du Schweizer bist, und ‹Kretin› ist ein Schweizer Wort, merk dir das.» Martin hatte ihr eigentlich erklären wollen, daß er keine ruchlosen Absichten gehabt habe, was im großen und ganzen der Wahrheit entsprach, daß er weiter nichts gewollt habe, als nah bei ihr zu liegen und ihre Wange zu küssen – aber Sonja in ihrem schwarzen Kleid machte einen so verärgerten und freudlosen Eindruck, daß er es für das beste hielt, nichts zu sagen. «Papa fährt heute nach Brindisi», sagte sie, «Gott sei Dank haben sie ihm endlich ein Visum gegeben.» Sie beobachtete mißbilligend die schlecht gezügelte Gier, mit der Martin, der morgens immer einen Bärenhunger hatte, seine Spiegeleier verschlang. Martin sagte sich, daß es keinen Zweck habe, hier herumzuhängen, der Tag versprach chaotisch zu werden mit den Abreiseriten und allem Drum und Dran. «Darwin hat angerufen», setzte Sonja hinzu.

23

Darwin erschien aufs Stichwort wie in der Komödie – unmittelbar nach Sonjas Bemerkung, als hätte er in der Kulisse gewartet. Die Sonne am Meer hatte ihn roastbeefbraun gebrannt, und er trug einen wundervollen hellgrauen Anzug. Es fiel Martin auf, daß Sonja ihn ein bißchen zu gleichgültig begrüßte. Martin selbst wurde gepackt, auf die Schulter geklopft, in die Rippen gepufft und wiederholt gefragt, warum er nicht angerufen habe. Wirklich, der sonst so indolente Darwin zeigte sich an diesem Tage so energisch wie noch nie. Am Bahnhof in der Liverpool Street nahm er dem Träger den Koffer eines Fremden ab und balancierte ihn auf den Schultern. Im Pullman-Wagen, halbwegs zwischen London und Cambridge, rief er nach einem Blick auf seine Armbanduhr den Schaffner, dem er eine Banknote reichte, dann zog er feierlich die Notbremse. Der Zug gab ein schmerzliches Stöhnen von sich und hielt, während Darwin jedem weitschweifig auseinandersetzte, daß er gerade jetzt vor vierundzwanzig Jahren geboren sei. Am nächsten Tag brachte eine der etwas lebendigeren Zeitungen eine Glosse darüber mit der auffälligen Schlagzeile: «JUNGER AUTOR HÄLT AN SEINEM GEBURTSTAG ZUG AN.» Mittlerweile war Darwin zu seinem

Tutor gerufen worden, den er nun mit einem detaillierten Bericht über den Handel mit Blutegeln zu hypnotisieren suchte, welches die besseren Sorten seien und wie sie gezüchtet wurden.

Dieselbe feuchte Kälte begrüßte Martin in seinem Schlafzimmer; dasselbe Durcheinander der Turmglockenspiele, und genau wie immer kam Wadim hereingepoltert mit einem Beispiel des aus gereimten Zweizeilern bestehenden russischen Alphabets. Wobei der erste Vers immer einen didaktischen Gegenstand von allgemeinem Interesse enthielt (»Armenier angeln und jagen gern» oder «Ballons sind nicht aus Beton gemacht»), während der zweite, ebenso didaktische, mit demselben Buchstaben anfing, aber keine Beziehung zum ersten hatte und erheblich unanständiger war.

Archibald Moon jedoch hatte sich – obwohl er in gewissem Sinne der alte war – irgendwie verändert: es gelang Martin nicht, den alten Zauber wiederzufinden. Moon erzählte ihm, daß er während des Sommers sechzehn neue Seiten seiner Geschichte Rußlands vollendet habe, ganze sechzehn Seiten; er erklärte, daß er nur deshalb so viel geschafft habe, weil er jede Stunde des langen Sommertages für die Arbeit ausnutzte, und während er das sagte, machte er mit den Fingern eine Bewegung, die das Auf und Ab und die Plastizität jedes Satzes, den er so sorglich ins Leben gerufen hatte, darstellte; in dieser Geste glaubte Martin etwas außerordentlich Verderbtes zu erkennen, und Moons wohlklingender Rede zu lauschen war, als kaute man dicke, gummiartige, mit Puderzucker bestäubte Geleefrüchte. Zum erstenmal empfand Martin Moons Art, Rußland wie einen seelenlosen Luxusartikel zu behandeln, als persönliche Beleidigung. Als er das Darwin anvertraute, nickte dieser lachend und sagte, das komme von Moons homosexueller Veranlagung. Diese Tatsache verlangte genauere Beobachtung, und nachdem Moon einmal ohne jeden Vorwand mit zitternden Fingern Martins Haar gestreichelt hatte, hörte dieser auf, ihn zu besuchen, und sobald er Moons sehnsüchtig-einsames Klopfen an seiner Zimmertür hörte, kletterte er geräuschlos aus dem Fenster und an einer Regenröhre hinab auf die Straße. Trotzdem besuchte er Moons Vorlesungen weiter, bemühte sich aber jetzt beim Studium der russischen Literatur, den Moonschen Tonfall loszuwerden, der ihn, besonders im Rhythmus der Verse, beständig verfolgte. Zuletzt wechselte er zu einem anderen Lehrer über, dem großartigen alten Professor Stephens, dessen Interpretation von Puschkin und Tolstoj ebenso ehrlich wie umständlich war, und der die russische Sprache keuchend und bellend hervorbrachte und sie häufig mit Serbisch und Polnisch anreicherte. Dennoch dauerte es eine Weile, bis er sich für immer von Archibald Moon freigemacht hatte. Er erinnerte sich mit unwillkürlicher Bewunderung der vollendeten Moonschen Vortragskunst, aber im nächsten Augenblick sah er als lebendige Wirklichkeit das Bild vor sich, wie Moon einen Sarkophag mit der Mumie von Rußland in seine Wohnung verschleppte. Schließlich brachte Martin es doch fertig, sich ganz von Moon zu lösen; er eignete sich dieses und jenes Element an, verwandelte es aber in sein Eigentum, und da erst begannen die Stimmen der russischen Musen wieder in voller Reinheit zu tönen. Moon sah man hin und wieder auf der Straße in Gesellschaft eines schönen, pausbäckigen Jünglings mit vollem blondem Haar, der in den Universitätsaufführungen von Shakespearestücken Mädchenrollen spielte, wobei Moon auf einem Orchestersitz in zärtlicher Rührung dahinschmolz und zusammen mit anderen Liebhabern der schönen Künste Darwin zum Schweigen zu bringen suchte, der sich in gespielter Verzückung in seinem Sessel fläzte und an den falschen Stellen in albernen Applaus ausbrach.

Aber auch zwischen Martin und Darwin gab es ein paar unbeglichene Rechnungen. Zuweilen fuhr Darwin allein nach London, und dann saß Martin Samstag nacht bis gegen Morgen, bis seine Kohlenvorräte total aufgebraucht waren, in der Grabeszugluft des Kamins und malte sich wild und beharrlich, als drückte er auf einen schmerzenden Zahn, Sonja und Darwin in einem dunklen Automobil aus. Einmal, als er es nicht mehr aushalten konnte, fuhr er nach London und ging zu einem Ball, zu dem er nicht eingeladen war; während er die Säle durchschritt, hatte er den Eindruck, daß er sehr bleich und streng aussähe, aber dann sah er zufällig in einem Spiegel sein rosiges, rundes Gesicht mit einer Beule auf der Stirn – er hatte sie sich am Tag zuvor zugezogen, als er unter trampelnden Füßen nach dem Ball getaucht hatte. Bald darauf kamen sie: Sonja als Zigeunerin kostümiert – anscheinend hatte sie vergessen, daß seit dem Tode ihrer Schwester noch keine vier Monate verstrichen waren – und Darwin als Engländer aus einem kontinentalen Roman: großkarierter Anzug, Tropenhelm mit einer Bandana, um den Nacken vor der pompejanischen Sonne zu schützen, den Baedeker unterm Arm und mit karottenfarbenem Backenbart. Es gab Musik, es gab Papierschlangen und ein Schneegestöber von Konfetti, und für einen berauschenden Augenblick hatte Martin das Gefühl, an einem undurchschaubaren Maskenspiel teilzunehmen. Als die Musik Schluß machte, ließ Martin sich durch Darwins offensichtlichen Wunsch, mit Sonja allein zu sein, nicht davon abhalten, mit ihnen in dasselbe Taxi zu steigen. In einem Lichtstrahl, der flüchtig den dunklen Wagen erhellte, glaubte er zu bemerken, daß Darwin und Sonja sich bei den Händen hielten, und in seinem Elend versuchte er sich einzureden, daß es nur eine vom Licht- und Schattenspiel hervorgerufene Täuschung sei. Noch deprimierender war es, wenn Sonja nach Cambridge kam: Martin fühlte sich überflüssig, bildete sich ein, daß sie ihn loswerden wollten. Sein zweiter Sommer in der Schweiz stand unter dem Zeichen seines Sieges über einen der besten Schweizer Tennisspieler – aber was kümmerten Sonja seine Triumphe im Tennis, Boxen oder Fußball? Manchmal sah Martin sich in pittoresken Tagträumen aus den Kämpfen auf der Krim zu Sonja zurückkehren, das Wort «Kavallerie» donnerte vorüber, der Wind pfiff, schwarze Erdbrocken flogen einem ums Gesicht – Attakke, Attacke! – das Tacketack der Pferdehufe, der Anapäst des Galopps. Aber dazu war es jetzt zu spät, die Kämpfe auf der Krim hatten längst aufgehört, weit zurück lag der Tag, an dem Nellys Mann, einem feindlichen Maschinengewehr entgegenjagend, diesem immer näher kam, bis er unversehens über die unsichtbare Grenzlinie getragen wurde in eine Region, in der noch Nachklänge des irdischen Lebens tönten, wo es aber weder Maschinengewehre noch Kavallerieangriffe gibt. «Immer zu spät, immer zu spät», brummte Martin düster vor sich hin, und mit dem schmerzhaften Gefühl, etwas für immer versäumt zu haben, stellte er sich wieder und wieder das Band des St. Georgs-Ordens vor, die leichte Verwundung an der linken Schulter (es mußte die linke sein), und Sonja, die ihn an der Victoria Station abholte. Ihn ärgerte das zärtliche Lächeln seiner Mutter, ihn ärgerten die Worte, die sie nicht zurückhalten konnte: «Nun siehst du, es war alles umsonst, und du wärest umsonst in den Tod gegangen. Nellys Mann – das ist etwas anderes, er war ein richtiger Berufssoldat, solche Leute können nicht ohne Krieg leben, und er ist so gestorben, wie er sterben wollte. Aber diese Tausende von jungen Menschen, einfach dahingemäht –» In Anwesenheit von Ausländern bestand sie jedoch hitzig darauf, daß die militärischen Kämpfe fortgesetzt werden müßten –

besonders jetzt, da alles vorüber war und es für ihren Sohn nichts Verlockendes mehr gab. Jahre danach stöhnte Frau Edelweiß laut, wenn sie an ihre Erleichterung und Gelassenheit dachte – o ja, sie hätte ihn bewahren können, sie hätte ihre Vorahnungen nicht so leichtfertig in den Wind schlagen sollen, sie hätte wachsamer, immer auf der Hut sein sollen – und wer weiß? Vielleicht wäre es besser gewesen, wenn er wirklich zur Weißen Armee gegangen wäre, wenn er verwundet worden oder an Typhus erkrankt wäre und um diesen Preis ein für allemal den Geschmack an der Gefahr, den junge Burschen nun einmal haben, verloren hätte. Aber warum solche Gedanken hegen, warum der Verzweiflung nachgeben? Mehr Mut, mehr Glauben. Menschen gehen verloren und kommen wieder. Mag sein, daß ein Gerücht umläuft, an der Grenze wäre einer verhaftet und als Spion erschossen worden, und doch ist er mit einemmal wieder da, lebendig, mit seinem vertrauten Lachen und seiner tiefen Stimme, hier im Vestibül des Hauses. Und wenn Henry wiede –

24

Nicht nur das flüchtige, zufriedene Lächeln seiner Mutter hatte Martin in diesem zweiten Sommer geärgert; es gab noch etwas anderes, etwas weit Unangenehmeres. Das Leben im Chalet kam ihm merkwürdig verändert vor, als ginge alles auf Zehenspitzen und hielte den Atem an. Es war sonderbar, daß Onkel Henry Frau Edelweiß nicht wie früher «Sophie» nannte, sondern *«chère amie»*; und auch sie redete ihn dann und wann mit «mein Lieber» an. Man konnte bei ihm eine neue Sanftmut, häufigere Gefühlsaufwallungen feststellen; seine Stimme war leiser, seine Bewegungen waren sanfter geworden; ein Lob für die Suppe oder das Fleisch genügte jetzt, seine Augen mit einem feuchten Schleier zu überziehen. Der Kult um das Andenken von Martins Vater hatte die Färbung einer unerträglichen mystischen Schwärmerei angenommen; Frau Edelweiß war sich mehr denn je ihrer Schuld gegen ihren verstorbenen Gatten bewußt, während Onkel Henry für sie einem schweren, aber sicheren Weg der Sühne auf der Spur zu sein schien, wenn er bemerkte, wie glücklich Sergejs Seele sein müsse, wenn er sie im Hause seines Vetters wüßte; einmal zog er sogar eine Nagelfeile hervor, die er mit liebenswürdiger Melancholie über seine Fingernägel gleiten ließ, aber da war es mit Frau Edelweiß' Beherrschung aus: sie brach in ein hohles Lachen aus, das unerwartet in einen hysterischen Anfall überging. Martin, der ihr zu Hilfe eilen wollte, drehte in seiner Hast den Wasserhahn in der Küche so abrupt auf, daß er sich seine weißen Flanellhosen bespritzte.

Nicht selten beobachtete er seine Mutter dabei, wie sie bei einem Gartenspaziergang sich müde auf Henrys Arm stützte oder wie sie vor dem Schlafengehen Henry eine Tasse duftenden Lindenblütentee brachte. Das alles war deprimierend, peinlich und befremdend. Unmittelbar vor seiner Abreise nach Cambridge wollte sie ihm offenbar die große Neuigkeit mitteilen, aber sie fand es ebenso peinlich wie er; sie stammelte nur, daß sie ihm vielleicht bald von einem wichtigen Ereignis schreiben werde; und tatsächlich erhielt Martin im Winter einen Brief, nicht von ihr, sondern von seinem Onkel, der ihm auf sechs Seiten in seiner flüssigen Handschrift und in hochtrabend-sentimentaler Sprache mitteilte, daß er Martins Mutter heiraten werde – eine ganz bescheidene Trauung in der Dorfkirche –, und erst als Martin die Nachschrift las, wurde ihm klar, daß die

Hochzeit bereits stattgefunden hatte, und er dankte im Geiste seiner Mutter dafür, daß sie diese gräßliche Festivität hatte während seiner Abwesenheit stattfinden lassen. Zugleich fragte er sich immer wieder, wie er ihr nun entgegentreten solle, worüber sie sprechen würden, und ob er es fertigbringen würde, ihr den Verrat zu verzeihen. Denn wie man es auch ansah, es war zweifellos ein Verrat am Andenken seines Vaters. Außerdem quälte ihn der Gedanke, daß er nun Onkel Henry mit dem flaumigen Bart und dem beschränkten Geist zum Stiefvater hatte. Als Martin zu Weihnachten nach Hause kam, hörte seine Mutter gar nicht auf, ihn unter Tränen an sich zu drücken, als vergäße sie Onkel Henry zu Gefallen ihre übliche Zurückhaltung; und er wußte einfach nicht, wo er sich vor dem sanft bewegten, gütigen Blick und dem feierlichen Hüsteln seines Stiefvaters verstecken sollte.

Im allgemeinen wurde Martin während seines letzten Universitätsjahres immer wieder die Gegenwart einer feindseligen Macht vor Augen geführt, die sich hartnäckig bemühte, ihn davon zu überzeugen, daß das Leben durchaus nicht so leicht und vergnüglich war, wie er sich's vorgestellt hatte. Sonjas Existenz, die ständige vergebliche Aufmerksamkeit, die sie seiner Seele abrang, ihre Besuche, die ihn nur quälten, der höhnische Ton der Neckerei, die sich zwischen ihnen eingebürgert hatte, das alles war äußerst anstrengend. Diese unerwiderte Liebe hinderte ihn jedoch nicht, jedem hübschen Mädchen nachzulaufen und vor Wonne zu beben, wenn beispielsweise Rose, die Göttin der Teestube, einwilligte, mit ihm eine Autofahrt zu machen. In dieser Teestube, die viel von Studenten frequentiert wurde, gab es Gebäck von jeder erdenklichen Farbe zu kaufen: leuchtendrot mit Sahnetupfen, so daß man todbringende Fliegenpilze vor sich zu haben glaubte; lilablau wie Veilchenseife; oder glänzend-schwarz wie ein

Neger mit weißer Seele. In der nie erlöschenden Hoffnung, endlich etwas wirklich Gutes zu entdecken, verschlang man einen Kuchen nach dem anderen, bis einem die Innereien zusammenklebten. Mit dunklem Erröten ihrer Pfirsichwangen und feuchtem Blick, in ein schwarzes Kleid mit kleiner Soubrettenschürze gekleidet, trippelte Rose hurtig durch den Raum, gewandt einen Zusammenstoß mit den anderen ebenso hurtig einhersegelnden Kellnerinnen vermeidend. Martin bemerkte sofort Roses dickfingerige rote Hand, die durch den winzigen Stern eines billigen Ringes nicht im geringsten verschönt wurde, und beschloß klugerweise, nie wieder ihre Hände anzusehen, sondern sich auf ihre langen Augenwimpern zu konzentrieren, die sie so reizend senkte, während sie die Rechnung ausschrieb. Eines Tages reichte er ihr, während er dicke süße Schokolade trank, ein Zettelchen, und am selben Abend ging er mit ihr im Regen spazieren. Am Samstag mietete er die übliche klapperige Limousine und verbrachte die Nacht mit ihr etwa fünfzig Kilometer von Cambridge entfernt in einem alten Gasthaus. Er war etwas bestürzt, wenn auch geschmeichelt, als sie sagte, es sei ihre erste Affäre; im Bett war sie stürmisch, plump und bäuerisch, und Martin, der in ihr eine frivole und erfahrene Sirene zu finden gehofft hatte, war derart fassungslos, daß er sich an Darwin um Rat wandte. «Du wirst von der Universität fliegen», sagte Darwin ruhig. «Unsinn», gab Martin stirnrunzelnd zurück. Doch als Rose ihm drei Wochen später, als sie eine Tasse Schokolade vor ihn hinstellte, hastig zuflüsterte, daß sie schwanger sei, war ihm, als wäre jener Meteor, der für gewöhnlich irgendwo in der Wüste Gobi landet, ihm direkt auf den Kopf gefallen.

«Herzlichen Glückwunsch», sagte Darwin; und dann schilderte er nicht ohne Kunstfertigkeit das Los eines sündigen Mädchens mit einem Kind im Bauch. «Und *dich* werden sie schassen. Das ist Tatsache.» – «Niemand wird es erfahren, ich werde alles in Ordnung bringen», stotterte Martin. «Es ist hoffnungslos», sagte Darwin.

Martin verlor plötzlich die Beherrschung, ging hinaus und knallte die Tür hinter sich zu. Er lief auf die Straße und brach beinahe zusammen unter der Wucht eines großen Kissens, das sein Freund ihm gut gezielt vom ersten Stock aus nachgeworfen hatte. Als Martin sich an der Straßenekke noch einmal umblickte, sah er Darwin herauskommen, das Kissen aufheben und ausschütteln und wieder ins Haus gehen. «Herzloser Grobian», brummte Martin und ging geradewegs in die Teestube. Mit munter blitzenden Augen flitzte die dunkle Rose von Tisch zu Tisch, trippelte mit einem Tablett herbei oder schrieb, ihren Bleistift zärtlich mit der Zungenspitze anfeuchtend, eine Rechnung aus. Auch er schrieb ein paar Zeilen auf ein Blatt aus seinem Taschenkalender, nämlich: «Ich möchte Dich heiraten. Martin Edelweiß.» Er drückte den Zettel in ihre häßliche Hand; dann ging er hinaus und trieb sich ein paar Stunden lang in der Stadt herum; zu Hause legte er sich aufs Sofa und blieb liegen, bis es Nacht wurde.

25

Als es Nacht wurde, kam Darwin herein, warf mit großartiger Bewegung seine Robe ab, setzte sich an den Kamin und begann sofort mit dem Feuerhaken die Kohlen zu schüren. Martin lag, in Selbstmitleid versunken, schweigend da; er stellte sich immer wieder vor, wie er mit Rose aus der Kirche trat. Rose in weißen Glacéhandschuhen, die sie mit Schwierigkeiten angezogen hatte. «Sonja kommt morgen allein», sagte Darwin uninteressiert. «Ihre Mutter hat Grippe, ein schwerer Grippefall.» Martin sagte nichts, sondern dachte mit einem Stich der Erregung an das morgige Fußballspiel. «Aber wie wirst du spielen?» fragte Darwin. «Das ist natürlich die Frage.» Martin schwieg weiter. «Schlecht, wahrscheinlich», fuhr Darwin fort. «Als Torwart braucht man Geistesgegenwart, und du bist in einem verteufelten Zustand. Weißt du, ich habe mich gerade ein bißchen mit dieser Frau unterhalten.»

Schweigen. In der ganzen Stadt läuteten die Turmglocken.

«Eine poetische Natur, neigt zu Phantasien», sprach Darwin nach einer Minute weiter. «Sie ist ebensowenig schwanger wie beispielsweise ich. Wetten, daß ich diesen Feuerhaken zu einem Monogramm verbiegen kann? Ich setze fünf Pfund – machst du mit?» (Martin lag wie ein Toter.) «Ich nehme dein Schweigen als Einwilligung. Mal sehen.»

Er grunzte einmal, zweimal. «Nein, heute kann ich es nicht. Das Geld ist deins. Ich habe genau fünf Pfund für deine blöde Erklärung bezahlt. Wir sind quitt, und alles ist in Ordnung.»

Martin schwieg, nur sein Herz hatte heftig zu klopfen begonnen.

«Aber merk dir», sagte Darwin, «wenn du je wieder den Fuß in diese schlechte und teure Konditorei setzen solltest, fliegst du von der Universität. Dieses Mädchen wird von einem Händedruck schwanger, vergiß das nicht.»

Darwin stand auf und reckte sich. «Du bist nicht sehr gesprächig, mein Junge. Ich muß gestehen, daß du mir mit deiner Hetäre den morgigen Tag irgendwie verdorben hast – ich meine, das Morgen, wie man sich's vorstellt.»

Er ging hinaus, schloß leise die Tür hinter sich, und Martin dachte gleichzeitig dreierlei: daß er schrecklich hungrig war, daß man keinen zweiten Freund wie diesen finden konnte und daß dieser Freund morgen einen Heiratsantrag machen würde. In diesem Augenblick wünschte er freudig und glühend, Sonja möge ja sagen, aber der Augenblick ging vorüber, und als er und Darwin am nächsten Morgen Sonja vom Bahnhof abholten, spürte er die altvertraute, trostlose Eifersucht (das einzige, was er Darwin voraushatte, war, daß er kürzlich beim Wein mit Sonja zu der vertraulichen zweiten Person singular, dem russischen *ty*, übergegangen war; in England war diese Form zusammen mit den Bogenschützen ausgestorben; nichtsdestoweniger hatte Darwin ebenfalls mit ihr *Brüderschaft* getrunken und sie den ganzen Abend über mit dem archaischen *thou* angeredet).

«Hallo, Blümchen», sagte sie beiläufig zu Martin, auf seinen botanischen Nachnamen anspielend; dann wandte sie sich sofort ab und begann Darwin allerlei zu erzählen, was Martin vielleicht auch interessiert hätte.

«Was ist eigentlich an ihr so anziehend?» dachte er zum tausendstenmal. «Schön, sie hat dieses Grübchen, diesen blassen Teint – das genügt doch nicht. Ihre Augen sind soso, etwas zigeunerisch, und ihre Zähne sind unregelmäßig. Und ihre Lippen sind so dick, so glänzend – wenn man sie doch zum Schweigen bringen, sie mit einem Kuß verschließen könnte. Und sie bildet sich ein, daß sie in diesem blauen Kostüm und diesen Schuhen mit den flachen Absätzen englisch aussieht. Seht ihr denn nicht, daß sie einfach ein pummeliges kleines Ding ist?» Wen Martin mit «ihr» meinte, wußte er nicht; und diese Leute hätten es auch schwer gehabt, ein Urteil zu fällen, denn sobald Martin sich zu einer gewissen Objektivität gegenüber Sonja durchgerungen hatte, bemerkte er plötzlich, wie anmutig ihr Rücken war, wie sie den Kopf neigte – und angesichts ihrer schrägstehenden Augen überlief ihn ein rascher Schauer, und wenn sie sprach, war jeder Satz von einem Unterton von Heiterkeit umspült, bis dann ihr Lachen sich mit einemmal Bahn brach; und sie betonte ihre Worte durch ein Schütteln ihres fest zusammengerollten Regenschirms, den sie nicht am Griff, sondern an der seidenen Mitte hielt. Und während Martin verzweifelt bald hinter, bald neben ihnen über das Kopfsteinpflaster trottete (drei Personen konnten unmöglich auf dem Gehsteig nebeneinandergehen wegen des elastischen Luftkissens, das Darwins massige Gestalt umgab, und Sonjas kurzen Zickzackschritten), überlegte er, daß die Summe aller Stunden, die er hier und in London zufällig mit ihr verbracht hatte, nicht mehr als eineinhalb Monate ständigen Zusammenseins ausmachen würde – und zu denken, daß er sie vor mehr als zwei Jahren kennengelernt hatte und daß jetzt der dritte und letzte Winter in Cambridge seinem Ende zuging und daß er eigentlich nicht sagen konnte, was für ein Mensch sie war und ob sie in Darwin verliebt war oder nicht und wie sie reagieren würde, wenn Darwin ihr von dem gestrigen Erlebnis erzählen sollte, und ob sie zu irgend jemandem über diese Nacht gesprochen hatte, diese jammervolle, doch inzwischen merkwürdig hinreißende und nicht im mindesten beschämende Nacht, als sie fröstelnd, barfuß in ihrem knappen gelben Schlafanzug von einer Welle der Stille an Land getragen und sanft auf seiner Decke niedergelegt worden war.

Sie waren an ihrem Ziel angekommen. Sonja wusch sich in Darwins Zimmer die Hände. Sie nahm ihre Puderquaste heraus, blies darüber und puderte sich das Gesicht. Der Mittagstisch war für fünf gedeckt. Wadim war natürlich eingeladen, aber Archibald Moon war seit langem aus ihrem Freundeskreis verschwunden, und es war sogar ein bißchen sonderbar, sich daran zu erinnern, daß er einmal ein gerngesehener Gast gewesen war. Der fünfte Tischgast war ein schlanker, stupsnasiger blonder Jüngling, nicht hübsch, aber gut gewachsen und etwas exzentrisch angezogen. Er hatte die schönen, überlangen Hände, mit denen populäre Romanschriftsteller künstlerisch veranlagte Individuen ausstatten; doch er war weder Dichter noch Maler, und das anmutige, zarte, flatterige Etwas an ihm wurde – wie auch seine Kenntnis des Französischen und Italienischen und seine ein wenig unbritischen, aber sehr wohlerzogenen Manieren – in Cambridge auf den florentinischen Ursprung seines Vaters zurückgeführt. Teddy, der freundliche, ätherische Teddy, gehörte der römisch-katholischen Kirche an, fuhr gern zum Klettern und Skilaufen in die Alpen, war ein guter Ruderer, spielte das alte königliche Court-Tennis und – obgleich er mit Frauen sehr zart umzugehen verstand – hatte sich seine Keuschheit in geradezu lächerlicher Absolutheit bewahrt (ein Jahr später erhielt Martin jedoch von ihm ein Briefchen aus Paris, in dem er eine gewisse Veränderung anzeigte: «Gestern», schrieb er, «habe ich mir ein Mädchen genommen, ganz sauber und alles.» Unter der gekünstelt ordinären Ausdrucksweise dieser Mitteilung spürte man etwas Kummervolles und Ängstliches. Martin erinnerte sich an seine plötzlichen Anfälle von Schwermut und Selbstkritik, seine Liebe zu Leopardi und zum Schnee und daran, wie er einmal eine völlig unschuldige etruskische Vase zerschmettert hatte, weil er in einer Prüfung keine so glänzende Note erzielt hatte, wie ihm seiner Meinung nach zustand).

«Ach, wie sieht sich's lustig an, wenn ein dicker Bärenmann –» und Sonja ahmte Wadim nach, der sich längst mit ihr angefreundet hatte (aber vorsichtshalber ließ sie die «kleine Pinscherin» aus) – *vedjót rutschku málenjkuju sútschku*, während Teddy, der kein Russisch verstand, mit schief gelegtem Kopf fragte: «Was heißt ‹Malenxus›?»

Alle lachten, und niemand wollte es erklären, und er wandte sich an Sonja: «Nehmen Sie noch ein paar Erbsen, *malenxus.*»

«Nervös, nervös?» fragte Wadim Martin.

«Sei nicht albern», erwiderte Martin. «Ich habe letzte Nacht nicht gut geschlafen, und das bedeutet, daß ich heute Mist machen werde. Sie haben drei Spieler von internationaler Klasse, und wir nur zwei.»

«Ich kann Fußball nicht leiden», erklärte Teddy. Darwin unterstützte ihn. Beide waren in Eton zur Schule gegangen, und Eton hat an Stelle von Fußball sein eigenes besonderes Ballspiel.

26

Martin war tatsächlich nervös, und zwar ganz erheblich. Er war der Tormann für Trinity; seine Mannschaft hatte nach scharfem Kampf das Endspiel erreicht und sollte heute gegen St. John's um die Meisterschaft der Universität Cambridge spielen. Martin war stolz darauf, daß er, ein Ausländer, in die erste Mannschaft aufgenommen war und für sein brillantes Spiel den Titel eines College Blue erhalten hatte, was ihn dazu berechtigte, einen prächtigen hellblauen Blazer zu tragen. Er erinnerte sich jetzt amüsiert und staunend an seine Kinderjahre in Rußland, als er, in der weichen Kuhle der Kinderstubennacht zusammengerollt, sich Träumen überlassen hatte, die ihn unmerklich in den Schlaf hinübertragen würden, und in denen er sich als berühmten Fußballspieler sah. Er brauchte nur die Augen zu schließen und sich einen Fußballplatz vorzustellen oder auch, sagen wir, die langen braunen, durch Faltenbälge verbundenen Wagen eines Expresszuges, den er selbst fuhr, und seine Seele nahm nach und nach den Rhythmus auf, wurde selig-heiter, sozusagen geläutert, und schlüpfte glatt, wie geölt in süßes Vergessen. An die Stelle eines mit Höchstgeschwindigkeit dahinrasenden Eisenbahnzuges (er glitt durch leuchtendgelbe Birkenwälder und fremde Städte, überquerte Brücken, die sich über Straßen spannten, und weiter ging es südwärts durch Tunnel, die ihren eigenen plötzlichen Tagesanbruch hatten, und an der Küste eines blendend funkelnden Meeres entlang) konnte ein Flugzeug treten, ein Rennwagen, ein Bobsleigh, der in einem Wirbel von stäubendem Schnee eine scharfe Kurve nahm, oder auch einfach ein Waldpfad, auf dem man weiter und weiter lief. Bei solchen Reminiszenzen stellte Martin eine gewisse Besonderheit in seinem Leben fest: seine Träume hatten die Fähigkeit, zu kristallisieren und zu Wirklichkeit zu werden, so wie sie früher zu Schlaf geworden waren. Das schien ihm eine Garantie dafür, daß die neue Folge von Träumen, die er in letzter Zeit entwickelt hatte – Träume von einer illegalen, heimlichen Expedition –, sich ebenso verfestigen und mit Leben erfüllen würden, wie seine Träume von Fußballspielen fest und wirklich geworden waren: wie listig hatte er ganz ausführlich in jenen Träumen geschwelgt, hatte aus Angst, die köstliche Hauptsache zu rasch zu erreichen, lange bei den einzelnen Vorbereitungen zum Spiel verweilt – bei dem Anziehen der buntgeringelten Strümpfe, dem Anlegen der schwarzen Shorts und dem Zubinden der derben Stiefel.

Er richtete sich grunzend auf. Ihm war beim Umziehen vor dem Kamin warm geworden, und das war eine gewisse Hilfe, denn es milderte sein aufgeregtes Zittern. Der himmlische Blazer wurde über dem weißen Sweater mit dem V-Ausschnitt ordentlich zugeknöpft. Wie abgenutzt seine Torwarthandschuhe waren! So, er war fertig. Seine

Kleider lagen überall herum, so wie er sie abgeworfen hatte. Er sammelte alles ein und brachte es ins Schlafzimmer. Verglichen mit der Wärme des wollenen Sweaters fühlten seine Schenkel mit den bloßen Knien sich in den weiten, leichten Shorts wunderbar kühl an. «Puh!» sagte er, als er in Darwins Zimmer trat. «Ihr könnt nicht sagen, daß ich mich nicht schnell umgezogen hätte.»

«Gehen wir», sagte Sonja und stand vom Sofa auf.

Teddy sah sie mit einem flehenden Blick an. «Ich bitte tausendmal um Entschuldigung», bettelte er, «aber glaubt mir, ich kann nicht mitkommen, ich werde anderswo erwartet.»

Er ging. Auch Wadim ging und versprach, später mit dem Rad zum Sportplatz zu kommen.

«Vielleicht ist es doch nicht so interessant», sagte Sonja, zu Darwin gewandt. «Vielleicht sollten wir auch nicht hingehen?»

«Nein, nein, wir gehen auf jeden Fall», sagte Darwin lächelnd, und seine Hand legte sich mit beruhigendem Druck auf Martins Schulter. Als die drei die Straße entlanggingen, bemerkte Martin, daß Sonja ihn nicht ein einziges Mal ansah, obwohl sie ihn heute zum erstenmal in Fußballausrüstung erblickte.

«Können wir nicht ein bißchen schneller gehen?» sagte er. «Sonst kommen wir noch zu spät.»

«Das würde nicht viel schaden», sagte Sonja und blieb vor einem Schaufenster stehen.

«Schön, dann gehe ich voraus», sagte Martin; fest mit den Gummibeschlägen seiner Stiefel auftretend, ging er auf einem Abkürzungsweg durch eine Gasse zum Sportplatz.

Eine ganze Menge Zuschauer waren herausgekommen, zum Teil dank des schönen Wetters mit seinem lichtblauen Winterhimmel und der frischen Luft. Martin ging weiter und trat in den Pavillon, wo die anderen Spieler sich bereits versammelt hatten. Armstrong, der Mannschaftsführer, ein schlaksiger Bursche mit gestutztem Schnurrbart, lächelte schüchtern, als er Martin zum hundertstenmal sagte, er müsse Knieschützer tragen. Gleich darauf trabten alle elf Spieler im Gänsemarsch aus dem Pavillon, und Martin wurde sich einer geliebten Mischung von Eindrükken bewußt: der scharfe Geruch des feuchten Rasens, seine Elastizität unter den Sohlen, Tausende von Menschen auf den Tribünen, der schwarze, kahle Fleck vor dem Tor, und der dumpfe Ton des Balles, den die andere Mannschaft herumkickte. Der Schiedsrichter brachte einen nagelneuen hellgelben Ball heraus und legte ihn in den weißen Kreis in der Mitte des Platzes. Die Spieler nahmen ihre Plätze ein, und der Pfiff ertönte. In diesem Augenblick verschwand Martins Nervosität; er lehnte sich gelassen an den linken Torpfosten und sah sich suchend nach Darwin und Sonja um. Das Spiel konzentrierte sich zur Zeit auf die andere Seite des Platzes, und er konnte sich an der kalten Luft weiden, an dem matten Grün des Rasens, an dem Geschwätz der Leute, die unmittelbar hinter dem Tornetz standen, an dem herrlichen Gefühl, daß sein Knabentraum Wirklichkeit geworden war, daß der rothaarige Bursche da drüben, der Anführer der Mannschaft von St. John's, der den Ball mit so hervorragender Akkuratesse fing und weitergab, kürzlich gegen Schottland gespielt hatte, und daß es in der Zuschauermenge jemanden gab, für den es sich lohnte, besondere Anstrengungen zu machen. In der Kindheit hatte der Schlaf ihn immer gerade in diesen ersten Minuten des Spiels überwältigt, denn Martin hatte sich in die Einzelheiten der Vorrede derart vertieft, daß er nie bis zum eigentlichen Text gekommen war. So pflegte er, um den Genuß in die Länge zu ziehen, das Spiel selbst für einen anderen, weniger schläfrigen Abend aufzuschieben, das lebhafte, flinke Spiel mit dem Trappeln der näher kommenden Füße, und jetzt konnte er das Keuchen des Angriffs hören, während der Rotkopf loslief – und da kam er mit wehendem Haarschopf, und dann trieb seine legendäre Fußspitze den Ball pfeifend knapp über den Erdboden in die Ecke des Tors, aber dem Tormann gelang es, mit einem körperlangen Kopfsprung das Geschoß abzufangen, und nun hatte er den Ball schon in den Händen, und den nächststehenden Gegnern ausweichend schoß Martin ihn mit aller Kraft von Schenkel und Wade mit einem widerhallenden Fallstoß zum Gebrüll der Tribünen in einem Bogen über den Platz.

Während der kurzen Halbzeitpause rekelten die Spieler sich Zitronen lutschend auf der Erde, und als die Mannschaften die Tore wechselten, suchte Martin von seinem neuen Standpunkt aus wieder in der Menge nach Sonja und Darwin. Es war aber nicht viel Zeit zum Herumstarren, denn das Spiel wurde gleich sehr hitzig, und er mußte ständig kauernd auf dem Sprunge sein. Mehrmals fing er zusammengekrümmt Kanonenkugeln ab; mehrmals wehrte er mit der Faust Hochwürfe ab; und so hielt er sein Tor bis zum Ende des Spiels unberührt, und er lächelte vor Freude, als eine Sekunde vor dem Schlußpfiff der gegnerische Torwart den schlüpfrigen Ball fallen ließ, woraufhin Armstrong ihn prompt ins Netz schlug.

Alles war vorbei, die Zuschauer überfluteten den Platz, und immer noch konnte er Sonja und Darwin nicht ausmachen. Irgendwo hinter der Haupttribüne bemerkte er unter den aufbrechenden Zuschauern Wadim auf seinem Fahrrad, der sich vorsichtig durchschlängelte und dabei pfiff. «Sie haben sich schon vor einer ganzen Weile verdrückt», sagte er, Martins Frage beantwortend, «gleich nach der Halbzeit, und weißt du –» Hier folgte eine bissige Bemerkung über Darwin, die Martin aber nicht zu

Ende hörte, da in diesem Augenblick Philpott, einer von seiner Mannschaft, sich auf seinem knatternden roten Motorrad vorbeidrängte und ihm anbot, ihn mitzunehmen. Martin stieg hinten auf, und Philpott gab Gas. «Hätte mir die Mühe, den letzen Ball abzuwehren, auch sparen können», dachte Martin, während er das Gesicht in dem böigen Wind verzog. Er war deprimiert und verbittert, und als er an seiner Straßenecke abgestiegen war und nach Hause ging, grübelte er angewidert über den gestrigen Tag und Roses Verschlagenheit nach mit dem Ergebnis, daß er sich noch gekränkter fühlte. «Sicher trinken sie irgendwo Tee», brummte er, warf aber auf alle Fälle einen Blick in Darwins Zimmer. Sonja lag auf der Couch, und gerade als er eintrat, hob sie die Hand mit flinkem Zugriff, um eine vorüberfliegende Kleidermotte zu fangen.

«Und Darwin?» fragte Martin.

«Lebt noch. Ist Kuchen holen gegangen», antwortete sie, den weißlichen Fleck, der ihr entwischt war, mit feindseligem Blick verfolgend.

«Eine Schande, daß ihr nicht bis zum Schluß geblieben seid», sagte Martin, im Abgrund eines Armsessels versinkend. «Wir haben gewonnen. Eins zu Null.»

«Du solltest dich waschen», bemerkte sie. «Sieh bloß deine Knie. Schön sehen die aus! Und du hast irgendwas Schwarzes mit reingebracht.»

«Schon gut. Laß mich nur erst mal verschnaufen.» Er holte mehrmals tief Luft, dann stand er müde grunzend auf.

«Einen Augenblick», sagte Sonja. «Du mußt das hören, du wirst dich totlachen. Er hat mir gerade Hand und Herz angeboten. Ich wußte natürlich, daß es so kommen würde – ist herangereift und schließlich geplatzt.» Sie streckte sich und sah Martin, der die Augenbrauen gehoben hatte, finster an. «Sehr intelligent siehst du aus», sagte sie; dann wandte sie den Blick und fuhr fort: «Ich verstehe einfach nicht, was er erwartet hat. Sehr netter Junge und so weiter, aber ein Klotz, ein richtiger englischer Eichenklotz. Ich würde binnen einer Woche an Langeweile sterben. Da ist sie, da fliegt sie schon wieder, diese Motte.»

Martin räusperte sich und sagte: «Ich glaube dir nicht. Du hast ja gesagt, ich weiß es.»

«Du bist wohl verrückt!» rief Sonja, sich aufsetzend und mit beiden Händen auf die Couch schlagend. «Was stellst du dir eigentlich vor!»

«Darwin ist intelligent und scharfsinnig, alles andere als ein Klotz», sagte Martin etwas mühsam.

Sie versetzte der Couch noch einen Schlag. «Aber er ist kein richtiger Mensch – siehst du das nicht, du Idiot? Das ist ja direkt beleidigend. Er ist kein Mensch, sondern eine Attrappe. Nichts drin wie Humor – haufenweise. Das ist schön und gut, wenn man zusammen tanzen geht, aber auf die Länge kann Humor ziemlich unerträglich werden.»

«Er ist Schriftsteller, die Kenner sind ganz hingerissen von seinen Erzählungen», murmelte Martin mit Anstrengung und entschied, daß er nun seine Pflicht getan habe, daß er lange genug versucht habe, sie zu überzeugen, daß auch edelmütiges Verhalten seine Grenzen habe.

«Genau, genau – nur für Kenner! Sehr charmant, sehr gut geschrieben, aber alles so oberflächlich, so bequem, so –»

Hier fühlte Martin sich von einem strahlenden Sturzbach fortgerissen, der die Schleusen gesprengt hatte, er erinnerte sich an den schwierigen Zug, den er so hübsch pariert hatte, erinnerte sich, daß die Sache mit Rose in Ordnung gebracht war, daß heute abend im Club ein Bankett stattfand, daß er gesund und kräftig war, daß morgen, übermorgen und noch viele, viele Tage das Leben weitergehen würde, überreich an vielfältigem Glück. All das überwältigte ihn in einem schwindelnden Augenblick, und er riß Sonja fröhlich in seine Arme zusammen mit dem Kissen, an das sie sich geklammert hatte, und begann ihre feuchten Zähne, ihre Augen, ihre kalte Nase zu küssen, und sie wehrte sich, trat um sich, und ihr nach Veilchen duftendes schwarzes Haar geriet ihm fortgesetzt in den Mund; schließlich ließ er sie laut lachend auf das Sofa fallen. In diesem Augenblick wurde die Tür aufgestoßen. Erst erschien ein Fuß, dann der ganze Darwin, mit Leckereien beladen. Er wollte die Tür mit dem Fuß zumachen, ließ aber eine Tüte fallen, aus der einige Meringen purzelten.

«Martin hat eine Kissenschlacht veranstaltet», sagte Sonja klagend und atemlos. «Eins zu Null ist schließlich nicht so was Großartiges, muß man sich da wie ein Irrer benehmen?»

27

Am nächsten Tag hatten Martin und Darwin beide eine Temperatur von 38° (unter der Achsel), Schmerzen im ganzen Körper, Halsweh und Ohrensausen, kurzum: alle Symptome einer Grippe. So vergnüglich die Vorstellung auch sein mochte, daß Sonja wahrscheinlich die Ansteckung übertragen hatte, fühlten sie beide sich hundeelend, und Darwin, der sich standhaft weigerte, im Bett zu bleiben, sah in seinem bunten Morgenrock wie ein nach langem Kampf geröteter und zerzauster Schwergewichtsboxer aus. Wadim, der die Ansteckungsgefahr heroisch ignorierte, brachte Medizin, während Martin, der über seine Bettdecke ein Reiseplaid und seinen Mantel geworfen hatte (beides vermochte seinen Schüttelfrost nicht merklich zu lindern), mit finsterer Miene im Bett lag und überall – in jedem Tapetenmuster, jeder Kombination von zufälligen Gegenständen, Flecken oder Schatten – menschliche Profile sah: schnauzenförmige Fratzen, bourbonische Nasen, negroide Wulstlippen; man fragt sich, warum Fieber sich so beharrlich im Zeichnen ziemlich vulgärer Karikaturen manifestiert. Er döste ein, und sofort tanzte er Foxtrott mit einem Skelett, das beim Tanzen aus den Fugen ging und seine Knochen verlor, die er aufheben und festhalten mußte, wenigstens bis zum Schluß des Tanzes; wenn er das nicht tat, mußte er eine unerhörte Prüfung bestehen, eine ganz andere als die, welche Martin in Wirklichkeit ein paar Monate später, nämlich im Mai, bestehen mußte. In dem Traumexamen wurden ihm monströse Probleme vorgelegt, in Watte verpackte große eiserne X-e, während in der richtigen Prüfung in einem geräumigen Saal, der von einem staubigen Sonnenstreifen unterteilt wurde, die Philologiestudenten in einer Stunde drei Aufsätze aus dem Ärmel schütteln mußten, und Martin schrieb, dann und wann einen Blick auf die Wanduhr werfend, in seiner großen, runden Handschrift über die Schergen Iwans des Schrecklichen, über Baratynskij, über die Reformen Peters des Ersten und über Loris-Melikow.

Seine Zeit in Cambridge näherte sich ihrem Ende, und die letzten Tage waren von einer Art strahlender Apotheose begleitet, während man auf die Prüfungsergebnisse wartete, konnte man sich den ganzen Nachmittag, unter dem majestätischen Schutz rosablühender Kastanien die Cam hinabgleitend, auf Kissen gelagert in der Sonne aalen. In diesem Frühjahr zog Sonja mit ihrer Familie nach Berlin, wo Silanow eine Wochenzeitung in russischer Sprache herausgab, und nun erinnerte sich Martin, unter den sanft wandernden Zweigen ausgestreckt, an seine letzte Fahrt nach London. Darwin hatte nicht mitkommen wollen; er trug Martin in gleichgültigem Ton Grüße an Sonja auf, winkte lässig mit den Fingern und vertiefte sich wieder in sein Buch. Als Martin ankam, war das Haus der Silanows in dem trostlos verwüsteten Zustand, der älteren häuslichen Hunden – fetten Dackeln zum Beispiel – so verhaßt ist. Das Mädchen und ein kraushaariger Jüngling mit einer Zigarette hinterm Ohr trugen gerade einen Koffer hinunter. Irina saß weinend allein im Wohnzimmer, biß an den Fingernägeln und dachte unergründliche Gedanken. In einem Schlafzimmer fiel irgend etwas Gläsernes herunter und zerbrach, und wie als Antwort klingelte gleich darauf das Telephon im Arbeitszimmer, aber niemand beachtete es. Im Speisezimmer stand bescheiden wartend ein Teller, der mit einem anderen zugedeckt war, aber welche Speise er barg, blieb ein Geheimnis. Silanow, trotz des warmen Wetters in einem schwarzen Mantel, kam von irgendwoher, setzte sich hin und schrieb so unbeirrt, als wäre es ein Tag wie jeder andere. Er war ein eingefleischter Nomade, und es kümmerte ihn augenscheinlich nicht im mindesten, daß es in einer Stunde Zeit sein würde, zum Bahnhof zu fahren, und daß in der Ecke eine Bücherkiste stand, die noch zugenagelt werden mußte: er saß da und schrieb in einem Zugwind, der Holzwolle und altes Zeitungspapier hochwirbelte. Sonja stand in der Mitte ihres Zimmers, die Hände an die Schläfen gepreßt, ihr mißmutiger Blick ging zwischen einem großen Paket und einem bereits vollen Koffer hin und her. Martin setzte sich auf das niedrige Fensterbrett und rauchte. Mehrmals kam entweder ihre Mutter oder ihre Tante herein, suchte nach etwas, fand es nicht und ging wieder hinaus. «Freust du dich auf Berlin?» fragte Martin trübsinnig und betrachtete seine Zigarette mit ihrem Auswuchs von Asche, der so aussah wie mit Flechten bewachsene Tannenzweige vor einem unheilverkündenden Abendrot.

«Das ist mir egal», sagte Sonja, die in Gedanken abtaxierte, ob der Koffer zugehen würde.

«Sonja», sagte Martin nach einem Weilchen.

«Was? Was ist denn?» murmelte sie, aus ihrer Entrükkung aufschreckend, und plötzlich begann sie hastig herumzuwirtschaften, offenbar um den Koffer mit einem plötzlichen Angriff zu überrumpeln.

«Sonja», sagte Martin, «ist es wirklich wahr –» Die Tante kam herein, blickte in eine Ecke, rief jemandem im Korridor eine negative Antwort zu und eilte wieder hinaus, ohne die Tür zu schließen.

«Kann es wirklich wahr sein», sagte Martin, «daß wir uns nie wiedersehen werden?»

«Das weiß nur der liebe Gott», erwiderte Sonja zerstreut.

«Sonja», fing Martin wieder an. Sie sah ihn an, zog eine Grimasse (oder war es ein Lächeln?).

«Weißt du», sagte sie, «er hat mir all meine Briefe zurückgeschickt, alle Photos, alles. Komischer Kerl. Er hätte die Briefe ruhig behalten können. Ich habe eine halbe Stunde damit zugebracht, sie zu zerreißen und runterzuspülen, und nun ist die Toilette verstopft.»

«Du hast dich gegen ihn nicht gut benommen», sagte Martin bitter. «Du kannst doch nicht jemandem Hoffnungen machen und ihm dann einen Korb geben.»

«Halt du dich da heraus», rief Sonja mit schriller Stimme. «Was für Hoffnungen? Wie kannst du es wagen, von Hoffnungen zu reden? Wie ordinär, wie schmutzig! Und überhaupt, warum hörst du nicht auf, mich zu belästigen? Setz dich lieber auf diesen Koffer», fügte sie etwas weniger schrill hinzu. Martin setzte sich auf den Kofferdeckel und drückte ihn fest herunter.

«Geht nicht zu», sagte er heiser. «Und ich weiß nicht, wieso du so wütend wirst. Ich wollte nur sagen –»

In diesem Augenblick war ein zögerndes Klicken zu hören, und ehe der Koffer sich anders besinnen konnte, drehte Sonja den kleinen Schlüssel im Schloß. «So, jetzt ist alles fertig», sagte sie. «Komm hier rüber, Martin. Laß uns ehrlich miteinander reden.»

Silanow spähte ins Zimmer. «Wo ist Mutter?» fragte er. «Habe ich nicht gesagt, man soll meinen Schreibtisch in Ruhe lassen? Jetzt ist der Aschenbecher verschwunden, da lagen zwei Briefmarken drin.»

Als er fort war, nahm Martin Sonjas Hand in seine beiden Hände und drückte sie mit einem melancholischen Seufzer.

«Du bist doch ein sehr lieber Junge», sagte Sonja. «Wir werden einander schreiben, und vielleicht kommst du einmal nach Berlin, oder vielleicht treffen wir uns eines Tages in Rußland – wäre das nicht lustig?»

Martin fuhr fort, den Kopf zu schütteln, und fühlte Tränen aufsteigen. Sonja riß ihre Hand weg. «Na schön, wenn du maulen willst», sagte sie ärgerlich, «dann tu es nur nach Herzenslust.»

«Ach, Sonja», stammelte er bekümmert.

«Was willst du eigentlich genau gesagt von mir?» fragte sie, die Augen zusammenkneifend. «Bitte, sag mir, was willst du von mir?» Martin wandte den Kopf ab und zuckte die Achseln.

«Hör zu», sagte sie, «es ist Zeit, hinunterzugehen, wir müssen aufbrechen, und deine Maulerei bringt mich nur auf. Um Gottes willen, warum kann denn zwischen uns nicht alles nett und einfach bleiben?»

«Du wirst dich in Berlin verheiraten», brummelte Martin hoffnungslos. Wie in einer Komödie kam das Mädchen hereingestürzt und nahm den Koffer. Hinter ihr erschien Frau Silanow, schon im Hut.

«Zeit zu gehen, Zeit zu gehen», sagte sie. «Du hast alles

hier reingekriegt? Nichts vergessen? Es ist schrecklich», wandte sie sich an Martin. «Wir hatten vor, morgen in aller Ruhe abzureisen.»

Sie verschwand, aber eine Zeitlang hörte man noch, wie sie im Korridor jemandem etwas über die dringenden Geschäfte ihres Mannes erklärte, und Martin empfand diese ganze Aufregung und Unordnung so schmerzhaft, als so unsäglich traurig, daß er sich tatsächlich danach sehnte, Sonja ohne viel Federlesens wegzuschaffen, sie so schnell wie möglich loszuwerden und nach Cambridge mit seinem trägen Sonnenschein zurückzukehren.

Sonja lächelte, nahm ihn bei der Schulter und küßte ihn auf den Nasenrücken. «Ich weiß nicht – vielleicht», flüsterte sie, und sich hastig aus Martins heftiger Umarmung lösend, hob sie einen mahnenden Finger. «*Tout beau*, Hundchen», sagte sie, und dann machte sie große Augen, denn in diesem Augenblick hörte man aus dem Erdgeschoß ein furchtbares, unmögliches, hauserschütterndes Schluchzen. «Komm, komm», drängte Sonja. «Ich verstehe nicht, warum das arme Kind so unglücklich über den Umzug ist. Schluß jetzt, verdammt noch mal – laß mich gehen!»

Unten an der Treppe schüttelte Irina sich heulend wie in einem Krampf und klammerte sich ans Geländer. Ihre Mutter redete ihr sanft zu: «Ira, Irotschka», während Silanow auf sein oft bewährtes Hilfsmittel zurückgriff: er nahm sein Taschentuch heraus, machte rasch einen dicken Knoten mit langen Ohren hinein, zog das Taschentuch über die Hand und bewegte es so, daß es wie ein Männchen in Nachthemd und Schlafmütze aussah, das sich gemütlich zu Bett begibt.

Am Bahnhof flossen ihre Tränen aufs neue, aber stiller und hoffnungsloser. Martin steckte ihr eine Schachtel Konfekt zu, die eigentlich für Sonja bestimmt gewesen war. Silanow schlug, kaum hatte er seinen Platz eingenommen, eine Zeitung auf. Frau Silanow und Frau Pawlow ließen den Blick über die Gepäckstücke schweifen, um sie zu zählen. Polternd schlossen sich die Türen; der Zug fuhr ab. Sonja steckte, sich mit den Ellbogen auf das heruntergelassene Fenster lehnend, den Kopf heraus, und ein paar Sekunden lang ging Martin neben den Zuge her; dann blieb er zurück, und eine schon viel kleiner gewordene Sonja warf ihm eine Kußhand zu, und Martin stolperte über eine Kiste auf dem Bahnsteig.

«Nun also sind sie fort», seufzte er und spürte eine gewisse Erleichterung. Er begab sich zum anderen Bahnhof, kaufte die neue Nummer eines Witzblatts mit einem Kasper – ganz Nase, Kinn und Buckel – auf dem Titelbild, und als er sie bis zum letzten Witz durchgelesen hatte, richtete er den Blick auf die vorüberfliegenden sanften Felder. «Mein Liebling, mein Liebling», wiederholte er ein paarmal, und während er durch eine heiße Träne in die grüne Landschaft hinausstarrte, stellte er sich vor, wie er nach vielen Abenteuern nach Berlin kommen, Sonja besuchen und gleich Othello mit einer Geschichte beginnen würde, die von grausigen Gefahren, denen er nur um Haaresbreite entronnen war, und von katastrophalen Schicksalsschlägen handelte. «Nein, so kann es nicht weitergehen», sagte er, sich mit dem Finger das Augenlid reibend und die Oberlippe anspannend. «Nein, nein. Weniger reden und mehr handeln.» Er schloß die Augen, drückte sich bequem in die Ecke und begann, eine imaginäre Landkarte vor Augen, sich auf eine gefährliche Expedition vorzubereiten. Niemand wußte von seinen Plänen, höchstens Darwin würde er vielleicht unterrichten – Wiedersehn, alles Gute, der Zug nach Norden setzt sich in Bewegung, und mitten in diesen Vorbereitungen schlief er ein, genau wie früher, wenn er in seinen Einschlafträumen seinen Fußballdress anzog. Es war dunkel, als er in Cambridge ankam. Darwin las noch in demselben Buch und gähnte wie ein Löwe, als Martin hereinkam. Und hier gab Martin einer kleinen mutwilligen Versuchung nach, wofür er später bezahlen mußte. Er setzte ein nachdenkliches Lächeln auf und starrte vor sich hin; und Darwin gähnte in aller Ruhe zu Ende, dann sah er ihn neugierig an.

«Ich bin der glücklichste Mensch der Welt», sagte Martin mit leiser, gefühlvoller Stimme. «Ach, wenn ich dir nur alles erzählen könnte.»

In gewissem Sinne war das keine Lüge, denn als er im Zug eingedöst war, hatte er einen Traum gehabt, der auf etwas, was Sonja gesagt hatte, zurückging. Im Traum hatte sie seinen Kopf an ihre glatte Schulter gedrückt und sich über ihn gebeugt, ihn mit ihren Lippen gekitzelt und mit halberstickter Stimme warme, zärtliche Worte gemurmelt, und jetzt war es schwer, Phantasie und Wirklichkeit zu trennen.

«Nun, das freut mich sehr für dich», sagte Darwin. Eine plötzliche Verlegenheit überkam Martin, und er ging, vor sich hin pfeifend, hinaus und zu Bett. Eine Woche später erhielt er eine Postkarte mit einer Ansicht vom Brandenburger Tor, auf die Sonja mit ihrer Spinnenschrift etwas geschrieben hatte; es dauerte lange, bis er es entziffert hatte, und er bemühte sich vergeblich, aus den alltäglichen Worten einen verborgenen Sinn herauszulesen.

Und jetzt, während er unter tiefhängenden blühenden Zweigen den Fluß hinunterglitt, rekapitulierte Martin seine letzte Begegnung mit ihr in London, analysierte sie, erprobte sie mit verschiedenen Säuren: eine angenehme, aber nicht sehr fruchtbare Arbeit. Es war ein heißer Tag; durch die geschlossenen Augenlider sah er die Sonne als mattes Erdbeerrot; er hörte das gedämpfte Plätschern des Wassers und die sanfte, ferne Musik der Grammophone in anderen Booten. Bald darauf öffnete er die Augen, und da saß Darwin halb liegend auf den Kissen, von Sonnenlicht umflutet, ihm gegenüber, in weißen Flanellhosen und offenem Hemd wie er. Die Stake, die ihr Punt vorwärtsbewegte, wurde von Wadim bedient. Seine rissigen Pumps glitzerten von Wassertropfen, und sein scharfgeschnittenes Gesicht hatte einen gespannten Ausdruck – er liebte den Wassersport, und es war für ihn sozusagen ein geheiligter Ritus, wie er jetzt geschickt und rhythmisch die Stake handhabte, wie er sie in methodischem Wechsel aus dem Wasser zog und dann von neuem hineinstieß. Das Punt glitt zwischen blumigen Ufern dahin; in dem durchsichtig grünen Wasser spiegelten sich bald Kastanienbäume, bald milchweiß blühende Brombeerbüsche; hin und wieder fiel ein Blütenblatt ins Wasser, und man konnte beobachten, wie sein Spiegelbild eilig aus der Wassertiefe emporschoß und mit ihm verschmolz. Träge und geräuschlos – das Gurren der Grammophone nicht gerechnet – glitten andere Punte, mitunter auch ein Kanu, vorüber. Martin bemerkte weiter vorn einen aufgespannten leuchtendbunten Sonnenschirm, der bald hier-, bald dorthin gedreht wurde, aber von seiner Besitzerin war nichts weiter sichtbar als eine Hand, die unpassenderweise in einem weißen Handschuh steckte. Ihr Bootsführer war ein junger Mann mit Brille, der sehr ungeschickt stakte. Das Boot bewegte sich im Zickzackkurs, und Wadim kochte vor Verachtung und wußte nicht, auf welcher Seite er überholen sollte. An der nächsten Biegung bewegte es sich unweigerlich dem Ufer zu, der aufgespannte Schirm war im Profil zu sehen, und Martin erkannte Rose.

«Sieh mal, wie amüsant», sagte er, und Darwin, ohne die dicken Arme unter seinem Nacken wegzunehmen, folgte mit den Augen Martins Blick.

«Du wirst sie nicht begrüßen», bemerkte er gelassen.

Martin lächelte. «O doch, das werde ich bestimmt.»

«Wenn du das tust», sagte Darwin nölend, «komm ich dir auf den Kopf.»

Seine Augen hatten einen seltsamen Ausdruck, und Martin wurde unbehaglich zumute; aber gerade weil Darwins Drohung nicht spaßhaft klang, sondern eher erschreckend, rief Martin, als sie an dem im Ufergebüsch gestrandeten Punt vorüberglitten: «Hallo, hallo, Rose!» Und sie lächelte stumm, ihre Augen blitzten und ihr Sonnenschirm drehte sich, und der bebrillte Knabe ließ vor lauter Eifer seine Stake platschend ins Wasser fallen, und im nächsten Augenblick schob sich die Biegung zwischen die beiden Boote, und Martin legte sich wieder zurück und betrachtete den Himmel.

Nach einigen Minuten des Schweigens sah Darwin seinerseits einen Bekannten. «John!» brüllte er. «Komm hier rüber.»

John grinste und begann rückwärts zu paddeln. Dieser behäbige junge Mann mit den schwarzen Brauen und dem Bürstenhaarschnitt war ein begabter Mathematiker, der kürzlich für eine seiner Abhandlungen einen Preis bekommen hatte. Er saß tief in seiner Piroge (wie Wadim den Einbaum bezeichnete) und ruderte mit einem glänzenden Paddel dicht neben der Bootswand.

«Sag mal, John», verkündete Darwin, «ich bin hier zum Zweikampf gefordert worden, und ich hätte dich gern als Sekundanten. Wir werden uns ein stilles Plätzchen suchen und an Land gehen.»

«In Ordnung», antwortete John, nicht im mindesten überrascht, und während er neben ihnen her paddelte, berichtete er ausführlich von einem Studenten, der sich neuerdings ein Wasserflugzeug zugelegt hatte und bei dem Versuch, auf der schmalen Cam aufzusteigen, prompt abgestürzt war. Martin lag unbeweglich auf seinen Kissen.

Da war es wieder, das vertraute Zittern und die Schwäche in den Beinen. Vielleicht hatte Darwin doch nur gescherzt? Was hatte ihn nur so wütend gemacht?

Wadim war anscheinend so in die Mystik der Navigation vertieft, daß er nichts gehört hatte. Nach drei oder vier Biegungen bat ihn Darwin, auf das Ufer zuzuhalten. Der Tag neigte sich schon dem Abend zu. Der Fluß war an dieser Stelle menschenleer. Wadim steuerte auf eine kleine grüne Landzunge zu, die unter einem Laubbaldachin ins Wasser ragte. Sie liefen sanft auf und hielten.

28

Darwin sprang als erster ans Ufer und half Wadim beim Festmachen des Bootes. Martin streckte sich, erhob sich ohne Eile und stieg ebenfalls aus.

«Habe gestern angefangen, Tschechow zu lesen», sagte John zu ihm, mit den Augenbrauen zuckend. «Bin dir sehr dankbar für den Rat. Ansprechender, menschlicher Schriftsteller.»

«O ja, das ist er bestimmt», sagte Martin, und für sich dachte er: «Wird es wirklich einen Zweikampf geben?»

«Dort», sagte Darwin, zu ihm tretend. «Wenn wir durch das Gebüsch da gehen, kommen wir auf eine Wiese, da sind wir vom Fluß aus nicht zu sehen.»

Erst jetzt begriff Wadim, was hier vorgehen sollte. «*Mamka* wird dich umbringen», sagte er auf russisch zu Martin.

«Unsinn», erwiderte Martin. «Ich bin ein ebenso guter Boxer wie er.»

«Halt dich nicht mit Boxen auf», flüsterte Wadim fieberhaft. «Gib ihm gleich einen kräftigen Tritt!» Und er zeigte genau, wohin. Er war lediglich aus Patriotismus auf Martins Seite.

Die von Haselsträuchern eingeschlossene kleine Wiese war weich wie Samt. Darwin rollte seine Hemdärmel auf, aber dann überlegte er sich's anders: er rollte sie wieder hinunter und zog das Hemd ganz aus, einen massigen rosa Torso entblößend mit glänzenden muskulösen Schultern und einen Pfad von goldblonden Haaren in der Mitte seiner breiten Brust. Er schnallte seinen Gürtel fester, und plötzlich lächelte er übers ganze Gesicht. Es ist alles nur ein Spaß, dachte Martin freudig, aber sicherheitshalber zog er auch sein Hemd aus. Seine Haut war von sahniger Farbe und mit zahlreichen kleinen Leberflecken übersät, wie man es bei Russen häufig findet. Neben Darwin wirkte er magerer, obwohl auch er kräftig gebaut und breitschultrig war. Er zog das goldene Kettchen mit dem Kreuz über den Kopf, ließ es in der Handfläche zusammenrieseln und steckte es in die Tasche. Die Abendsonne badete seinen Rücken in Wärme.

«Wie wollt ihr's machen, mit Atempausen?» fragte John, der sich behaglich im Grase rekelte. Darwin sah Martin, der breitbeinig mit verschränkten Armen dastand, fragend an.

«Mir egal», bemerkte Martin, während ihm der Gedanke durch den Kopf schoß: «Nein, es ist Wirklichkeit – wie gräßlich . . .»

Wadim latschte, die Hände in den Taschen, ruhelos herum, er schnüffelte, er grinste unbehaglich, dann setzte er sich im Türkensitz neben John.

John zog seine Uhr heraus. «Jedenfalls sollten wir ihnen im ganzen nicht mehr als fünf Minuten geben – einverstanden, Wadim?»

Wadim nickte verwirrt.

«Also, ihr könnt anfangen», sagte John.

Die Fäuste geballt, die Beine gebeugt, begannen die beiden umeinander herumzutanzen. Martin konnte sich noch immer nicht vorstellen, daß er Darwin ins Gesicht schlagen würde, in dieses großflächige, glattrasierte Gesicht mit den weichen Fältchen um den Mund; als jedoch Darwins Linke vorschoß und Martin am Kopf traf, wurde alles anders: die Angst war wie weggeblasen, er fühlte sich innerlich entspannt und strahlend, und das Dröhnen in seinem Kopf von dem Hieb, den er abbekommen hatte, war ein Gesang von Sonja, um die es ja in gewissem Sinne in diesem Duell ging. Dem nächsten Ausfall mit einem Sprung ausweichend, stieß er die Faust in Darwins freundliches Gesicht, duckte sich unter der zurückschlagenden Rechten seines Gegners, versuchte einen Kinnhaken und kriegte selbst einen so schwarzen, sternflimmernden Schlag ins Auge, daß er taumelte und gerade noch dem gemeinsten von einem halben Dutzend Hieben ausweichen konnte. Er duckte sich, er machte eine Finte, dann traf er Darwins Mund so gut, daß er mit den Fingerknöcheln durch die Nässe der Lippen hindurch die Härte der Zähne fühlte, aber die Strafe folgte auf dem Fuß: sein Bauch wurde von etwas getroffen, was sich wie das vorragende Ende eines Eisenträgers anfühlte. Sie trennten sich und begannen einander wieder zu umkreisen. Darwin rann etwas Rotes aus dem Mundwinkel. Er spuckte zweimal aus, und der Kampf ging weiter. John, der nachdenklich seine Pfeife paffte, wog in Gedanken Darwins Erfahrung und Martins Schnelligkeit gegeneinander ab und entschied, daß er, wenn er zwischen diesen beiden Schwergewichtlern im Ring wählen sollte, wohl auf den älteren setzen würde. Martins linkes Auge war schon zugeschwollen, und die beiden Kombattanten glänzten von

Schweiß und verschmiertem Blut. Wadim war mittlerweile ganz aus dem Häuschen und brüllte aufgeregt auf russisch, bis John ihn zum Schweigen brachte. Peng! aufs Ohr. Martin verlor die Balance, und während er taumelte, konnte Darwin einen zweiten Schlag landen, woraufhin Martin auf einen steinigen Fleck plumpste und sich das Steißbein stieß, aber er sprang sofort wieder auf und kämpfte weiter. Trotz des dröhnenden Schmerzes in seinem Kopf und des scharlachroten Nebels vor seinen Augen wußte Martin genau, daß er Darwin mehr Schaden zufügte als Darwin ihm, aber John, der ein Boxfan war, merkte bereits, daß Darwin erst jetzt richtig in Schwung kam und daß der jüngere der beiden in wenigen Sekunden endgültig am Boden sein würde. Aber wunderbarerweise widerstand Martin einer Serie schallender Haken, ja er brachte es sogar fertig, dem anderen wieder einen Schlag auf den Mund zu verpassen. Er keuchte jetzt und konnte nicht mehr ganz klar denken, und was er vor sich sah, hieß nicht mehr Darwin, hatte eigentlich überhaupt keinen menschlichen Namen mehr, es war einfach eine rosige, schlüpfrige, sich rasend schnell bewegende Masse geworden, in die er mit seinem letzten bißchen Kraft hineinboxen mußte. Es gelang ihm, noch einen sehr kräftigen und befriedigenden Schlag zu landen – wohin, sah er nicht –, aber sofort trommelten unzählige Fäuste ausgiebig von allen Seiten auf ihn ein, wohin er sich auch wandte; er suchte eigensinnig nach einer Bresche in diesem Wirbelsturm, fand auch eine, hämmerte auf eine breiig-matschige Fleischmasse ein, merkte plötzlich, daß ihm der Kopf von den Schultern flog, rutschte aus und blieb in einem feuchten Clinch an Darwin hängen.

«Zeit!» ertönte Johns Stimme von ganz weit her, und die Kämpfer trennten sich. Martin fiel ins Gras, und Darwin, den blutigen Mund zu einem Grinsen verzogen, ließ sich neben ihn fallen und legte ihm zärtlich den Arm um die Schultern, und so – mit gesenkten Köpfen und schwer atmend – erstarrten beide zur Bewegungslosigkeit.

«Ihr solltet euch waschen», sagte John, während Wadim sich vorsichtig näherte, um ihre zerschlagenen Gesichter zu untersuchen.

«Kannst du stehen?» fragte Darwin besorgt. Martin nickte, und stand, sich auf den anderen stützend, auf. Die Arme einander um die Schultern gelegt, trotteten sie schwerfällig zum Fluß. John klopfte sie auf die feucht-klebrigen nackten Rücken, Wadim ging voraus, um eine abgeschiedene Bucht zu suchen. Dort half Darwin dem Freund, Gesicht und Körper gründlich zu waschen, dann tat Martin dasselbe für ihn, und beide fragten einander immer wieder leise und besorgt, ob es sehr weh tue und ob das Wasser auch nicht zu sehr brenne.

29

Die Dämmerung wurde tiefer, schon schlugen Nachtigallen, die dunstigen Wiesen und das dunkle Gesträuch atmeten Feuchtigkeit. Der Flußnebel verschlang John und sein schwarzes Kanu. Wadim, der wieder das Punt antrieb, eine stumme, weiße, gespenstische Gestalt im Dunkel, tauchte die ebenso gespenstische Stake mit somnambul glatten Bewegungen ins Wasser. Martin und Darwin lagen Seite an Seite auf den Kissen, schlaff, erschöpft und verschwollen, und starrten mit ihren drei unverletzten Augen zum Himmel hinauf, über den hin und wieder ein dunkler Zweig wanderte. Und dieser Himmel und der Zweig, das kaum hörbare Plätschern des Wassers und Wadims Gestalt, geheimnisvoll veredelt durch seine Liebe zur Schifffahrt, und das Licht der bunten Papierlampions am Bug der vorüberfahrenden Punte und der Gedanke, daß in wenigen Tagen Cambridge zu Ende sein würde und daß sie vielleicht zum letztenmal zu dritt den schmalen, nebligen Fluß entlangglitten – dies alles verschmolz in Martins Seele zu etwas Wundervollem, Phantastischem, und der bleierne Schmerz in seinem Kopf und das Reißen in seinen Schultern erschienen ihm als etwas Erhabenes, Romantisches, denn so war der verwundete Tristan allein mit seiner Harfe übers Meer getrieben.

Eine letzte Biegung, und sie waren am Ufer. Das Ufer, an dem Martin landete, war sehr schön, sehr hell und sehr abwechslungsreich. Er wußte jedoch, daß Onkel Henry zum Beispiel noch immer der festen Überzeugung war, daß diese drei Jahre Wassersport in Cambridge pure Verschwendung waren, denn Martin hatte ja in philologischen Kreuzfahrten geschwelgt, die ihn nicht einmal sehr weit geführt hatten, statt einen nützlichen Beruf zu erlernen. Aber Martin konnte beim besten Willen zur Aufrichtigkeit nicht einsehen, wieso es schlechter sein sollte, ein Experte in russischer Literatur zu sein als ein Transportunternehmer oder Kaufmann. Tatsächlich enthielt Onkel Henrys Menagerie – und jedermann hat eine Menagerie – unter anderen Geschöpfen ein kleines schwarzes Tier, und diese *bête noire* war für ihn das zwanzigste Jahrhundert. Das nun erstaunte Martin, nach dessen Meinung man sich ein besseres Jahrhundert als das, in dem er lebte, nicht einmal ausdenken konnte. In keiner anderen Epoche hatte es so glänzende Begabungen, solchen Wagemut, so kühne Projekte gegeben. Alles, was früheren Zeitaltern Glanz verliehen hatte – die Leidenschaft für die Erforschung unbekannter Länder, die kühnen Experimente, die ruhmreiche Ausbeute uneigennütziger Neugier, die Wissenschaftler, die sich nicht davor fürchteten, zu erblinden oder in die Luft gesprengt zu werden, die heroischen Verschwörungen, der Kampf des einen gegen viele –, traten jetzt mit noch nie dagewesener Stärke zutage. Der kaltblütige Selbstmord eines Mannes, der an der Börse Millionen verloren hatte, beeindruckte Martins Phantasie ebenso wie beispielsweise der Tod eines römischen Generals durch das eigene Schwert. Eine Automobilreklame, die in einer wildromantischen Alpenschlucht von einem absolut unbesteigbaren Felsen leuchtete, konnte ihm Tränen entlocken. Die gefällige und liebevolle Natur sehr komplizierter oder auch sehr einfacher Maschinen, zum Beispiel des Traktors oder der Setzmaschine, brachte ihn zu der Überlegung, daß das Gute in der Menschheit so ansteckend sei, daß das Metall davon infiziert werde. Wenn ein in erstaunlicher Höhe fliegender, mückengroßer Aeroplan über der Stadt flockige, milchweiße Buchstaben ausstieß, hundertmal so groß wie die Maschine selbst, und in göttlichen Dimensionen einen schwungvollen Firmennamen an den blauen Himmel schrieb, empfand Martin Staunen und Ehrfurcht. Aber Onkel Henry sprach – als würfe er seiner kleinen schwarzen Bestie Leckerbissen zu – mit Grauen und Abscheu von der Götterdämmerung Europas, von der Nachkriegserschöpfung, von unserem utilitaristischen Zeitalter, von der Invasion seelenloser Maschinen; in seiner Vorstellung bestand ein diabolischer Zusammenhang zwischen Foxtrott und Wolkenkratzern einerseits und Damenmoden und Cocktails andererseits. Ferner stand Onkel Henry unter dem Eindruck, daß er in einem Zeitalter schrecklicher Hast lebte, und es war besonders komisch, wenn er an einem Sommertag am Rande eines Gebirgsweges mit dem Priester des Ortes über diese Hast plauderte, während über ihnen die Wolken heiter dahinsegelten und das alte rosafarbene Pferd des Abbés mit einem Glöckchen die Fliegen verscheuchte, mit seinen weißen Augenwimpern blinzelte, mit einer unaussprechlich bezaubernden Bewegung den Kopf senkte, um saftig schmatzend von dem Gras am Straßenrand zu rupfen; dann und wann lief ein Zucken über die Haut des Tieres, oder ein Huf wurde ein Stückchen weiter vorgestellt, und wenn die Unterhaltung über die verrückte Hast unserer Zeit, über den allmächtigen Dollar, über die Argentinier, die in der Schweiz alle Mädchen verführten, sich zu lange hinzog und der letzte zarte Halm unter den härteren Gräsern an einem bestimmten Fleck verzehrt war, ging es, vom Knarren der hohen Räder des Gigs begleitet, von selbst ein Stück weiter. Und Martin konnte den Blick nicht von den sanften Pferdelippen wenden und von den Grashalmen, nach denen sie schnappten.

«Hier, dieser junge Mann zum Beispiel», sagte Onkel Henry dann, mit seinem Spazierstock auf Martin weisend, «er ist mit dem College fertig, eines der teuersten Colleges der Welt, und nun fragt man ihn, was er gelernt, worauf er sich vorbereitet hat. Ich weiß absolut nicht, was er als nächstes tun wird. Zu meiner Zeit wurden junge Leute Ärzte, Soldaten, Notare, während er wahrscheinlich davon träumt, Flieger oder Gigolo zu werden.»

Martin hatte keine Ahnung, wofür er als Beispiel diente, aber der Abbé verstand anscheinend Onkel Henrys Paradoxa und lächelte mitfühlend. Manchmal reizte Martin solches Gerede derart, daß er drauf und dran war, seinem Onkel – der ja, ach, zugleich sein Stiefvater war – mit einer patzigen Bemerkung über den Mund zu fahren, aber er nahm sich rechtzeitig zusammen, denn er kannte den Ausdruck, der auf dem Gesicht seiner Mutter erschien, sobald Henry beim Essen redselig wurde. Ein Spürchen von gutmütigem Spott lag darin und eine gewisse Trauer und ein stummer Appell, dem wunderlichen Kauz zu verzeihen, und noch etwas anderes Unaussprechliches, aber sehr Weises. Martin schwieg also und antwortete Onkel Henry in Gedanken beispielsweise wie folgt: «Es ist nicht wahr, daß ich meine Zeit in Cambridge mit Nichtigkeiten verplempert habe. Es ist nicht wahr, daß ich nichts gelernt habe. Bevor Kolumbus versuchte, auf dem Weg über seine westliche Schulter sein östliches Ohr zu erreichen, reiste er inkognito nach Island, um gewisse Auskünfte einzuholen, denn er wußte, daß die Seeleute dort ein erfahrener und weitgereister Menschenschlag waren. Auch ich habe den Plan, ein fernes Land zu erforschen.»

30

Seine Mutter plagte ihn nicht mit dem ermüdenden Gerede, das Onkel Henry so liebte; sie erkundigte sich nicht, welche Beschäftigung er wählen würde, da sie das Gefühl hatte, all das würde irgendwie von selber zurechtkommen. Sie war mit dem Glück des Augenblicks zufrieden – damit, daß er jetzt bei ihr war, gesund, breitschulterig, braungebrannt; mit seinen Schmetterbällen beim Tennis, mit seiner Baßstimme, damit, daß er sich täglich rasierte und daß die junge, blankäugige Madame Guichart, die Frau eines Kaufmannes im Ort, bei seinem Anblick rot wurde wie eine Mohnblume. Manchmal fragte sie sich, wann endlich Rußland aus dem bösen Traum aufwachen würde, wann die gestreiften Grenzschranken sich heben würden und jedermann zurückkehren könnte an seinen ehemaligen Platz – und du meine Güte, wie groß die Bäume geworden sind und wie klein das Haus geworden ist, soviel Kummer und Freude, und wie gut die Erde riecht! Morgens wartete sie genauso gespannt auf den Briefträger wie früher, als ihr Sohn in Cambridge gewesen war, und wenn jetzt ein Brief für Martin kam (und das war nicht oft) in einem Geschäftsumschlag, mit einer Berliner Briefmarke und mit spinnendünner Schrift adressiert, dann wußte sie sich kaum zu lassen vor Freude; sie riß den Brief an sich und eilte in sein Zimmer. Martin lag, das Haar noch ganz zerzaust, im Bett und zog, die Hand am Kinn, an einer Zigarette. Im Spiegel sah er die sonnenhelle Wunde der aufgehenden Tür und diesen besonderen Ausdruck in dem rosigen, sommersprossigen Gesicht seiner Mutter: an der Art, wie sie die Lippen geschlossen hatte – fest zusammengepreßt, aber jeden Augenblick zu einem breiten Lächeln bereit –, erkannte er, daß sie einen Brief für ihn hatte.

«Nichts für dich heute», sagte Frau Edelweiß leichthin, eine Hand hinter dem Rücken, aber die ungeduldigen Finger ihres Sohnes streckten sich schon aus, und strahlend drückte sie den Umschlag an die Brust, und beide lachten. Dann ging sie, um ihm den Genuß nicht zu verderben, zum Fenster, lehnte sich, das Gesicht in die Hände gestützt, aufs Fensterbrett und schaute mit dem Gefühl vollkommenen Glückes auf die Berge hinaus, insbesondere auf einen fernen, rosigen Gipfel, der nur von diesem Fenster aus zu sehen war. Martin, der den Brief auf einen Zug verschlungen hatte, tat erheblich glücklicher, als er wirklich war, so daß seine Mutter die Vorstellung gewann, diese Briefe von der kleinen Silanow wären voll von Zärtlichkeit, und wahrscheinlich wäre sie traurig gekränkt gewesen, wenn sie je einen zu lesen bekommen hätte. Sie erinnerte sich seltsam deutlich an die kleine Silanow: ein schwarzhaariges, blasses Dingelchen, immer mit Halsentzündung behaftet oder gerade von einer genesend, der Hals entweder in einem Wickel oder gelb von Jod. Sie erinnerte sich, wie sie einmal den zehnjährigen Martin zu einer Weihnachtsgesellschaft in der St. Petersburger Wohnung der Silanows mitgenommen hatte, und die kleine Sonja hatte ein weißes Spitzenkleid angehabt mit einer breiten seidenen Schärpe um die Hüften. Was Martin betraf, so erinnerte er sich überhaupt nicht mehr daran; es hatte viele Weihnachtsgesellschaften gegeben, sie verschmolzen in seiner Erinnerung. Nur eines war ihm noch sehr gegenwärtig, denn es war jedesmal passiert: seine Mutter sagte, es sei Zeit zum Heimgehen, und steckte die Finger von hinten in den Kragen seines Matrosenanzuges, um zu sehen, ob er nach dem vielen Herumtoben nicht zu verschwitzt sei, während er, einen riesigen goldpapierenen Knallbonbon in der Hand, sich loszureißen versuchte, aber seine Mutter hatte einen zähen Griff, und schon wurden ihm die Überhosen angezogen (sie reichten ihm fast bis unter die Achseln), dann die Überschuhe und der Pelzmantel mit dem fest schließenden Haken am Hals und der scheußlich kratzigen kaukasischen Kapuze, und in der nächsten Minute sah er das frostige Regenbogenlicht der Straßenlaternen am Fenster des geschlossenen Wagens entlangwandern. Zu seinem Entzücken stellte Martin fest, daß der Augenausdruck seiner Mutter jetzt derselbe war wie damals, daß sie auch jetzt seinen Hals befühlte, wenn er vom Tennis kam, und daß sie ihm Sonjas Brief mit derselben Zärtlichkeit überreichte wie einst den langen Pappkarton mit dem in England bestellten Luftgewehr.

Das Gewehr war – so hatte sich damals herausgestellt – nicht ganz das, was er erwartet hatte; es entsprach seinen Träumen nicht genau, so wie jetzt Sonjas Briefe nicht von der Art waren, die ihm lieb gewesen wäre. Sie schrieb sozusagen in abrupten Stößen, kein einziger Satz atmete Geheimnis, und er mußte sich mit Bemerkungen begnügen wie «Ich denke oft an das gute alte Cambridge» oder «Alles Gute, mein liebes Blümchen, gib mir die Pfote, daß ich sie schüttele». Sie erzählte ihm, daß sie eine Bürostellung hatte – Stenographie und Schreibmaschine –, daß sie es zur Zeit mit Irina sehr schwer hatten – dauernd hysterische Anfälle –, daß aus der Zeitung in russischer Sprache nichts geworden war und daß ihr Vater jetzt einen Verlag gründen wolle – Bücher von emigrierten Schriftstellern –, daß nie ein Pfennig Geld im Hause war – was ziemlich traurig war –, daß sie viele Freunde hatten – was viel Spaß machte –, daß die Straßenbahnen in Berlin grün waren und daß die Berliner in Hosenträgern und steifem Kragen Tennis spielten. Martin hielt den ganzen Sommer, Herbst und Winter hindurch aus; dann, Mitte April 1923, an seinem einundzwanzigsten Geburtstag, verkündete er Onkel Henry, daß er nach Berlin gehen wolle. Der Onkel machte eine verdrießliche Miene und sagte mißvergnügt: «Mir, *mon ami*, scheint das jeden Sinnes zu ermangeln. Du wirst immer noch Zeit haben, dir Europa anzusehen. In der Tat wollte ich dich und deine Mutter nächsten Herbst nach Italien mitnehmen. Aber du kannst nicht ewig hier so rumbummeln. Kurzum, ich wollte dir vorschlagen, daß du deine jugendlichen Kräfte in Genf ausprobierst.» (Martin wußte sehr wohl, was gemeint war: schon mehrmals hatte dieses leidige Thema sich heimlich eingeschlichen; es handelte sich um eine Handelsfirma, die den Brüdern Petit gehörte, mit denen Onkel Henry in Geschäftsverbindung stand.) «Daß du *tes jeunes forces* erprobst», wiederholte Onkel Henry. «In diesem grausamen Zeitalter, in diesem sehr praktischen Zeitalter muß ein junger Mann lernen, sein Brot zu verdienen und sich allein durchs Leben zu schlagen. Du hast solide Kenntnisse der englischen Sprache. Auslandskorrespondenz ist in der Geschäftswelt eins der interessantesten Dinge. Was Berlin anbelangt – dein Deutsch ist nicht sehr viel besser geworden, nicht wahr? Ich kann mir nicht vorstellen, was du dort machen willst.»

«Ich glaube, gar nichts», sagte Martin düster.

Onkel Henry sah ihn überrascht an. «Das ist eine bizarre Antwort. Ich weiß nicht, was dein Vater von so einer Antwort gehalten hätte. Ich glaube, es würde ihn ebenso erstaunt haben wie mich, daß ein junger Mann voller Saft und Kraft jegliche Arbeit verabscheut. Bitte, versteh mich richtig», setzte er hastig hinzu, da er bemerkte, daß Martin unangenehm errötet war, «ich bin nicht knauserig – *je ne suis pas mesquin.* Ich bin, Gott sei Dank, reich genug, um für dich sorgen zu können – es ist mir eine Pflicht und eine Freude –, aber es wäre töricht, sich keine Arbeit zu suchen. Europa macht eine unglaubliche Krise durch, und man kann in einem Augenzwinkern sein Vermögen verlieren. So liegen die Dinge, und man kann nichts dagegen machen.»

«Ich brauche dein Geld nicht», sagte Martin leise und unfreundlich. Onkel Henry tat so, als hätte er es nicht gehört, aber die Tränen stiegen ihm in die Augen.

«Hast du denn gar keinen Ehrgeiz? Denkst du nie daran, Karriere zu machen? Wir Edelweißes haben immer gewußt, was Arbeiten heißt. Dein Großvater hat als armer Hauslehrer angefangen – als Französischlehrer *des princes russes.* Als er um deine Großmutter anhielt, warfen deren Eltern ihn hinaus. Und er? Nach einem Jahr kommt er als Direktor einer Exportgesellschaft zurück, und da waren offensichtlich alle Hindernisse beseitigt.»

«Ich brauche dein Geld nicht», wiederholte Martin noch leiser. «Und das mit Großvater – das ist nichts weiter als eine alberne Familienlegende, und du weißt es.»

«Was hat er denn, was hat er denn?» murmelte Onkel Henry erschrocken. «Welches Recht hast du, mich so zu beleidigen? Was habe ich dir getan? Ich, der ich immer –»

«Kurz und gut: ich werde nach Berlin gehen», unterbrach ihn Martin und verließ zitternd das Zimmer.

Abends gab es dann Versöhnung, Umarmungen, Naseputzen, gerührtes Räuspern – aber Martin blieb fest. Seine Mutter, die seine Sehnsucht nach Sonja spürte, erwies sich als Verbündete und lächelte tapfer, als er in den Wagen stieg.

Kaum war das Haus außer Sicht, tauschte Martin den Platz mit dem Fahrer. Während er das Lenkrad zart, fast zärtlich hielt, als wäre es etwas Lebendiges und Kostbares, und den starken Wagen die Straße verschlingen sah, fühlte er sich fast so wie in der Kindheit, wenn er, die Füße auf die Klavierpedale gestemmt, am Fußboden saß, den Klavierhocker mit dem runden Drehsitz zwischen den Beinen hielt und wie ein Steuerrad handhabte, ohne zu bremsen prachtvolle Kurven nahm, immer wieder auf das Pedal trat (worauf das Klavier summte) und die Augen gegen den imaginären Fahrtwind zusammenkniff. Dann, in dem deutschen Expresszug, wo zwischen den Korridorfenstern kleine Karten hingen von Gegenden, die der Zug gar nicht passierte – wie Martin da die Reise genoß! Schokolade essen, rauchen, die Zigarettenkippe unter den Metalldeckel des Aschenbechers drücken, der schon von Zigarrenstummeln überquoll. Es war Nacht, als er sich Berlin näherte. Als er vom Zug aus auf die erleuchteten nassen Straßen blickte, erlebte er wieder seinen Kindheitseindruck von Berlin, dessen glückliche Einwohner, wenn sie wollten, täglich den Anblick von Zügen mit märchenhaften Zielen genießen konnten, die auf einer schwarzen Brücke über eine eintönige Verkehrsstraße hinwegglitten; in dieser Beziehung unterschied Berlin sich von St. Petersburg, wo der Eisenbahnbetrieb versteckt vor sich ging wie ein Geheimritus. Doch eine Woche später, als seine Augen sich an die Stadt gewöhnt hatten, stand es schon nicht mehr in Martins Macht, diese Perspektive, aus der ihre Züge vertraut erschienen waren, zu rekonstruieren. Es war so, wie wenn man jemanden trifft, den man jahrelang nicht gesehen hat: erst erkennt man sein Gesicht und seine Stimme wieder; dann sieht man näher hin, und da wird die von der Zeit unmerklich vollbrachte Verwandlung in raschen Bildern durchlaufen. Gesichtszüge verändern sich, die Ähnlichkeit zerfällt, und man hat einen Fremden vor sich, der sich wohl etwas darauf zugute tut, daß er seinen jungen, zerbrechlichen Doppelgänger verzehrt hat, den man sich fortan nur noch schwer wird ausmalen können, wenn einem nicht der Zufall zu Hilfe kommt. Als Martin absichtlich in Berlin jene Straßenkreuzung, jenen Platz besuchte, den er als Kind gesehen hatte, fand er nichts, was ihm auch nur den geringsten Erregungsschauer verursacht hättc, aber andererseits brachte ein zufälliger Hauch von Kohlendunst oder Auspuffgas, eine bestimmte blasse Farbe des Himmels, durch eine Spitzengardine gesehen, oder das Klirren der Fensterscheiben, während ein Lastwagen vorüberfuhr, ihm augenblicklich das Wesen der Großstadt, des Hotels und eines trüben Morgens in Erinnerung – Teile des Gesamtbildes, das er damals von Berlin mitgenommen hatte. In der einst eleganten Friedrichstraße gab es weniger Spielzeugläden, und die wenigen hatten ihren Glanz verloren, und die Lokomotiven in den Schaufenstern waren kleiner und schäbiger als damals. In dieser Straße war das Pflaster aufgerissen, und hemdsärmelige Arbeiter bohrten und gruben tiefe, dampfende Löcher, so daß man sich seinen Weg mühsam über Holzplanken und zuweilen sogar durch Sandhaufen suchen mußte. Auch das Panoptikum an der Ecke Unter den Linden – der Mann im Leichentuch, der energisch aus seinem Grabe stieg, die Eiserne Jungfrau, dieses Werkzeug einer strengen und harten Folter – hatte seinen gespenstischen Charme verloren. Martin ging zum Kurfürstendamm, um jene riesige Rollschuhbahn zu suchen, an die er sich so gut erinnerte, mit dem Geräusch der Rollschuhe, den Trainern in roten Uniformen, dem Musikpavillon, dem leicht salzig schmeckenden Mokkakuchen, der in den die Bahn umgebenden Boxen serviert wurde, und dem *pas de patineurs*, den er zu jeder Art Musik zu tanzen pflegte, bald das rechte, bald das linke berollschuhte Bein beugend (und wie er dabei einmal hingefallen war!) – nur um festzustellen, daß ein Dutzend Jahre genügt hatten, das alles völlig zu vernichten. Der Kurfürstendamm selbst hatte sich auch verändert, war in die Länge gewachsen, und irgendwo – vielleicht unter einem der neuen Gebäude – lag der Tennisklub mit zwanzig Plätzen begraben, wohin Martin ein paarmal seine Mutter begleitet hatte, die ihren *underhand*-Schlag mit dem hellen Ruf *«Play!»* begleitete und deren Röcke beim Laufen raschelten. Jetzt konnte er, ohne die Stadtgrenzen zu verlassen, den Grunewald erreichen, wo die Silanows wohnten und wo er von Sonja erfuhr, daß es witzlos sei, wegen seiner Einkäufe zu Wertheim zu gehen, und daß es keineswegs obligatorisch sei, den Wintergarten zu besuchen, unter dessen fabelhaft ausgestirnter schwarzer Kugel einst straff korsettierte preußische Offiziere in den Logen an erleuchteten Tischen gesessen hatten, während auf der Bühne zwölf bloßbeinige Mädchen mit blechernen Stimmen sangen und mit eingehakten Armen von rechts nach links und wieder zurück wogten und dabei zwölf weiße Beine hochwarfen; und der kleine Martin hatte einen leisen Überraschungsschrei ausgestoßen, als er in ihnen die zurückhaltenden, hübschen englischen Misses erkannte, die gleich ihm täglich auf der hölzernen Bahn Rollschuh liefen.

Aber das Unerwartetste an diesem neuen, ausgedehnten

Nachkriegsberlin, das, verglichen mit der kompakten, eleganten Stadt aus Martins Kindheit, so friedlich und einfach erschien, war das freimütige, lautstimmige Rußland, das man überall schwatzen hörte, in den Straßenbahnen, in den Läden, an Straßenecken, auf den Balkons der Wohnhäuser. Vor einigen zehn Jahren hatte Martin, ein Schuljunge im sicheren St. Petersburg von 1913, sich in seinen prophetischen Tagträumen (und jeder Mensch mit viel Phantasie hat hin und wieder Tagträume, wie aus der Statistik hervorgeht) in kommenden Jahren als Verbannten gesehen und sich mit aufsteigenden Tränen ausgemalt, wie er auf dem fremden, trübseligen Bahnsteig seiner Träume unerwartet – wen traf? Einen Landsmann, der auf einem Koffer saß, in einer frostigen Nacht der Zugverspätungen, und was für ein herrliches Gespräch sie hatten! Denn die Rollen dieser beiden Verbannten besetzte er einfach mit den Russen, die er auf jener früheren Auslandsreise gesehen hatte: eine Familie in Biarritz, komplett mit Gouvernante, Hauslehrer, glattrasiertem Kammerdiener und braunem Dackel; eine faszinierende blonde Dame im Hotel *Kaiserhof* in Berlin; oder im Gang des Nordexpress einen alten Herrn mit schwarzem Schädelkäppchen, den Martins Vater flüsternd als «den Schriftsteller Boborykin» identifiziert hatte. Wenn er dann die geeigneten Kostüme und Redewendungen für sie ausgesucht hatte, entsandte er sie zu Begegnungen mit sich selbst in den entlegensten Teilen der Welt. Heute, im Jahre 1923, fanden diese Zufallsphantasien (weiß der Himmel, welches Kinderbuch daran schuld war) volle Verkörperung, manche wirkten sogar etwas überspielt. Als die korpulente, dick geschminkte russische Dame in der Straßenbahn, die ostentativ leidend an ihrem Halteriemen hing, ihrem Begleiter, einem alten Herrn mit grauem Schnurrbart, über die Schulter in volltönendem Russisch zurief: «Erstaunlich, daß keiner von diesen unerzogenen Ausländern seinen Platz anbietet», sprang Martin auf und rief mit strahlendem Lächeln, wie er es in seinen Knabenphantasien geprobt hatte: «*Poschaluysta!*» und griff, nach der gehabten Aufregung erblassend, seinerseits nach dem Halteriemen. Die friedlichen Deutschen, welche die Dame unerzogen genannt hatte, waren allesamt müde, hungrige Arbeiter, und die grauen Brotschnitten, die sie in der Straßenbahn kauten, waren, auch wenn die Russen sich darüber ärgerten, unentbehrlich. Denn richtige Mahlzeiten waren in jenem Jahr der monströsen Inflation kostspielig, und als Martin in der Straßenbahn einen Dollar wechselte, statt diesen Dollar in Immobilien anzulegen, zitterten dem Schaffner vor Erstaunen und Freude die Hände. Martin verdiente seine amerikanische Valuta auf besondere Weise, die ihn sehr stolz machte. Zugegeben: es war anstrengende Arbeit. Die ganze Zeit, vom Mai, wo er in diesen Job hineinstolperte (dank Kindermann, einem reizenden Deutsch-Russen, der schon seit einigen Jahren etwa vorhandenen reichen Leuten Tennisunterricht gab), bis Mitte Oktober, wo er wegfuhr, um den Winter bei seiner Mutter zu verbringen, und dann wieder im Frühjahr 1924 arbeitete Martin fast täglich vom frühen Morgen bis Sonnenuntergang. In der linken Hand hielt er fünf Bälle (Kindermann konnte sechs halten), die er einen nach dem anderen mit dem immer gleichbleibenden glatten Schlag seines Rackets übers Netz schickte, während der nicht mehr ganz junge Schüler (männlich oder weiblich) auf der anderen Seite des Netzes fleißig den Schläger schwang und in der Hälfte der Fälle nicht traf. Anfangs war Martin abends so müde, seine rechte Schulter tat ihm so weh und seine Füße brannten so, daß er, sobald er seine fünf bis sechs Dollar verdient hatte, zu Bett ging. Sein Haar wurde heller und seine Haut dunkler von der Sonne, so daß er wie ein

Negativ seiner selbst aussah. Seine Zimmerwirtin, eine Majorswitwe, der er seinen Beruf verheimlichte, um mysteriöser zu erscheinen, nahm an, der arme Kerl sei – wie, ach, so viele kultivierte Menschen – gezwungen, sich als Arbeiter sein Geld zu verdienen, mit Steineschleppen zum Beispiel (daher die Sonnenbräune), und das war ihr peinlich wie jedem gebildeten Menschen. Abends bewirtete sie ihn vornehm seufzend mit Wurst, die ihre Tochter von ihrem pommerschen Gut geschickt hatte. Die Dame war einsdreiundachtzig groß, hatte einen rosigen Teint, benutzte sonntags Kölnisch Wasser und hielt in ihrem Wohnzimmer einen Papagei und eine Schildkröte. Martin war für sie der ideale Mieter: er war selten zu Hause, hatte nie Besuch und benutzte das Bad nie (das letztere fand vollwertigen Ersatz in der Dusche des Tennisklubs und im Grunewaldsee). Die Badewanne war innen mit den Haaren der Wirtin verklebt, darüber trockneten an einer Wäscheleine irgendwelche nicht identifizierbaren Lumpen, und an der anderen Wand lehnte ein verstaubtes und verrostetes altes Fahrrad, Außerdem war es nicht so leicht, dorthin zu gelangen: man mußte einem langen dunklen Korridor folgen, der außerordentlich viele Ecken hatte und mit allem möglichen Trödel vollgestopft war. Andererseits war Martins Zimmer durchaus nicht schlecht, es hatte auch seine amüsante Seite. Es enthielt Luxusgegenstände wie ein Klavier, das seit undenklichen Zeiten abgeschlossen war, und ein massives, kompliziertes Barometer, das zwei Jahre vor dem Krieg den Dienst quittiert hatte, während an der grünen Wand über der Couch wie ein ständiger wohlwollender Mahner derselbe nackte alte Herr mit einem Dreizack aus Böcklinschen Wellen auftauchte wie an der Wand des Silanowschen Salons – allerdings in einem schlichteren Rahmen.

Als Martin sie das erste Mal in ihrer billigen, schäbigen Wohnung besuchte – sie bestand aus vier Zimmern und einer Küche, in der eine fremde Sonja mit neuer Haarfrisur auf dem Tisch saß, mit den Beinen in den gestopften Strümpfen baumelte, schnüffelte und Kartoffeln schälte –, wurde ihm klar, daß er von Sonja nichts als Kummer zu gewärtigen hatte und daß seine Berlinreise sinnlos war. Alles an ihr war fremd: der bronzefarbene Pullover, die Frisur, welche die Ohren freiließ, die verschnupfte Stimme – sie litt unter einer heftigen Erkältung, und die Haut um ihre Nasenlöcher war gerötet; dann und wann unterbrach sie ihre Tätigkeit, um sich die Nase zu putzen, dann grunzte sie unmutig und schälte mit dem Messer eine weitere Spirale brauner Kartoffelschale ab. Zum Abendessen gab es Buchweizengrütze mit Margarine statt Butter. Irina kam zu Tisch mit einem Kätzchen im Arm, von dem sie unzertrennlich war, und sie begrüßte Martin mit einem freudigen, gräßlichen Lachen. Die beiden Mütter waren während des vergangenen Jahres gealtert und einander noch ähnlicher geworden. Nur Silanow war noch der alte und schnitt das Brot so kraftvoll wie eh und je.

«Wie ich höre –» krrr, krtsch – «ist dieser Grusinow in Lausanne. Bist du ihm –» krtsch – «zufällig begegnet? Sehr guter Freund von mir und ein bemerkenswert willensstarker, entschlossener Mensch.»

Martin hatte nicht die leiseste Ahnung, wer Grusinow war, stellte jedoch keine Fragen aus Angst, einen Fehler zu machen. Nach dem Essen wusch Sonja das Geschirr, und er trocknete ab, wobei er einen Teller zerbrach.

«Es ist ein unmöglicher Zustand», rief sie und setzte erläuternd hinzu: «Ich meine nicht unsere Finanzen, sondern meine Nase, ich kriege keine Luft. Die finanzielle Situation ist übrigens auch ziemlich schlecht.»

Dann begleitete sie ihn hinunter, um ihm die Haustür aufzuschließen; wenn man auf einen Knopf drückte, gab es ein niedliches «Klick», und das Licht im Treppenhaus ging an, und Martin räusperte sich ununterbrochen und brachte kein einziges Wort heraus von den vielen, die er vorbereitet hatte. Abende ganz anderer Art folgten – massenhaft Gäste, Tanzen zu Grammophonmusik, Tanzen in einem nahe gelegenen Café, die Dunkelheit des Kinos an der Ecke. Neue Menschen materialisierten sich rund um Martin, aus Nebel wurden Welten geboren. Endgültige Etikettierungen und Charakteristiken für die in Berlin verstreute russische Substanz wurden gefunden, für alle diese Elemente der Verbannung, die Martin so aufregend fand, sei es auch nur ein Fetzen eines alltäglichen Gespräches im Geschiebe der Menge auf dem Gehsteig, sei es ein Chamäleonwort (wie jener russifizierte Plural mit der wandernden Betonung: *dóllary*, *dolláry*, *dollará*) oder das Rezitativ eines sich zankenden Paares, im Vorübergehen aufgeschnappt (die Frauenstimme: «Und ich sage dir –», die Männerstimme: «Ach, mach, was du willst –»); oder an einem Sommerabend ein Mann, der mit zurückgeworfenem Kopf unter einem erleuchteten Fenster stand und in die Hände klatschte und einen wohlklingenden Namen nebst Vaternamen rief, so laut, daß die ganze Straße erbebte und ein Taxi einen nervösen Quietscher ausstieß und auf die andere Straßenseite auswich, nachdem es den lärmenden Besucher beinahe überfahren hatte; der war inzwischen bis zur Mitte der Fahrbahn zurückgetreten, um besser sehen zu können, ob die Person, deren er bedurfte, wie Punch im Fenster erscheinen würde. Durch die Silanows lernte Martin Leute kennen, unter denen er sich anfangs unwissend und fremd fühlte. In gewissem Sinne erlebte er alles noch einmal, was ihn in Verlegenheit gebracht hatte, als er die Silanows in London kennenlernte. Und wenn jetzt in der Wohnung von Stepan Bubnow die Wogen des Gespräches hoch gingen, voll von Anspielungen auf moderne Schriftsteller, und die gutunterrichtete Sonja Martin einen ironisch-mitleidigen Seitenblick zuwarf, dann errötete Martin, wurde unsicher, wollte das Schifflein seines gebrechlichen kleinen Beitrags auf dem Gewoge der Reden anderer Leute loslassen, fürchtete aber, daß er unverzüglich kentern würde und hielt infolgedessen den Mund. Beschämt über die Rückständigkeit seiner literarischen Bildung, verbrachte er zum Ausgleich jede Regenstunde mit Lesen, und sehr bald wurde er mit diesem besonderen Geruch vertraut, der aus der sowjetischen Literatur aufstieg – dem Geruch der Gefängnisbibliotheken.

33

Der Schriftsteller Bubnow (der mit Befriedigung darauf hinzuweisen pflegte, wie viele hervorragende Namen in der Literatur des zwanzigsten Jahrhunderts mit dem Buchstaben B begannen) war ein bärenhafter Mann von dreißig Jahren mit schütterem Haar, mächtiger Stirn, tiefliegenden Augen und kantigem Kinn. Er rauchte Pfeife, wobei er bei jedem Zug die Backen tief einzog, trug einen alten schwarzen Querbinder und betrachtete Martin als Gecken und Ausländer. Was Martin betraf, so war er sehr eingenommen von Bubnows energischem, volltönendem Vortrag und seinem durchaus berechtigten Ruhm. Bubnow hatte seine schriftstellerische Karriere im Exil begonnen und bereits drei ausgezeichnete Romane veröffentlicht, die bei einem russischen Emigrantenverlag in Berlin erschienen waren, und jetzt schrieb er den vierten. Der Held dieses Romans war Christoph Kolumbus oder, genauer gesagt, ein moskowitischer Schreiber, der nach vielen Eskapaden wunderbarerweise als Matrose auf einer Karavelle des Kolumbus endete. Bubnow konnte keine Sprache außer Russisch, und wenn er seiner Forschungen wegen in die Staatsbibliothek gehen mußte und Martin zufällig frei war, nahm er ihn nur zu gern mit. Da Martin das Deutsche nur mittelmäßig beherrschte, war er froh, wenn es sich um einen französischen, englischen oder, noch besser, italienischen Text handelte. Zwar war diese Sprache ihm noch weniger geläufig als die deutsche, aber er schätzte seine spärlichen Kenntnisse besonders hoch ein in Erinnerung daran, wie er früher mit Unterstützung des melancholischen Teddy Dante gelesen hatte. Bubnows Wohnung war ein Treffpunkt für emigrierte Literaten – Romanschriftsteller, Journalisten, pickelige junge Dichter; nach Bubnows Meinung waren sie alle mittelmäßig begabt, und er führte ein gerechtes Regiment und hörte sich, die Hand über den Augen, das soundsovielte Gedicht über die Sehnsucht nach der Heimat an oder Erinnerungen an St. Petersburg (mit dem unvermeidlichen bronzenen Reiterstandbild); dann nahm er die Hand von den buschigen Brauen, knetete sein Kinn und sagte: «Ja, das ist gut.» Dann wiederholte er, den Blick seiner hellbraunen Augen auf einen bestimmten Punkt gerichtet, in weniger überzeugtem Ton: «Gut»; und während er seine Blickrichtung wieder änderte, sagte er: «Nicht schlecht», und dann: «Nur, wissen Sie, Sie haben Petersburg ein bißchen zu transportabel gemacht!» Und so gelangte er, seine Bewertung allmählich erniedrigend, schließlich dazu, mit hohler Stimme und einem Seufzer zu murmeln: «Das ist alles falsches, unnützes Zeug», wozu er niedergeschlagen den

Kopf schüttelte, um gleich darauf mit lebhafter Begeisterung ein Gedicht von Puschkin zu donnern. Als einmal ein junger Dichter sich gekränkt fühlte und einwandte: «Das ist von Puschkin, und dieses hier ist von mir», dachte Bubnow einen Augenblick nach und erwiderte dann: «Trotzdem ist Ihres schlechter.»

Dann wieder konnte es geschehen, daß ein Neuling etwas wirklich Schönes anbrachte, woraufhin Bubnow – besonders wenn es sich um Prosa handelte – merkwürdig mürrisch wurde und mehrere Tage lang zu kränkeln schien. Bubnows Freundschaft mit Martin, der nie etwas schrieb (außer den Briefen an seine Mutter, weshalb ein Witzbold ihn «unsere Madame de Sévigné titulierte), blieb aufrichtig und frei von Zweifeln. Es kam sogar ein Abend, an dem Bubnow, entspannt und mitteilsam nach seinem dritten Pilsener, verträumt von einem Mädchen zu erzählen begann (und das beschwor die Erinnerung an ein Lagerfeuer in den Krimbergen), einem Mädchen, dessen Seele ein Lied war, dessen dunkle Augen sangen, dessen Haut bleich war wie kostbares Porzellan. Und mit einem wilden Blick setzte er hinzu: «Ja, wie abgedroschen, wie widerlich das ist, uff! Verachte mich, wenn du willst, vielleicht habe ich überhaupt kein Talent, aber ich bin in sie verliebt. Ihr Name ist wie eine Kirchenkuppel, wie das Rauschen von Taubenflügeln. Ich sehe strahlendes Licht in ihrem Namen, jenes besondere Licht, das *kana-inum* der alten Khadir-Weisen. Ein Licht von dort, aus dem Osten. Ah, das ist ein großes Geheimnis, ein ehrfurchtgebietendes Geheimnis –» Seine Stimme wurde zum Gewisper eines Wahnsinnigen, als er hinzufügte: «Es ist etwas Schreckliches um den Zauber einer Frau – verstehst du, etwas Schreckliches. Und ihre armen Pantöffelchen sind an den Hacken abgetreten, ja, abgetreten –»

Martin fühlte sich unbehaglich und nickte schweigend.

In Bubnows Gesellschaft hatte er stets ein sonderbares Gefühl, als wäre alles ein Traum, und irgendwie glaubte er nicht ganz an ihn und auch nicht an die Khadir-Ältesten. Sonjas andere Bekannte, zum Beispiel der fidele, aufgeweckte Kallistratow, ein ehemaliger Offizier, der jetzt im «Autotransport-Geschäft» war, oder die liebenswürdige, hellhäutige und dralle kleine Weretennikow, die Gitarre spielte und mit voller, tiefer Altstimme sang «Es steht an der Wolga ein Fels», oder der junge Jogolewitsch, ein intelligenter, giftiger, schweigsamer Jüngling mit Hornbrille, der Proust und Joyce gelesen hatte, waren viel weniger kompliziert als Bubnow. Der Kreis von Sonjas Freunden wurde ergänzt durch die älteren Bekannten ihrer Eltern, alles respektable, politisch aktive Leute, die reinen Herzens waren und in Zukunft durchaus einen Nachruf von hundert würdigen Zeilen verdienten. Aber als an einem Julitag der alte Jogolewitsch der Länge nach auf den Gehsteig fiel und an Herzschwäche starb und die Emigrantenzeitungen eine Menge Zeug über den «unersetzlichen Verlust» und den «getreuen Arbeiter» brachten und Michail Platonowitsch Silanow, ungehörigerweise ohne Hut und die Aktentasche unterm Arm, an der Spitze des Leichenzuges zwischen den Rosen und dem schwarzen Marmor der jüdischen Gräber dahinschritt, hatte Martin den Eindruck, daß die Worte des Nachrufschreibers «in ihm brannte die Liebe zu Rußland» oder «er hat stets seine Feder hochgehalten» den Verstorbenen irgendwie herabsetzten, insofern als diese Worte ebensogut auf Silanow und auch den ehrwürdigen Nachrufschreiber selbst anwendbar waren. Am meisten trauerte Martin der Originalität des Verstorbenen nach, die wahrhaftig unersetzlich war – seine Gesten, sein Bart, seine wie eingemeißelten Runzeln, das plötzliche schüchterne Lächeln, der an einem Faden hängende Jackenknopf und seine Art, eine Briefmarke mit der ganzen Zunge abzulecken, bevor er sie auf den Briefumschlag klebte und mit der Faust festhämmerte. In gewissem Sinne war das alles von größerem Wert als die sozialen Verdienste, für die es so bequeme kleine Klischees gab, und einem merkwürdigen Gedankensprung zufolge schwor sich Martin, nie einer politischen Partei beizutreten oder an einer Versammlung teilzunehmen, nie eine Persönlichkeit zu werden, der man «das Wort erteilt» oder welche «die Sitzung vertagt» und bei alledem in den Freuden bürgerlicher Tugend schwelgt. Und oft wunderte es Martin, daß es ihm nicht möglich war, seine lange gehegten, geheimen Pläne vor Silanow oder Silanows Freunden oder irgendeinem dieser emsigen, aufrechten Russen zu erwähnen, die von so uneigennütziger Liebe zu ihrem Land erfüllt waren.

34

Aber Sonja, ach, Sonja – Aus seinen Nachtgedanken an die glorreiche, dunkle Expedition, aus seinen Literaturplaudereien mit Bubnow, aus seiner täglichen Fronarbeit im Tennisklub kehrte er immer wieder zu ihr zurück und hielt für sie ein Streichholz über den Gasherd, woraufhin laut aufrauschend die blaue Flamme all ihre Klauen ausstreckte. Zu ihr von Liebe zu sprechen, war zwecklos, aber einmal, als er sie von einem Café, wo sie beim Klagen einer rumänischen Geige Schwedenpunsch durch Strohhalme geschlürft hatten, nach Hause brachte, wurde er so von sanfter Leidenschaft überwältigt – denn es war eine warme Nacht und in jedem Torweg stand regungslos ein Paar, und ihre Heiterkeit und ihr Geflüster und ihr plötzliches Verstummen waren so ansteckend, und das dämmerige

Wogen der Fliederbüsche in den Villengärten, und die phantastischen Schatten, mit denen das Licht einer Straßenlaterne das Gerüst eines in Renovierung befindlichen Hauses belebte –, daß er seine übliche Zurückhaltung und seine übliche Angst, daß Sonja sich über ihn lustig machen könnte, vergaß und wie durch ein Wunder zu sprechen begann – wovon? Von Horaz. Ja, Horaz hatte in Rom gelebt, und Rom sah trotz einer erklecklichen Anzahl von Marmorbauten wie ein sehr großes Dorf aus, und man konnte Leute sehen, die hinter einem tollen Hund herjagten, und Schweine, die sich mit ihren schwarzen Ferkeln im Schlamm suhlten, und überall wurde gebaut; Zimmerleute hämmerten, ein Fuhrwerk mit ligurischem Marmor oder einer riesengroßen Pinie ratterte vorüber. Aber gegen Abend hörte der Lärm auf, genau wie Berlin in der Dämmerung still wurde, und danach kam das Rasseln von eisernen Ketten an den Läden, die für die Nacht geschlossen wurden, genau wie das Rasseln der Rolläden an den Berliner Läden zur Ladenschlußzeit, und Horaz schlenderte hinaus zum Marsfeld, schlaff, aber dickbäuchig, mit kahlem Kopf und großen Ohren, in eine schlampige Toga gekleidet, und lauschte dem zärtlichen Geflüster unter den Säulengängen, dem bezaubernden Lachen in dunklen Winkeln.

«Du bist so lieb», sagte Sonja mit einemmal, «daß ich dir einen Kuß geben muß – halt, laß uns da hinübergehen.»

Neben einem Parktor, unter überhängendem dunklem Laub, zog Martin Sonja an sich, und um nicht den kleinsten Bruchteil dieses Augenblickes zu verlieren, schloß er die Augen nicht, während er langsam ihre kühlen, weichen Lippen küßte und dabei einen bleichen Lichtschein auf ihrer Wange und das Zittern ihrer gesenkten Augenlider beobachtete: sie hoben sich für einen Moment, ein feuchtes, blindes Glitzern enthüllend, und schlossen sich wieder; kleine Schauer schüttelten sie, ihre Lippen öffneten sich unter den seinen, aber sie brach den Zauber, ihre Hand schob sein Gesicht beiseite, und ihre Zähne schlugen aufeinander, und halb flüsternd flehte sie ihn an, aufzuhören.

«Und wenn ich nun in jemand anderen verliebt bin?» fragte Sonja mit unerwarteter Lebhaftigkeit, als sie auf der Straße weiterschlenderten.

«Das wäre furchtbar», sagte Martin. Er spürte, daß es einen Augenblick gegeben hatte, wo er Sonja hätte festhalten können, aber jetzt war sie ihm wieder entschlüpft.

«Nimm deinen Arm weg», bemerkte sie, «ich kann so nicht gehen – du benimmst dich wie ein Ladenschwengel am Sonntag», und seine letzte Hoffnung, das beglückende Gefühl ihres warmen Oberarms unter seiner Handfläche, schwand ebenfalls.

«Er hat wenigstens Talent», sagte sie, «und du, du bist nichts, nur ein herumreisender Playboy.»

«Talent? Von wem sprichst du?»

Sie antwortete nicht und schwieg auf dem ganzen Heimweg. Unter der Haustür küßte sie ihn jedoch noch einmal, ihren nackten Arm um seinen Hals legend, und sie sah ernst aus und hatte die Augen niedergeschlagen, als sie von innen die Tür abschloß. Er sah ihr durch das Türfenster nach: da geht sie, die Treppe hinauf, das Geländer streichelnd, und jetzt verschwindet sie hinter der Treppenbiegung – und das ist ihr Licht, das jetzt ausgeht.

«Genauso hat sie es mit Darwin gemacht», dachte Martin, und eine ungeheure Sehnsucht nach seinem alten Freund überfiel ihn; doch Darwin war im Auftrag einer Londoner Zeitung weit fort in Amerika. Am nächsten Tag war jede romantische Spur ausgetilgt, als wäre nie etwas gewesen, und Sonja fuhr mit Freunden zum Schwimmen und Picknicken ins Grüne, zur Pfaueninsel, und Martin wußte es nicht einmal. An diesem Abend hatte er eine Minute vor Ladenschluß einen großen Plüschhund mit rotem Halsband gekauft, und als er sich ihrem Haus mit dem Ding unterm Arm näherte, begegnete er auf der Straße der ganzen zurückkehrenden Gesellschaft; Sonja hatte Kallistratows Jackett um die Schultern gelegt, und er und sie warfen sich wiederholt Scherze zu, deren Bedeutung Martin nicht verstand, und niemand nahm sich die Mühe, sie ihm zu erklären.

Er schrieb ihr einen Brief und blieb mehrere Tage fort. Sie antwortete nach etwa einer Woche mit einer bunten Ansichtskarte, auf der ein hübscher Junge zu sehen war, der sich über die Lehne einer grünen Bank beugte, auf der ein hübsches Mädchen saß, das einen Rosenstrauß bewunderte, und darunter stand in Goldbuchstaben: «Was ein treues Herz verschweigt, dieser Rosenstrauß dir zeigt.» Auf die Rückseite hatte Sonja gekritzelt: «Sind sie nicht süß? *So* macht man einer Dame den Hof! Hör zu, ich brauche Deine Hilfe, an meinem Racket sind drei Saiten geplatzt.» Und kein Wort über den Brief! Bei einem seiner nächsten Besuche sagte sie jedoch: «Ich finde es lächerlich, daß du nicht dann und wann einen Tag freinehmen kannst. Kindermann wird dich bestimmt vertreten.»

«Er hat seinen eigenen Stundenplan», antwortete Martin zögernd, aber dann sprach er doch mit Kindermann, und so brachen an einem herrlichen, strahlend wolkenlosen Morgen Martin und Sonja auf zu einem Ausflug in die seen-, schilf- und kiefernreiche Umgebung der großen Stadt, und Martin hielt heroisch sein Versprechen, keine «Marmeladeaugen» zu machen, wie sie es nannte, und versuchte nicht, sie zu küssen. Irgend etwas, worüber sie an diesem Tag sprachen, führte mehrmals zufällig zu einem ganz besonderen Gedankenaustausch. Mit der Absicht, Sonjas Phantasie zu beeindrucken, machte Martin eine vage Andeutung, er habe sich einer geheimen Gruppe von antibolschewistischen Verschwörern angeschlossen, die Spähtruppunternehmen organisierten. Es stimmte, daß es solch eine Gruppe gab; ein gemeinsamer Bekannter von ihnen, ein Leutnant Melkich, war zweimal in gefährlicher Mission über die Grenze gegangen; es stimmte auch, daß Martin ständig auf eine Gelegenheit wartete, sich mit ihm anzufreunden (einmal hatte er ihn sogar zum Essen eingeladen), und immer bedauerte, daß er während seines Aufenthalts in der Schweiz den von Silanow erwähnten mysteriösen Grusinow nicht kennengelernt hatte, der nach den Informationen, die Martin sich verschafft hatte, ein großer Abenteurer sein mußte, ein Terrorist, ein außergewöhnlicher Spion und der führende Kopf der kürzlich stattgefundenen Bauernaufstände gegen das Sowjetregime.

«Ich hätte nie gedacht», sagte Sonja, «daß du über solche Sachen nachdenkst. Aber weißt du, wenn du wirklich zu dieser Organisation gehörst, ist es sehr naiv, so freimütig darüber zu schwatzen.»

«Oh, ich habe nur Spaß gemacht», sagte Martin und kniff geheimnisvoll die Augen zusammen, als wollte er Sonja weismachen, daß er die Sache absichtlich als Spaß darstellte. Ihr entging diese Nuance; auf dem trockenen, nadelbestreuten Boden ausgestreckt, unter den Kiefern, auf deren Stämmen Sonnenflecke flimmerten, legte sie die nackten Arme hinter den Kopf und entblößte dabei ihre hübschen Achselhöhlen, die sie neuerdings ausrasierte und die jetzt leicht getönt waren wie mit Bleistiftstrichen; es sei seltsam, sagte sie, aber sie habe auch oft daran gedacht – daran, daß es ein Land gebe, zu dem gewöhnliche Sterbliche keinen Zutritt hatten.

«Wie wollen wir dieses Land nennen?» fragte Martin, dem plötzlich seine Spiele mit Lida an der Märchenküste der Krim einfielen.

«Irgendwie nördlich», antwortete Sonja. «Sieh mal, das Eichhörnchen.» Das Eichhörnchen spielte Versteck, erklomm in kleinen Sprüngen einen Baumstamm und verschwand im Laub.

«Soorland zum Beispiel», sagte Martin. «Das wird bei einem normannischen Seefahrer erwähnt.»

«Ja, natürlich – Soorland», stimmte Sonja bei, und er grinste breit, etwas verblüfft über ihre Fähigkeit zu Tagträumen, die so unerwartet zum Vorschein kam.

«Darf ich eine Ameise wegnehmen?» warf er ein.

«Fragt sich, wo.»

«Strumpf.»

«Hau ab, Freundchen (an die Ameise gerichtet).» Sie wischte das Insekt weg und fuhr fort, als sagte sie etwas auf: «Die Winter sind kalt dort, und an den Dachtraufen hängen unförmig große Eiszapfen, ein ganzes System von Eiszapfen, wie Orgelpfeifen. Dann schmelzen sie, und alles wird sehr wässerig, und auf dem tauenden Schnee bilden sich rußartige Flecken. Oh, ich kann dir alles darüber sagen. Zum Beispiel haben sie gerade ein Gesetz erlassen, daß alle Staatsbürger sich die Köpfe kahlscheren lassen müssen, so daß jetzt die Barbiere die wichtigsten, einflußreichsten Leute sind.»

«Gleichheit der Köpfe», sagte Martin.

«Ja. Und natürlich sind die Kahlköpfe am besten daran. Und weißt du –»

«Bubnow würde es dort gut haben», warf Martin scherzhaft ein.

Aus irgendeinem Grunde war Sonja beleidigt und verstummte. Doch von diesem Tage an ließ sie sich gelegentlich dazu herab, mit ihm Soorland zu spielen, und Martin quälte sich mit dem Gedanken, daß sie sich vielleicht einen hochgestochenen Spaß mit ihm machte und ihn jeden Moment zu einem falschen Schritt verführen, ihn immer näher an die Grenze locken konnte, hinter der Halluzinationen geschmacklos werden – und der Schlafwandler aufgerüttelt wird und den Rand des Daches sieht, an dem er baumelt, sein hochgerutschtes Nachthemd, die vom Bürgersteig heraufstarrende Menge, die Helme der Feuerwehrleute. Aber selbst wenn das von Sonja aus eine Form des Spottes war, es machte nichts, es machte nichts, er genoß die Gelegenheit, sich in ihrer Gegenwart gehenzulassen. Sie studierten die Bräuche und Gesetze von Soorland. Das Land war felsig und windig, und der Wind wurde als positive Kraft anerkannt, denn dadurch, daß er keine Türme und hohen Bäume zuließ, unterstützte er die Gleichheit und förderte die öffentlichen Bestrebungen der atmosphärischen Schichten, die fleißig über die Uniformität der Temperatur wachten. Und selbstverständlich waren reine Kunst und reine Wissenschaft verpönt, damit die redlichen Dummköpfe nicht durch den Anblick der grüblerischen Stirnen und aufreizend dicken Bücher der Gelehrten verletzt würden. Kahlgeschoren, in braune Kittel gekleidet, wärmten die glücklichen Soorländer sich an Freudenfeuern, während die Saiten verbrennender Geigen mit lautem Knall platzten, und diskutierten Pläne für die Einebnung des Landes durch Sprengung der Berge, die zu anmaßend herausragten. Manchmal wandte Sonja sich während der allgemeinen Unterhaltung – bei Tisch zum Beispiel – plötzlich zu ihm und flüsterte hastig: «Hast du schon von dem neuen Gesetz gehört, das den Raupen verbietet, sich zu verpuppen», oder «Ich vergaß dir zu erzählen, daß der Prügelheiland (der Spitzname eines Häuptlings) den Ärzten befohlen hat, alle Forschungen zu unterlassen und alle Krankheiten nach genau derselben Methode zu behandeln.»

35

Als Martin für den Winter in die Schweiz zurückfuhr, freute er sich auf eine unterhaltsame Korrespondenz, aber Sonja erwähnte in ihren seltenen Briefen Soorland kein einziges Mal. In einem jedoch bat sie ihn, Grusinow Grüße von ihrem Vater auszurichten. Es stellte sich heraus, daß Grusinow im *Majestic* wohnte, dem Hotel, das für Martin eine so sonderbare Anziehungskraft gehabt hatte. Aber als er auf Skiern dorthin fuhr, wurde ihm gesagt, daß Grusinow abgereist sei und einige Zeit fortbleiben werde. Er übermittelte Silanows Grüße Grusinows Frau, einer jugendlich wirkenden, hell gekleideten Dame in den Vierzigern mit blauschwarzem Haar und einem vorsichtigen Lächeln, das die immer mit Lippenstift verschmierten, vorstehenden Vorderzähne zu verbergen suchte. Martin hatte noch nie so vollkommene Hände gesehen wie die ihren. Sie waren klein und weich und mit funkelnden Ringen geschmückt. Aber obwohl jedermann sie anziehend fand und ihre Anmut und ihre melodiöse, zärtliche Stimme bewunderte, blieben Martins Sinne unberührt; vielmehr verdroß ihn der Gedanke, daß sie ihn vielleicht zu bezaubern versuchte. Sein Verdacht war unbegründet. Er war Frau Grusinow ebenso gleichgültig wie der hochgewachsene Engländer mit der großen Nase, dem borstigen grauen Haar auf dem schmalen Schädel und einem gestreiften Schal um den Hals, der sie zu Schlittenpartien mitnahm.

«Mein Mann wird nicht vor Juli zurück sein», sagte sie, und dann erkundigte sie sich nach den Silanows. «Ja, ja, ihre Mutter tut mir wirklich leid.» (Martin hatte Irina erwähnt.) «Sie wissen doch, wie das alles angefangen hat?» Martin wußte es. Während des Bürgerkrieges in

Südrußland war Irina, damals ein stilles, dickliches, normales, wenn auch schwermütiges Mädchen von vierzehn Jahren, mit ihrer Mutter in der Eisenbahn gefahren; sie hatten sich mit einer Bank in einem Güterwagen begnügen müssen, der mit allerhand Trödel vollgestopft war; während der langen Reise hatten zwei Strolche, ohne auf die Proteste ihrer Kumpane zu achten, das Kind abgetastet, gezwickt und gekitzelt und dazu furchtbar unanständige Reden geführt. Frau Pawlow hatte mit dem Lächeln hilflosen Entsetzens ihre Tochter so gut wie möglich zu schützen versucht und immer wieder gesagt: «Mach dir nichts draus, Irotschka, mach dir nichts draus – o bitte, lassen Sie doch das Kind in Ruhe, Sie sollten sich schämen – mach dir nichts draus, Irotschka –» Dann, im nächsten Zug, als sie sich schon Moskau näherten, hatte sie wieder klagend und murmelnd den Kopf ihrer Tochter im Schoß gewiegt, als andere Rohlinge, Deserteure oder etwas dergleichen, ihren korpulenten Gatten in voller Fahrt zum Abteilfenster hinauswarfen. Ja, er war sehr dick, sie mußten ihn durchs Fenster quetschen, und er lachte hysterisch, weil er auf halbem Wege steckengeblieben war, aber schließlich schafften sie es mit einem einmütigen Hau-ruck, er war nicht mehr zu sehen, es blieb nur der blinde Schnee, der an dem leeren Fenster vorübertrieb. Wunderbarerweise fand er auf einer kleinen, eingeschneiten Bahnstation seine Familie wieder, und ebenso wunderbar war es, daß Irina eine schwere Typhusinfektion überstand; aber sie verlor die Sprache, und erst nach einem Jahr in London lernte sie in verschiedenen Tonlagen muhende Laute hervorbringen und einigermaßen deutlich das Wort «Ma-ma» aussprechen.

Martin, der Irina nie viel Beachtung geschenkt hatte, da er sich bald an ihre Geistesgestörtheit gewöhnt hatte, empfand jetzt einen seltsamen Schock, als Frau Grusinow hinzusetzte: «Und so haben sie für alle Zeit ein lebendiges Symbol bei sich.» Die Nacht von Soorland erschien ihm noch dunkler, sein Urwald noch tiefer, und Martin wußte schon, daß nichts und niemand ihn daran hindern konnte, als freier Pilger in diese Wälder einzudringen, in denen dickliche Kinder im Dunkeln gemartet werden und der Geruch nach Brand und Verwesung in der Luft hängt. Als er im Frühjahr nach Berlin und zu Sonja zurückkehrte, hätte er (so voll von Abenteuern waren seine Winternachtsphantasien gewesen) fast glauben können, daß er diese einsame und tapfere Expedition bereits abgeschlossen hätte und jetzt stundenlang von seinen Abenteuern erzählen würde. Als er in ihr Zimmer trat, sagte er (eifrig bestrebt, es auszusprechen, bevor die vertraute frustrierende Wirkung ihrer glanzlosen Augen sich wieder behauptet hatte): «So wie jetzt, so werde ich eines Tages zurückkommen, und dann, ach, dann –» –«Es wird nie etwas geben», rief sie im Ton von Puschkins Naina. Sie war noch blasser als sonst, ihre Büroarbeit war sehr ermüdend; zu Hause trug sie ein altes schwarzes Samtkleid mit einem schmalen Ledergürtel um die Hüften und Pantoffeln mit Pompons, die sich auflösten. Oft zog sie nach dem Abendessen ihren Regenmantel an und ging fort, und Martin verließ, nachdem er eine Zeitlang ziellos von einem Zimmer ins andere geschlendert war, ebenfalls das Haus und ging, die Hände tief in den Hosentaschen, langsam zur Straßenbahnhaltestelle; am anderen Ende von Berlin pfiff er dann zärtlich unter dem Fenster einer Kabarettänzerin, die er im Tennisklub kennengelernt hatte. Sie kam auf den Balkon gehuscht, erstarrte für einen Augenblick an der Brüstung, verschwand, kam wieder herausgehuscht und warf ihm den in Papier gewickelten Hausschlüssel zu. In ihrem Schlafzimmer trank Martin grünen Crème de Menthe und küßte ihren nackten goldbraunen Rücken, und sie warf den Kopf zurück und zog die Schulterblätter fest zusammen. Er sah ihr gern zu, wenn sie im Sturmschritt im Zimmer auf und ab lief, wobei sie ihre muskulösen sonnengebräunten Beine dicht nebeneinander setzte und wütend immer denselben Theateragenten schmähte; er liebte ihr bizarres Gesichtchen mit dem ins Orange spielenden zartrosa Teint, die unnatürlich dünnen Augenbrauen und das glatt zurückgebürstete Haar; und er bemühte sich vergeblich, nicht an Sonja zu denken. Eines Abends im Mai verzierte er seinen leisen Pfiff mit einem speziellen Triller, aber statt seiner Geliebten kam ein älterer Mann in Hosenträgern auf den Balkon, und Martin seufzte und ging weg. Er fuhr mit der Tram zu der Straße, in der die Silanows wohnten, und ging dort zwischen zwei Straßenlaternen hin und her. Sonja kam nach Mitternacht allein zurück, und während sie in ihrer Handtasche nach den Schlüsseln kramte, trat Martin zu ihr und fragte schüchtern, wo sie gewesen sei. «Wirst du mich denn nie in Ruhe lassen?» rief Sonja, und ohne eine Antwort abzuwarten, drehte sie den Schlüssel zweimal knirschend im Schloß, die schwere Tür flog auf, verhielt einen Augenblick und fiel mit einem Knall wieder zu. Dann kam eine Zeit, da Martin sich einbildete, nicht nur Sonja, sondern all ihre gemeinsamen Bekannten gingen ihm aus dem Wege, er wäre unerwünscht, niemand könnte ihn leiden. Er ging bei Bubnow vorbei, und der starrte ihn so sonderbar an, dann entschuldigte er sich und schrieb weiter. Schließlich hatte er das Gefühl, wenn er es nur noch ein wenig weiter so triebe, werde er zu Sonjas Schatten werden und bis ans Ende seiner Tage in Berlins Straßen herumgeistern und die wichtige und ernste Sache, die in ihm reifte, an eine fruchtlose Leidenschaft verschwenden. Er beschloß also, mit Berlin Schluß zu machen, um in läuternder Einsamkeit über den Plan seiner Expedition nachzudenken. Mitte Mai

1924 ging er, die Fahrkarte nach Straßburg schon in der Tasche, zu Sonja, um sich zu verabschieden, und traf sie natürlich nicht an. In dem dämmerigen Zimmer saß Irina ganz in Weiß, wie eine gespenstische Schildkröte, die im Zwielicht zu schweben schien. Sie sah ihn unverwandt an. Er schrieb auf einen Briefumschlag: «In Soorland ist die Polarnacht angeordnet», legte ihn auf Sonjas Kopfkissen, stieg in das wartende Taxi und fuhr ohne Mantel und Hut, nur mit einem Köfferchen, zum Bahnhof.

36

Sobald der Zug sich in Bewegung setzte, lebte Martin auf; seine Heiterkeit kehrte zurück, und er begann die Aufregung des Reisens zu genießen – so etwas wie eine unerläßliche Übung, sagte er sich. Als er in einen französischen Zug umstieg, der über Lyon nach Süden fuhr, schien es ihm, als wäre er endgültig frei von Sonjas nebulosem Zauber. Hinter Lyon breitete sich allmählich die südliche Nacht aus; die bleichen Rechtecke der reflektierten Abteilfenster flogen an der schwarzen Böschung entlang; in dem schmutzigen, unerträglich stickigen Zweiter-Klasse-Abteil war Martins einziger Reisegefährte ein Franzose mittleren Alters. Der Mann entledigte sich seines Mantels und knöpfte mit einer einzigen Abwärtsbewegung der Finger alle Westenknöpfe auf; mit einer Bewegung, als schraubte er sich die Handgelenke ab, zog er seine Manschetten aus und legte die beiden gestärkten Zylinder sorgfältig ins Gepäcknetz. Auf dem Rande seines Sitzes schwankend – der Zug fuhr sehr schnell –, nahm er Kragen und Krawatte ab; und da die Krawatte eine fertiggenähte war, die man nur hinten aufzuhaken brauchte, hatte man wieder den Eindruck, daß hier ein Mann sich selbst auseinandernahm und gleich seinen Kopf ablegen würde. Die Haut seines Halses war vorn so schlaff wie bei einem Truthahn; er drehte erleichtert den Kopf hin und her, dann beugte er sich vor und vertauschte grunzend seine Stiefel mit Pantoffeln. Mit dem über dem lockigen Brusthaar offenstehenden Hemd sah er jetzt wie ein kräftiger Bursche aus, der einen zuviel getrunken hat, denn die Mitreisenden in einem Nachtzug mit ihren glänzenden blassen Gesichtern und verglasten Augen scheinen immer vom Schwanken des Zuges und der Hitze im Abteil betrunken zu sein. Aus einem Korb holte er eine Flasche Rotwein und eine große Orange; erst nahm er einen Schluck aus der Flasche, leckte sich schmatzend die Lippen und drückte den quietschenden Korken kräftig wieder in den Flaschenhals, dann begann er mit dem Daumen die Orange zu schälen, nachdem er die Schale oben aufgebissen hatte. In diesem Augenblick begegneten sich sein und Martins Blick; dieser hatte gerade seinen Tauchnitzband auf die Knie sinken lassen, um sich zum Gähnen vorzubereiten, und der Franzose ergriff das Wort. «Wir sind schon in der Provence», sagte er jovial, mit der einen zottigen Augenbraue zum Fenster deutend, in dessen nachtschwarzer Spiegelscheibe sein blasseres Double ebenfalls eine Orange schälte.

«Oui, on sent le sud», antwortete Martin.

«Sie sind Engländer?» erkundigte sich der andere, während er seine Orange in zwei Hälften teilte.

«Richtig», antwortete Martin. «Wie haben Sie das erraten?»

Der Franzose zuckte saftig kauend die Achseln: «Das war nicht sehr schwer», sagte er und schluckte, und nach einem prüfenden Blick deutete er mit behaartem Finger auf den Tauchnitzband. Martin lächelte nachsichtig. «Und ich bin aus Lyon», fuhr der Franzose fort. «Ich bin im Weingeschäft. Ich muß viel reisen, aber ich bin gern unterwegs. Man kriegt neue Orte zu sehen, neue Leute – die Welt, *quoi.* Ich habe eine Frau und eine kleine Tochter», fügte er hinzu, mit einem Stückchen Zeitungspapier seine gespreizten Fingerspitzen abwischend. Dann betrachtete er Martin noch einmal, seine abgenutzte Tasche und die zerknitterten Hosen, kam zu dem Schluß, daß ein britischer Lord wohl kaum zweiter Klasse reisen würde, und bemerkte mit vorgreifendem Nicken: «Sie sind Reisender?» Martin begriff, daß dies nur eine Abkürzung für «Handelsreisender» war.

«Ja, ich bin tatsächlich Reisender», antwortete er, um einen britischen Akzent bemüht, «aber in einem weiteren Sinne des Wortes. Ich reise sehr weit.»

«Aber Sie sind Geschäftsmann?»

Martin schüttelte den Kopf.

«Dann reisen Sie zum Vergnügen?»

«Ja, wenn Sie so wollen», sagte Martin.

Der Franzose dachte schweigend nach; bald darauf fragte er: «Im Augenblick fahren Sie nach Marseille, nicht wahr?»

«Ja, wahrscheinlich nach Marseille. Ich bin mit meinen Vorbereitungen noch nicht ganz fertig.»

Der Franzose nickte, war aber sichtlich verwirrt.

«In solchen Fällen», fuhr Martin fort, «müssen die Vorbereitungen mit größter Sorgfalt getroffen werden. Ich habe fast ein Jahr in Berlin zugebracht, wo ich einige wesentliche Auskünfte zu erhalten hoffte, und Sie können sich nicht vorstellen –»

«Mein Neffe ist Ingenieur», warf der Franzose hoffnungsvoll ein.

«O nein, ich habe nichts mit Technologie zu tun, nicht deswegen habe ich Deutschland besucht. Aber, wie gesagt:

Sie können sich nicht vorstellen, wie schwierig es ist, derartige Informationen aufzuspüren. Die Sache ist nämlich die: ich habe den Plan, eine bestimmte, sehr entlegene, fast unzugängliche Gegend zu erforschen. Einigen Abenteurern ist das gelungen, aber wie soll man sie finden, wie sie zum Reden bringen? Was habe ich? Nur eine Landkarte.» Und Martin zeigte auf seinen Koffer, der wirklich außer seinen seidenen Hemden und der zusammenlegbaren Badewanne eine Karte im Maßstab von einem Werschok zu einem Wjerst enthielt, die er in Berlin beim ehemaligen Generalstab aufgetrieben hatte. Ein Schweigen folgte. Der Zug klapperte und schwankte.

«Ich behaupte immer», sagte der Franzose, «daß unsere Kolonien eine große Zukunft haben. Ihre natürlich auch, und Sie haben so viele. Ein Freund von mir war zehn Jahre in den Tropen, und er sagte, er würde gern wieder zurückgehen. Er hat mir mal erzählt, wie er gesehen hat, daß Affen auf einem umgestürzten Baum über einen Fluß gegangen sind, jeder hielt sich am Schwanz seines Vordermannes fest – es war verteufelt *drôle* – sich bei den Schwänzen halten! Bei den Schwänzen!»

«Kolonien sind wieder was anderes», sagte Martin. «Ich will nicht in unsere Kolonien. Mein Weg wird durch gefährliche Gegenden führen, und – wer weiß – vielleicht komme ich gar nicht zurück.»

«Ist das eine wissenschaftliche Expedition oder so was?» fragte der Franzose, mit den Backenzähnen ein Gähnen zerquetschend.

«Zum Teil. Aber – wie soll ich es ausdrücken? – Wissenschaft, Gelehrsamkeit – all das ist nicht die Hauptsache. Die Hauptsache, der Hauptzweck ist – Nein, ich weiß wirklich nicht, wie ich das erklären soll.»

«Ich weiß, ich weiß», sagte der Franzose müde. «Ihr *Engländer* habt was für Wetten übrig und für Aufzeichnungen.» (Das Wort «Aufzeichnungen» klang wie ein schläfriges Brummen.) «Wer will einen kahlen Fels vor dem Himmel? Oder – lieber Gott, wie schläfrig man in der Eisenbahn wird! – oder Eisberge oder wie man das nennt – oder sogar den Nordpol? Oder diese Sümpfe, wo man an Malaria zugrunde geht?»

«Ja, da haben Sie vielleicht recht. Und doch, selbst das, selbst der *Sport* ist nicht alles. Daneben gibt es – wie soll ich sagen – Ruhm, Liebe, Zärtlichkeit für den Boden, tausend ziemlich geheimnisvolle Empfindungen.»

Der Franzose sah ihn mit offenem Munde an, dann beugte er sich vor und gab Martin einen leichten Klaps aufs Knie. «Man mokiert sich über mich, eh?» bemerkte er gutmütig. «O nein, durchaus nicht!» – «Ist schon gut», sagte er, sich in seiner Ecke zurücklehnend. «Sie sind zu jung, um in der Sahara herumzulaufen. Mit Ihrer Erlaubnis werde ich jetzt das Licht ausmachen und ein bißchen schlafen.»

37

Dunkel. Fast sofort begann der Franzose zu schnarchen. «Ja, er hat mich wirklich für einen Engländer gehalten. *Ong sahng le soude.* So werde ich auch nach Norden fahren, genauso, in einem Zug, den man nicht anhalten kann – und dann, dann –» Er begann einem Waldpfad zu folgen, der Pfad rollte ab, rollte weiter ab, aber kein Schlaf kam ihm entgegen. Martin schlug die Augen auf. Gute Idee, das Fenster herunterzulassen. Eine milde Nacht umspülte sein Gesicht, und mit zusammengekniffenen Augen beugte Martin sich hinaus, aber unsichtbarer Staub flog ihm ins Auge, die Geschwindigkeit machte ihn blind; er zog den Kopf zurück. Ein Husten erscholl in dem dunklen Abteil. «Nein, nein. Seien Sie so freundlich», sagte eine ärgerliche Stimme. «Ich habe keine Lust, unter den Sternen zu schlafen. Machen Sie zu, machen Sie zu.» – «Machen Sie selber zu», sagte Martin. Er trat hinaus in den erleuchteten Gang und ging an den Abteilen vorbei, wo man die durcheinandergerüttelte Gegenwart von schlummernden, hilflosen, halb entkleideten Körpern ahnte, Schnaufen und Seufzen, offenstehende Fischmäuler, einen herabsinkenden Kopf, der mit einem Ruck wieder hochfuhr, einen weichen Fuß unmittelbar neben der Nase eines Fremden. Über knirschende Verbindungsplatten ging Martin von einem Gang zum anderen; dabei kam er durch zwei Dritter-Klasse-Wagen. Die Schiebetüren einiger Abteile standen offen; in einem spielten graublau uniformierte Soldaten lärmend Karten. Später im Gang eines Schlafwagens blieb Martin an einem halb heruntergelassenen Fenster stehen und erinnerte sich mit ungewöhnlicher Deutlichkeit seiner Kindheitsreise durch Südfrankreich: dieser *strapontin*-Sitz am Fenster, die Stoffschlinge, die ihm erlaubte, den Zug zu fahren, die hübsche Melodie in drei Sprachen – besonders: *pericoloso*. Er dachte darüber nach, was für ein seltsames, seltsames Leben ihm zugefallen war, es schien, als hätte er den Schnellzug nie verlassen, wäre lediglich von einem Wagen zum andern gewandert – und einer war von jungen Engländern besetzt, unter ihnen Darwin, der feierlich nach der Notbremse griff, in einem anderen waren Alla und ihr Mann, oder auch die Clique von der Krim, oder der schnarchende Onkel Henry, oder die Silanows, ihr Vater mit seiner ewigen Zeitung und Sonja, die mit samtdunklen Augen durchs Fenster starrte. «Und dann werde ich zu Fuß weitergehen, zu Fuß», murmelte Martin erregt – ein Wald, ein gewundener Pfad – wie riesengroß die Bäume! Hier in diesem Schlafwagen mußte seine Kindheit gereist sein, mußte er fröstelnd den Knopf des ledernen Rouleaus aufgeknöpft haben; und wenn man dem blauen Korridor ein wenig weiter folgte, kam man in den Speisewagen, wo seine Eltern zu Abend aßen, und auf dem Tisch lag dieselbe Schokoladenattrape in violettem Papier, und über der Tür schimmerte ein propellerförmiger Ventilator in einem Garten von Reklameplakaten. In diesem Augenblick sah Martin als Antwort auf seine Erinnerungen durchs Fenster das, was er als Kind gesehen hatte – ein Halsband von Lichtern, weit fort, zwischen dunklen Hügeln. Jemand schien sie von einer Hand in die andere zu schütten und dann einzustecken. Während er hinausblickte, verlangsamte sich die Fahrt, und Martin sagte sich, daß er, wenn der Zug hielt, aussteigen und sich auf die Suche nach diesen Lichtern machen würde. Ein Bahnsteig kam in Sicht, dann die Mondscheibe einer Uhr, und der Zug kam mit einem Seufzer zum Stehen. Martin stürzte zu seinem Abteil zurück, platzte zweimal in das schnarchende Dunkel falscher Abteile, fand das richtige, knipste das Licht an, und der Franzose erhob sich, mit den Fäusten die Augen reibend, halb von seinem Sitz. Martin riß seinen Koffer herunter und schnappte seinen Tauchnitzband. In seiner Hast bemerkte er nicht, daß der Zug sich wieder in Bewegung gesetzt hatte, und beinahe wäre er hingefallen, als er auf den vorübergleitenden Bahnsteig sprang. Eine lange Reihe von Fenstern zog vorüber und war verschwunden. Nichts blieb außer leeren Schienen und dazwischen glitzrigem Kohlenstaub.

Noch keuchend ging Martin über den Bahnsteig. Ein Träger, der einen Gepäckkarren mit einer großen Kiste schob, auf der *«Fragile»* zu lesen stand, sagte fröhlich in dem der Provence eigenen metallischen Akzent: «Sie sind im richtigen Augenblick aufgewacht, Monsieur.» – «Sagen

Sie», erkundigte sich Martin, «was ist in dieser Kiste?» Der Träger sah die Kiste an, als bemerkte er sie erst jetzt, und las die Adresse vor: «Naturwissenschaftliches Museum.» – «Aha, zweifellos eine Insektensammlung», sagte Martin und ging auf die kleine Gruppe von Tischen am Eingang des trübe erhellten Bahnhofsbuffets zu.

Die Luft war samtig und warm; um eine milchweiße Bogenlampe wirbelten kleine blasse Mücken und ein stattlicher schwarzer Falter mit silberhaarigen Bändern. Ein fast zwei Meter großes Plakat zierte die Wand: es war ein Versuch des Kriegsministeriums, zur Belehrung junger Leute die Reize des Militärdienstes darzustellen: im Vordergrund ein tapferer französischer Soldat; hinten eine Dattelpalme, ein Dromedar und ein Araber im Burnus; und in der Ecke zwei verschleierte, üppige Gestalten.

Der Bahnsteig war menschenleer. Ein Stückchen weiter standen einige Käfige mit schlafenden Hennen. Auf der anderen Seite der Schienen konnte man ein Knäuel schwarzer Büsche erkennen. Die Luft roch nach Kohle, Wacholder und Urin. Eine dunkelhäutige alte Frau blickte aus der *buvette*, und Martin bat um einen *apéritif*, dessen bezaubernden Namen er auf einem Plakat gelesen hatte. Ein Arbeiter in Blau setzte sich an den Nebentisch, legte den Kopf auf den Arm und schlief ein.

«Ich wüßte gern etwas», sagte Martin zu der Frau. «Kurz vor der Station habe ich in der Ferne Lichter gesehen.» – «Wo? Dort drüben?» fragte sie und zeigte in die Richtung, aus der der Zug gekommen war. Martin nickte. «Das kann nur Molignac gewesen sein», sagte sie. «Ja, Molignac. Ein kleines Dorf.» Martin zahlte und ging mit seinem Koffer zum Ausgang. Ein dunkler Platz, Platanen, eine Reihe gespenstischer Häuser und eine enge Straße. Er war schon in die Straße eingebogen, als er merkte, daß er vergessen hatte, nach dem Stationsschild zu sehen, und nun wußte er nicht den Namen des Ortes, in den es ihn verschlagen hatte. Das war ein angenehm kitzelndes Gefühl. Wer weiß – vielleicht hatte er infolge einer Laune des Raumes in der ungewissen Nacht schon die Grenze von Soorland überschritten, und bald würde ihn jemand anrufen.

38

Als Martin am nächsten Morgen aufwachte, konnte er den gestrigen Tag nicht sofort rekonstruieren; aufgewacht war er vom Kitzeln der Fliegen, die ihm übers Gesicht krabbelten. Ein bemerkenswert weiches Bett; ein asketischer Waschständer und daneben ein Toilettengegenstand, der wie eine Violine geformt war; heißes blaues Licht hauchte durch einen Spalt im Fenstervorhang. Es war lange her, daß er einen so guten Nachtschlaf gehabt hatte, lange her auch, daß er so hungrig gewesen war. Er zog den Vorhang auf und sah eine blendendweiße Mauer vor sich. Weiter links waren Läden mit gestreiften Markisen, ein gescheckter Hund saß auf dem Pflaster und kratzte sich mit der Hinterpfote hinterm Ohr, und ein Bächlein glitzernden Wassers lief die Bordschwelle entlang.

Der Ton der Klingel, auf deren Knopf er drückte, schallte durch das ganze zweistöckige Gasthaus, und herzhaft stampfend erschien ein blankäugiges, schmutziges Dienstmädchen. Er bestellte viel Brot, viel Butter, viel Kaffee, und als sie alles gebracht hatte, fragte er sie, wie er nach Molignac kommen könne. Sie erwies sich als redselig und neugierig. Martin erwähnte beiläufig, daß er Deutscher und von einem Museum hierhergeschickt wäre, um Insekten zu sammeln; daraufhin betrachtete sie nachdenklich die Wand, die einige verdächtige rötlichbraune Flecke aufwies. Allmählich entnahm er ihren Reden, daß in einem Monat, vielleicht sogar noch früher, eine Autobuslinie zwischen der Stadt und Molignac eingerichtet werden sollte. «Das heißt, man muß laufen?» fragte Martin. «Fünfzehn Kilometer?» rief das Mädchen entsetzt. «Was für eine Idee! Und bei dieser Hitze!»

Er ließ seine Sachen im Gasthaus, und nachdem er in dem Tabakladen, dessen Firmenschild eine dreifarbige Pfeife war, die über der Tür herausragte, eine Karte von der Gegend gekauft hatte, begann er auf der Sonnenseite der Straße auszuschreiten und bemerkte alsbald, daß sein offener Hemdkragen und sein bloßer Kopf allgemeines Aufsehen erregte. Die Stadt sah aus wie eine bunte Kreidezeichnung und war scharf in Licht- und Schattenbereiche aufgeteilt; sie konnte sich zahlreicher Konditoreien rühmen. Bald blieben die engstehenden Häuser zurück, und die gepflasterte Straße zwischen den beiden Reihen riesiger Platanen mit fleischfarben gefleckten grünen Stämmen floß weiter an Weingärten vorüber. Die wenigen Leute, die er traf – Steinklopfer, Schulkinder und Landfrauen mit schwarzen Strohhüten –, verschlangen ihn mit den Augen. Martin kam auf den Gedanken, etwas auszuprobieren, was sich in Zukunft als nützlich erweisen konnte. Er setzte seinen Weg äußerst verstohlen fort, sprang über Gräben und versteckte sich hinter Brombeerbüschen, sobald er in der Ferne ein verstaubtes, klapperiges Lastauto oder einen Karren erspähte, der von einem Esel mit schwarzen Scheuklappen gezogen wurde. Nach einigen Kilometern verließ er die Straße ganz und begann sich seinen Weg parallel zu ihr zu suchen, an dem Hügelhang entlang, wo Eichengebüsch, glänzende Myrten und Nesselbäume ihn abschirmten. Die Sonne brannte heiß auf ihn nieder, Zikaden zirpten, die heißen, würzigen Gerüche machten ihn schwindelig, und für ein Weilchen legte er sich in den Schatten und wischte sich den schweißnassen Nacken mit dem Taschentuch. Ein Blick auf die Karte zeigte ihm, daß die Straße nach fünf Kilometern eine Schlinge beschrieb und daß man, um wieder auf sie zu stoßen, einen Abkürzungsweg über jenen von gelb blühendem Ginster bedeckten Hügel gehen konnte. Als er auf der anderen Seite des Hügels herunterkam, sah er wirklich die weiße Schlange der Straße wieder, und während er parallel zu ihr durch das duftende Gestrüpp weiterging, freute er sich über seine Orientierungsfähigkeit.

Plötzlich hörte er das kühle Geräusch von fließendem Wasser. Die schönste Musik, die es auf der Welt geben konnte! Unter einem Tunnel von Laub rieselte munter ein Bach über flache Steine. Martin kniete nieder, löschte seinen Durst und stieß einen tiefen Seufzer aus. Er zündete sich eine Zigarette an. In der strahlenden Luft brannte das Streichholz mit unsichtbarer Flamme, und seine Zunge schmeckte süßlichen Schwefelgeruch. So genoß Martin, auf einem Stein sitzend und dem Gurgeln des Baches lauschend, aus vollen Zügen die Freiheit des Herumstromerns: er war ein Wanderbursche, allein und verloren in einer wundervollen Welt, der er völlig gleichgültig war, in der Schmetterlinge tanzten, Eidechsen huschten und Blätter schimmerten – genau wie sie in einem russischen oder afrikanischen Wald schimmern.

Mittag war lange vorbei, als Martin Molignac erreichte. Also hier funkelten sie des Nachts, die Lichter, die ihm seit der Kindheit gewinkt hatten! Stille, brennende Hitze. Durch die vielfach gewundenen Wasserläufe, die neben dem schmalen Gehsteig flossen, schimmerte das aus vielfarbigen Topfscherben bestehende Bachbett. Auf den Kopfsteinen schliefen scheue, schrecklich ausgemergelte weiße Hunde. In der Mitte eines kleinen Platzes stand ein Denkmal, eine weibliche Person mit Flügeln, die eine Fahne hochhielt.

Als erstes besuchte Martin das Postamt, einen kühlen, dämmerigen und verschlafenen Ort. Dort schrieb er eine Postkarte an seine Mutter, begleitet von den durchdringenden Klagen einer Hausfliege, die mit einem Bein im Leim des sirupfarbenen Fliegenpapiers klebte, das an einem Fensterbrett befestigt war. Diese Postkarte war die erste eines neuen kleinen Briefbündels, das Frau Edelweiß in ihrer Kommode einschloß – das vorletzte Bündel.

39

Der Frau, die das einzige Gasthaus in Molignac führte, sagte er, er sei Schweizer (was sein Paß bestätigte), und er gab ihr zu verstehen, daß er lange in der Welt herumgestreift sei und hier und da in verschiedenen Stellungen gearbeitet habe. Dieselbe Auskunft gab er ihrem Bruder, einem von Wein und Vollblütigkeit purpurroten Bauern, der den Wanderburschen in Anbetracht seiner absoluten Mittellosigkeit als Tagelöhner anheuerte. So änderte Martin innerhalb weniger Tage zum drittenmal seine Staatsangehörigkeit, stellte die Leichtgläubigkeit von Fremden auf die Probe und lernte inkognito zu leben. Die Tatsache, daß er in einem fernen nördlichen Land geboren war, hatte längst eine Nuance von zauberischem Geheimnis angenommen. Als sorgloser Besucher von einer fernen Küste schlenderte er durch die Basare der Ungläubigen, und alles war unterhaltsam und bunt, aber wo er auch hinkam, nichts konnte in ihm das wunderbare Gefühl, anders und auserwählt zu sein, abschwächen. Solche Worte, solche Begriffe, und Bilder wie die von Rußland hervorgebrachten, gab es in anderen Ländern nicht, und es passierte oft, daß er den Faden seiner Rede verlor oder nervös zu lachen anfing, wenn er vergeblich versuchte, einem Ausländer die verschiedenen Bedeutungen eines bestimmten Ausdrucks – sagen wir *poschlost'* – zu erklären. Es schmeichelte ihm, daß die Engländer für Tschechow, die Deutschen für Dostojewski schwärmten. In Cambridge hatte er einmal in einer sechzig Jahre alten Nummer einer lokalen Zeitschrift ein Gedicht mit der frechen Unterschrift A. Jameson gefunden. Es begann:

Ich geh die Straße lang allein,
Mein stein'ger Weg führt weit ins Land,
Still ist die Nacht und kalt der Stein,
Und Sterne sprechen miteinand . . .

und war eine schamlose Paraphrase von Lermontows größtem lyrischen Gedicht. Er versank in seltsames Sinnen, wenn zuweilen aus der Tiefe eines Berliner Hofes das Gedudel einer Drehorgel aufstieg, die nicht wußte, daß die Melodie, die sie geliehen hatte, einst in russischen Kneipen die Herzen sentimentaler Betrunkener gerührt hatte. Musik! Martin bedauerte, daß ein Wachtposten in seinem Innern seinen Stimmbändern die Töne verbot, die in seinen Ohren lebten. Doch wenn seine Arbeitsgenossen, junge Italiener, zwischen den Kirschbaumzweigen der Provence laut sangen, stimmte Martin sein eigenes Lied an – heiser, frech und außerordentlich falsch –, und dieses Lied war ein Echo der Nächte auf der Krim, wo beim Picknick der Bariton Zaryanskij, vom Chor übertönt, von der «siebensaitigen Gefährtin» oder dem «kleinen Becher» gesungen hatte.

Weit unter ihm kräuselte der Wind das Luzernenfeld,

von oben drückte das glühende Blau auf ihn, silberngeäderte Blätter raschelten nah an seiner Wange, und der an einem Ast hängende, mit Wachstuch ausgeschlagene Korb wurde allmählich schwerer, während er sich mit glänzendschwarzen Früchten füllte, die Martin an ihren zähen Stielen abpflückte. Nachdem die Kirschen geerntet waren, kamen die sonnengetränkten Aprikosen an die Reihe und die kostbaren Pfirsiche, die man zärtlich in der Höhlung der Hand halten mußte, damit sie nicht verletzt wurden. Es gab auch andere Arten der Arbeit. Mit nacktem Oberkörper, den Rücken schon terrakottabraun gebrannt, lokkerte und häufelte Martin den Boden für den jungen Mais, grub mit der scharfen Spitze seiner Hacke die tückischen und hartnäckigen Quecken aus oder stand stundenlang über die Schößlinge junger Apfel- oder Birnbäumchen gebeugt und ließ seine Baumschere klicken. Besonders gern leitete er das Wasser vom Reservoir im Hof zu den Baumschulen, wo die gehackten Furchen sich miteinander und mit den um die Stämme gegrabenen Vertiefungen vereinigten. Während das Wasser sich über die ganze junge Plantage ergoß, suchte es sich seinen Weg wie ein lebendiges Wesen; hier hielt es inne, dort lief es weiter, es streckte glänzende Fühler aus, und Martin, der hin und wieder unter den Stichen winziger Disteln das Gesicht verzog, watete bis zu den Knöcheln im fetten, lilafarbenen Schlamm, um mit kräftigen Schlägen eine eiserne Schutzwand als Staudamm in den Boden zu treiben oder im Gegenteil einem Rinnsal den Weg zu bahnen; die ausgehöhlte Erde füllte sich mit gurgelndem braunem Wasser, und mit dem Spaten nachfühlend, lockerte er barmherzig das Erdreich, bis zu seiner Freude irgend etwas nachgab und das versickernde Wasser ablief und die Wurzeln tränkte. Es war beglückend, zu wissen, wie man den Durst einer Pflanze stillt, beglückend, daß der Zufall ihm zu einer Arbeit verholfen hatte, die dazu dienen konnte, seine Geschicklichkeit und Ausdauer auf die Probe zu stellen. Er wohnte mit den anderen Arbeitern in einem Schuppen, trank wie sie jeden Tag anderthalb Liter Wein und fand Befriedigung darin, so auszusehen wie sie – bis auf das blonde Bärtchen, das er ruhig hatte wachsen lassen.

Abends vor dem Schlafengehen ging er hinüber zu dem Korkeichenwald hinter dem Bauernhof, rauchte und dachte nach. Über ihm schlugen die Nachtigallen in kurzen, volltönenden Phrasen, vom Teich kam das Gummiquaken der Frösche. Die Luft war mild und träge, noch nicht ganz Dämmerung, aber auch nicht mehr Tag, und die Terrassen der Olivengärten und die mythologischen Berge in der Ferne und jene einzelne Kiefer auf einem Felsen – die ganze Landschaft war ohne Tiefe und ein wenig schwindelerregend unter dem gleichmäßig verblassenden Himmel, der einen bedrückte und einschläferte und das belebende Aufgehen der Sterne herbeisehnen ließ. Es wurde Nacht, Lichter zitterten auf den Konturen der Berge, die Fenster des Bauernhauses wurden hell; und wenn dann weit, weit fort im unbekannten Dunkel ein in kleine feurige Segmente zerstückelter winziger Eisenbahnzug vorüberratterte und wieder verschwand, sagte Martin sich mit tiefer Befriedigung, daß von dort, von jenem Zuge aus, Bauernhof und Molignac wie eine Handvoll Edelsteine aussahen. Er war froh, daß er dem Ruf dieser Lichter gefolgt war, daß er ihr schönes, stilles Wesen aufgedeckt hatte. Eines Sonntagabends bemerkte er in Molignac am Fuß steiler Weinberge ein kleines weißes Haus; an einem krummen alten Pfahl stand: «ZU VERKAUFEN». Und wahrlich, wäre es nicht besser, den gefährlichen, tollkühnen Plan fallenzulassen, das Verlangen, einen Blick in die gnadenlose Nacht von Soorland zu tun, aufzugeben und sich hier mit einem jungen Weibe niederzulassen, auf dieser Scholle fruchtbaren Bodens, die nur auf einen arbeitsamen Herrn wartete? Ja, er mußte sich entscheiden: die Zeit lief ab, die dunkle Herbstnacht, die er für den Grenzübergang ausersehen hatte, rückte näher; er fühlte sich jetzt ausgeruht und erholt, traute sich zu, jede Rolle meistern zu können, seine Geistesgegenwart nicht zu verlieren und sich wann und wo auch immer der Art Leben anpassen zu können, das die Umstände erforderten.

Um das Schicksal zu befragen, schrieb er an Sonja. Die Antwort kam schnell, und als Martin sie gelesen hatte, seufzte er erleichtert. «Hör auf, mich zu quälen», schrieb Sonja. «Genug, um Christi willen. Ich werde Dich nie heiraten. Außerdem hasse ich Weinberge, Hitze, Schlangen und vor allem Knoblauch. Tu mir den Gefallen und streiche mich aus, Liebling.»

Am selben Tag fuhr er mit dem nagelneuen Bus zur Stadt, ließ sich den Bart abnehmen, holte seinen Koffer aus dem Gasthaus und ging hinüber zum Bahnhof. Dort schlief, den Kopf auf den Arm gelegt, derselbe Arbeiter am selben Tisch. Die Lampen wurden angezündet, Fledermäuse strichen vorbei, der grünliche Himmel verblaßte. *Proschtschaj, proschtschaj* (ade, ade), klang in Martins Ohren der Kehrreim eines russischen Liedes, während er die zerzausten Wacholderbüsche auf der anderen Seite der schon vibrierenden Gleise ansah, die Signallichter, den schwarzen Umriß des Mannes, der den schwarzen Umriß eines Gepäckkarrens schob.

Der Nachtexpress fuhr donnernd ein; nach einer Minute fuhr er wieder ab, und Martin spürte vorübergehend den Drang, hinauszuspringen und zu seinem glücklichen Märchenhof zurückzukehren. Aber der Bahnhof existierte schon nicht mehr. Er stand am Fenster und wartete auf das Auftauchen seiner geliebten Lichter, um ihnen Lebewohl zu sagen. Da kamen sie, weit fort, verstreute Juwelen in der Schwärze, unglaublich schön – «Sagen Sie bitte», fragte Martin den Schaffner, «diese Lichter da, ist das nicht Molignac?» – «Was für Lichter?» fragte der Mann mit einem Blick zum Fenster, aber in diesem Augenblick wurde alles von einer plötzlich aufsteigenden dunklen Böschung verdeckt. «Jedenfalls ist es nicht Molignac», sagte der Schaffner. «Molignac kann man von der Bahn aus nicht sehen.»

Am Bahnhofskiosk in Lausanne kaufte Martin die Sonntagsausgabe der in Berlin erscheinenden russischen Emigrantenzeitung. Er traute kaum seinen Augen, als er auf der unteren Hälfte der zweiten Seite ein Feuilleton mit dem Titel «SOORLAND» fand. Es war «S. Bubnow» unterzeichnet und erwies sich als eine Kurzgeschichte in dem bewundernswerten Stil des Autors, «mit einem Stich ins Phantastische», wie die Kritiker es gern ausdrücken. Darin erkannte Martin mit Widerwillen und Verlegenheit (als wäre er Zeuge eines gräßlich unanständigen Aktes) vieles von dem, was er und Sonja sich damals ausgedacht hatten – nun in dem seltsamen Licht der Phantasie eines Eindringlings. «Wie unzuverlässig sie ist», überlegte Martin, und in einer Aufwallung heftiger und hoffnungsloser Eifersucht erinnerte er sich, daß er einmal beobachtet hatte, wie Bubnow und sie Arm in Arm eine dunkle Straße entlanggingen; und wie hatte er sich bemüht, zu glauben, was sie ihm am nächsten Tag erzählt hatte – daß sie mit der kleinen Weretennikow im Kino gewesen wäre.

Es nieselte, und nur die untere Hälfte der Berge war zu erkennen, als er, zwischen Körben und korpulenten Weiblichkeiten eingequetscht, mit dem Autobus in dem Dorf ankam, von dem aus man in einem Zehn-Minuten-Marsch seines Onkels Villa erreichte. Frau Edelweiß wußte, daß ihr Sohn kommen würde. Drei Tage lang hatte sie auf ein Telegramm gewartet und sich aufgeregt darauf gefreut, zum Bahnhof zu fahren und ihn abzuholen. Sie saß, mit einer Stickerei beschäftigt, im Wohnzimmer, als sie aus dem Garten die tiefe junge Stimme ihres Sohnes und das leise, etwas heisere Lachen hörte, das für sein Benehmen bei der Rückkehr nach einer langen Trennung typisch war. Er wurde begleitet von der errötenden Marie, die ihm seinen Koffer abzunehmen versuchte, während er ihn im Gehen abwechselnd in die rechte und linke Hand nahm. Sein Gesicht war kupferbraun, die Farbe seiner Augen dagegen schien ausgeblichen, und er roch wunderbar nach schalem Tabakrauch, nasser Wolljacke und Eisenbahn. «Jetzt bleibst du aber lange, lange hier», sagte sie immer wieder mit glücklich bellender Stimme. «Allgemein gesprochen, ja», antwortete Martin gelassen. «Ich muß nur in etwa vierzehn Tagen geschäftlich nach Berlin, dann komme ich wieder.» – «Ach, denk jetzt nicht ans Geschäft, das kann warten!» rief sie – und Onkel Henry, der nach dem Mittagessen in seinem Zimmer geruht hatte, wachte auf und lauschte, zog schnell seine Schuhe an und kam herunter.

«Der verlorene Sohn», rief er, als er eintrat. «Freut mich, dich wiederzusehen.» Martin berührte die Wange des Onkels mit der seinen, und beide küßten gleichzeitig die leere Luft, wie es bei solchen Gelegenheiten Brauch war. «Hoffentlich – für einige Zeit?» fragte der Onkel, ohne den Blick von Martin zu wenden; ihn noch immer anstarrend, tastete er nach einer Stuhllehne und setzte sich mit gespreizten Knien hin. «Allgemein gesprochen, ja», antwortete Martin zwischen zwei Bissen Schinken. «Ich muß nur in etwa vierzehn Tagen nach Berlin, aber dann komme ich wieder.» – «Du kommst nicht wieder», sagte Frau Edelweiß lachend. «Ich kenne dich. Komm, erzähl uns, wie alles war. Hast du tatsächlich gepflügt und Heu gemacht und die Kühe gemolken?» – «Melken macht Spaß», sagte Martin und spreizte zwei Finger, um zu zeigen, wie man es macht (melken war die einzige Arbeit, die er in Molignac nie gemacht hatte – das war die Aufgabe seines Namensvetters Martin Roc gewesen –, und es war unklar, warum er seine Geschichte mit einer gefälschten Einzelheit anfing, wo es so viel Echtes zu erzählen gab).

Als Martin am nächsten Morgen die Berge sah, dachte er wieder zu derselben schluchzenden Melodie: «Ade, ade», aber gleich darauf schalt er sich wegen unwürdiger Zaghaftigkeit. In diesem Augenblick kam seine Mutter mit einem Brief herein und sagte schon auf der Schwelle, ehe ihr Sohn Zeit hatte anzunehmen, daß er von Sonja wäre: «Ich glaube, das ist Darwins Handschrift. Ich habe gestern abend vergessen, ihn dir zu geben.» Nachdem er die ersten paar Zeilen gelesen hatte, begann Martin leise zu lachen. Darwin schrieb, er sei im Begriff, ein prächtiges englisches Mädchen zu heiraten, das er in einem Hotel an den Niagarafällen kennengelernt hatte; er sei viel auf Reisen, und in einer Woche werde er in Berlin sein. «Lade ihn doch hierher ein», sagte Frau Edelweiß rasch. «Was gibt es Einfacheres?» – «Nein, nein, ich sage dir ja, ich muß nach Berlin. Es paßt ausgezeichnet.»

«Martin», begann sie, zögerte aber und schwieg. «Was gibt es?» fragte er fröhlich. «Wie steht es mit euch beiden? – Ach, du weißt schon, was ich meine – bist du etwa schon verlobt?» Martin kniff die Augen zusammen und lachte, antwortete aber nicht. «Ich werde sie sehr lieb haben», flüsterte Frau Edelweiß ehrfürchtig. «Wollen wir nicht spazierengehen?» fragte Martin. «So herrliches Wetter.» Er gab sich den Anschein, als wechselte er absichtlich das Thema. «Geh du», erwiderte sie. «Zu dumm, aber ich habe ausgerechnet heute die alten Drouets eingeladen. Sie würden am Herzschlag sterben, wenn man versuchen würde, sie anzurufen.»

Im Garten war Onkel Henry dabei, eine Leiter an den

Stamm eines Apfelbaumes zu lehnen; dann kletterte er mit größter Vorsicht bis zur dritten Sprosse. Am Ziehbrunnen stand, die Arme in die Hüften gestemmt, Marie, in die andere Richtung blickend und darüber den Eimer vergessend, der von blankem Wasser überlief. Sie hatte in den letzten Jahren erheblich zugenommen, aber in diesem Augenblick mit den Sonnenflecken auf ihrem Kleid und ihrem Hals, den die fest geflochtenen, aufgesteckten Zöpfe freiließen, erinnerte sie ihn an seine flüchtige Neigung. Plötzlich wandte sie ihm das Gesicht zu. Es war ein dickes, ausdrucksloses Gesicht.

40

Während er mit federnden Schritten durch den Tannenwald am Berghang ging, dessen Schwärze hier und da vom Glanz einer schlanken Birke aufgehellt wurde, fühlte er sich hingerissen von Vorfreude auf ein ähnlich sonnendurchwirktes Dickicht auf einer fernen nördlichen Ebene – Spinnweben, von Sonnenstrahlen getragen, feuchte, mit Weidenröschen verstopfte Mulden und dahinter die leuchtende Weite, die herbstlich leeren Felder, und auf einen Hügel geduckt die kleine weiße Kirche, die auf die Isbas aufzupassen schien, die so aussahen, als wollten sie gleich auf die Wanderschaft gehen; und zu Füßen des Hügels würde man die helle Schleife eines Flusses sehen, der von eingefangenen Spiegelbildern überfloß. Es war fast eine Überraschung, als er durch die Nadelbäume einen alpinen Berghang erblickte.

Das erinnerte ihn daran, daß er vor seiner Abreise mit seinem Gewissen abrechnen mußte. Ohne Eile, zielbewußt erstieg er den Abhang bis zu den geborstenen grauen Felsen. Er kletterte die steile Felswand hinauf und gelangte auf dieselbe kleine Plattform, von der aus der bekannte Sims den nackten Fels umrundete. Ohne zu zögern, einem unüberhörbaren inneren Befehl gehorchend, begann er seitwärts den schmalen Vorsprung entlangzugehen. Als dieser immer schmaler wurde und sich im Gestein verlief, blickte Martin über die Schulter und sah, genau unter seinen Absätzen, den sonnenbeschienenen Abgrund und tief unten das porzellanweiße Hotel. «Da», sagte Martin zu dem kleinen weißen Ding, «nimm es hin!» Und den Schwindel bekämpfend, begann er den Weg, den er gekommen war, zurückzugehen. Er blieb jedoch noch einmal stehen und versuchte, um seine Selbstbeherrschung auf die Probe zu stellen, sein Zigarettenetui aus der Hüfttasche zu ziehen und eine Zigarette anzuzünden. Es kam ein Augenblick, da er, ohne sich festzuhalten, nur mit der Brust an der Felswand lehnte und den Abgrund hinter sich an Waden und Schultern ziehen und zerren fühlte. Er zündete diese Zigarette nur darum nicht an, weil er die Streichholzschachtel fallen ließ. Die absolute Lautlosigkeit ihres Falles war furchteinflößend, und als er seinen Weg auf dem Sims fortsetzte, hatte er das Gefühl, die Streichholzschachtel fiele noch immer durch den Raum. Als Martin wohlbehalten die Plattform erreicht hatte, grunzte er vor Freude, und ebenso zielbewußt, im strengen Bewußtsein erfüllter Pflicht, stieg er durch Geröll und Heidekraut wieder ab, fand den richtigen Weg und ging weiter zum *Majestic* – um zu sehen, was es ihm zu sagen hatte. Im Park beim Tennisplatz saß Frau Grusinow auf einer Bank, neben ihr ein Mann in weißen Hosen. Martin hoffte, sie würde ihn nicht bemerken. Er hatte keine Lust, so schnell den Schatz zu vergeuden, den er vom Berggipfel mitgebracht hatte. «Hallo, Martin», rief sie, und Martin grinste und ging zu ihr. «Jurotschka, das ist der Sohn von Dr. Edelweiß», sagte Frau Grusinow zu ihrem Gefährten. Dieser erhob sich halb, und ohne seinen Strohhut abzunehmen, zog er den Ellbogen zurück, zielte sorgfältig und schoß mit der Hand vor, um Martin kräftig die Hand zu schütteln. «Grusinow», sagte er leise, als gäbe er ein Geheimnis preis.

«Sind Sie für längere Zeit hier, Martin?» fragte Frau Grusinow lächelnd und beeilte sich, ihre rosa verschmierten Vorderzähne mit der behaarten Oberlippe zu bedecken.

«Allgemein gesprochen, ja. Ich muß nur noch schnell in Geschäften nach Berlin fahren, aber dann komme ich wieder.»

«Martin Sergejewitsch?» fragte Grusinow, und nachdem Martin bejaht hatte, senkte er den Blick und wiederholte für sich Martins Vatersnamen.

«Nun, Sie sind bestimmt –?» sagte Frau Grusinow, und ihre schönen Hände beschrieben in der Luft die Form einer Vase.

«Kein Wunder», erwiderte Martin, «ich habe in Südfrankreich auf einem Bauernhof gearbeitet. Das Leben dort ist so friedlich, daß man zunehmen muß.»

Grusinow drückte Zeigefinger und Daumen an seine Mundwinkel, eine Geste, die seinem gutgenährten Gesicht mit den klaren Zügen etwas von einer Bauersfrau verlieh; die Farbe seines Teints war so sahnig, daß man auf den Gedanken kommen konnte, aus seinen Wangen Sahnebonbons zu machen.

«Ich hab's», sagte er. «Der Mensch heißt Kruglow, er hat eine Türkin geheiratet.» («Kommen Sie, setzen Sie sich», warf Frau Grusinow ein, und mit zwei Bewegungen ihres weichen, reichlich parfürmierten Körpers machte sie Platz für Martin.) «Er hat zufällig ein kleines Pachtgut in

Südfrankreich», erklärte Grusinow, «und ich glaube, er verdient sich seinen Lebensunterhalt damit, daß er die Stadt mit Jasmin beliefert. Waren Sie auch in der Gegend, wo die Parfumfabriken sind?» Martin nannte ihm den Namen der nächsten Stadt. «Das ist es», stimmte Grusinow bei. «Das ist nicht weit von seinem Wohnort. Oder vielleicht doch nicht. Studieren Sie in Berlin?»

«Nein, ich habe in Cambridge mein Examen gemacht.»

«Sehr interessant», sagte Grusinow gewichtig. «In Cambridge gibt es noch römische Aquädukte», fuhr er, zu seiner Frau gewandt, fort. «Stell dir vor, meine Liebe, diese Römer, so weit von der Heimat haben sie sich in einem fremden Land niedergelassen, und zwar, wohlgemerkt, wirklich gut, komfortabel, im Patrizierstil.»

Martin waren in Cambridge keine besonderen Aquädukte aufgefallen, aber er fand es angebracht, zu nicken. In Gegenwart bemerkenswerter Menschen, Menschen mit einer außergewöhnlichen Vergangenheit, empfand er immer eine angenehme Erregung, und nun versuchte er sich darüber schlüssig zu werden, wie er den größten Nutzen aus dieser neuen Bekanntschaft ziehen könne. Es stellte sich jedoch heraus, daß Jurij Grusinow nicht der Mensch war, der sich leicht in jenen euphorischen Geisteszustand versetzen ließ, in dem man aus seinem eigenen Ich herauskriecht wie aus einer Erdhöhle und sich nackt in der Sonne aalt. Jurij Grusinow weigerte sich, herauszukommen. Er war absolut wohlwollend und zugleich unzugänglich; war bereit, sich über jedes Thema zu unterhalten – ob Naturerscheinung oder menschliche Angelegenheit –, aber in dem, was er sagte, war immer etwas, was plötzlich seinen Gesprächspartner zwang, sich zu fragen, ob er von diesem appetitlich glatten und adretten, stämmigen Herrn, dessen eiskalte Augen irgendwie nicht bei dem Gespräch zu sein schienen, nicht gräßlich zum Narren gehalten werde. Früher hatte Martin, wenn er die Leute von Grusinows Leidenschaft für die Gefahr hatte reden hören, von seinen illegalen Übergängen über die gefährlichste Grenze der Welt, von den geheimnisvollen Aufständen, die er angeblich in Soorland entfachte, ihn sich als eine mächtige, adlergleiche Erscheinung vorgestellt. Jetzt aber, als er sah, wie Grusinow mit einem kleinen Knall sein zweiteiliges Brillenetui auseinanderzog und sich seine Lesebrille auf die Nase setzte – eine Brille von der schlichten Altmännersorte, die zu einem älteren Tischler mit einem zusammengelegten Zollstock in der Kitteltasche gepaßt hätte –, wurde ihm klar, daß Grusinow gar nicht anders aussehen konnte. Seine Schlichtheit, die in eine gewisse Schlaffheit des Benehmens überging, die altmodische Eleganz seiner Kleidung (zum Beispiel diese gestreifte Flanellweste), seine unverständlichen Späße, seine Umständlichkeit – das alles bildete einen festen Kokon, den Martin nicht zu zerreißen vermochte. Dennoch empfand er es als ein Vorzeichen seines Erfolges, daß er den Mann fast am Vorabend seines Aufbruchs zu einer geheimen Erkundungsreise kennenlernte. Und es war ein doppelter Glücksfall, denn wäre er nur einen Monat später in die Schweiz zurückgekommen, wäre Grusinow nicht hier, sondern bereits in Bessarabien gewesen.

41

Die Spaziergänge, die sie machten: zum Wasserfall, nach Ste. Claire, zu der Grotte, in der einmal ein Einsiedler gehaust hatte. Und zurück. Der September des Jahres 1924 war besonders schön. Morgens herrschte vielleicht feuchter Nebel, aber gegen Mittag schillerte die ganze Welt zart im Sonnenlicht, die Baumstämme glänzten, auf der Straße schimmerten blaue Pfützen, und unter der Sonnenwärme warfen die Berge ihr Nebelkleid ab. Frau Edelweiß ging mit Frau Grusinow voran; Grusinow und Martin folgten. Grusinow schritt mit Vergnügen aus, wobei er sich fest auf seinen selbstgeschnittenen Stock stützte und es übelnahm, wenn jemand stehenblieb, um die Aussicht zu bewundern: er behauptete, Aussichten störten den Rhythmus der Wanderung. Einmal geschah es, daß ein Schäferhund aus einem Bauernhof herausstürzte und sich ihnen knurrend in den Weg stellte. Frau Grusinow sagte: «Ich habe Angst», und versteckte sich hinter ihrem Mann, und Martin nahm seiner Mutter den Stock aus der Hand, während sie den Hund dadurch zu beschwichtigen suchte, daß sie in seiner Richtung Laute ausstieß, die man in Rußland benutzt, um die Pferde anzutreiben. Grusinow allein tat das Richtige: er bückte sich so, als läse er einen Stein von der Straße auf, und der Hund sprang sofort davon. Eine Kleinigkeit, natürlich, aber Martin schätzte derartige Kleinigkeiten. Ein andermal, als sie einen sehr steilen Weg hinaufgingen, glaubte er, es fiele Martin ohne Stock schwer; er zog sein Taschenmesser heraus, suchte sich einen geeigneten Schößling und fabrizierte, das Messer mit großer Präzision handhabend, wortlos und geschickt einen Wanderstab für Martin. Der Stock war glatt und weiß und faßte sich kühl an – er hatte noch Leben in sich. Auch eine Kleinigkeit, aber irgendwie schien dieser Stock nach Rußland zu riechen. Frau Edelweiß fand Grusinow entzükkend, und einmal beim Essen sagte sie zu ihrem Mann, er müsse sich einfach mit diesem Mann anfreunden, Grusinow sei unter den Emigranten eine legendäre Gestalt geworden.

«Zweifellos, zweifellos», erwiderte Onkel Henry, während er Essig über seinen Salat goß, «aber er ist ein Abenteurer und gehört nicht ganz zu unseren Kreisen. Aber natürlich, lad ihn nur ein, wenn du willst.»

Martin bedauerte, daß er nicht hören würde, wie Grusinow Onkel Henry in ein Gespräch über den Despotismus der Maschinen und den Materialismus unseres Zeitalters verwickelte. Nach dem Essen folgte er Onkel Henry in dessen Arbeitszimmer und sagte: «Ich werde Dienstag nach Berlin fahren. Kann ich dich einen Augenblick sprechen?» – «Mußt du denn so viel herumreisen?» fragte Onkel Henry mit Mißfallen und fügte, die Augen rollend und den Kopf schüttelnd, hinzu: «Deine Mutter wird ganz außer sich sein – das weißt du doch selbst.» – «Ich muß fahren», fuhr Martin fort. «Ich muß etwas regeln.» – «Eine Herzensangelegenheit?» fragte Onkel Henry neugierig. Martin schüttelte den Kopf, ohne zu lächeln. «Was denn?» brummte Onkel Henry, die Spitze eines Zahnstochers musternd, mit dem er eine Zeitlang Ausgrabungen durchgeführt hatte. «Nun, es handelt sich um Geld», sagte Martin sehr bestimmt. «Ich möchte dich um ein Darlehen bitten. Du weißt, daß ich im Sommer gut verdiene. Ich werde es dir dann zurückzahlen.» – «Wieviel?» fragte Onkel Henry; sein Gesicht nahm einen erfreuten Ausdruck an, und seine Augen wurden feucht. Er gab Martin gern Beweise seiner Großmut. «Fünfhundert Franken.» Onkel Henry hob die Augenbrauen. «Aha, eine Spielschuld, nicht wahr?» – «Wenn du abgeneigt bist –» begann Martin, voller Haß beobachtend, wie Onkel Henry an seinem Zahnstocher lutschte. Onkel Henry bekam einen Schreck. «Ich habe es mir zur Regel gemacht», sagte er in versöhnlichem Ton, «daß man von einem jungen Mann keine Offenheit erwarten darf. Ich war selbst einmal jung und weiß, wie unbesonnen ein Jüngling sein kann. Das ist nur natürlich. Aber Glücksspiele sollten – Halt, halt, wo willst du denn hin? Ich gebe es dir ja, ich gebe dir, was du willst, nur zu gern. Und was die Rückzahlung anbelangt –» – «Genau fünfhundert dann», sagte Martin. «Und ich fahre Dienstag.»

Die Tür wurde vorsichtig geöffnet. «Darf ich reinkommen?» fragte Frau Edelweiß mit dünner Stimme. «Was habt ihr denn für Geheimnisse miteinander?» fuhr sie schelmisch fort und blickte zwischen ihrem Mann und ihrem Sohn hin und her. «Warum darf ich es nicht wissen?» – «Es ist immer noch dieselbe Sache – diese Gebrüder Petit», antwortete Martin. «Übrigens, er fährt am Dienstag», sagte Onkel Henry und steckte den Zahnstocher in die Westentasche. «Was, so bald schon?» sagte sie klagend. «Ja, so bald schon», erwiderte ihr Sohn ungewohnt gereizt und ging hinaus. «Er wird verrückt, wenn er nicht bald was zu tun kriegt», bemerkte Onkel Henry in bezug auf den Knall, mit dem die Tür zugefallen war.

42

Als Martin den Hotelgarten betrat, dessen Anblick ihn jetzt langweilte, fand er Grusinow auf dem Tennisplatz, wo ein recht lebhaftes Spiel zwischen zwei jungen Männern im Gange war. «Sehen Sie sich die zwei an», sagte Grusinow, «springen herum wie die Böckchen. Wir hatten in Kostroma einen Grobschmied, der war ein Meister im Schlagball, er konnte den Ball über den Glockenturm oder den Fluß weg schlagen – genau wie die da. Wenn er hier wäre, würde er die Burschen da mit Leichtigkeit schlagen.» – «Tennis hat andere Regeln», bemerkte Martin. «Er würde es ihnen gegeben haben – ob Regeln oder nicht», gab Grusinow ruhig zurück. Schweigen. Das Klacken der Tennisbälle. Martin kniff die Augen zusammen: «Der Blonde hat einen ziemlich klassischen Schlag.» – «Sie sind ein komischer Junge», sagte Grusinow und klopfte ihm auf die Schulter. In diesem Augenblick erschien, anmutig die Hüften wiegend, seine Frau. Sie bemerkte zwei Engländerinnen, die sie kannte, und segelte in deren Richtung weiter. «Jurij Timofeitsch», sagte Martin, «ich möchte Sie in einer höchst wichtigen und vertraulichen Sache um Rat fragen.» – «Stehe gern zu Diensten. Ich bin stumm wie das Grab.» Martin sah sich zögernd um. «Gehen wir in mein Zimmer», schlug Grusinow vor.

Das Hotelzimmer war mit allen möglichen Gegenständen vollgestopft und ziemlich dunkel, und die Luft war von Frau Grusinows Parfum gesättigt. Grusinow riß das Fenster auf – einen Augenblick glich er einem großen dunklen Vogel mit ausgebreiteten Flügeln vor einem goldenen Hintergrund, dann ergriff der Sonnenschein mit einem großen Schritt vom Fußboden Besitz und machte an der Tür, die Martin geräuschlos hinter sich geschlossen hatte, plötzlich halt. «Hier ist es sehr unordentlich, fürchte ich, hoffentlich macht es Ihnen nichts aus», sagte Grusinow mit einem Seitenblick auf das vom Mittagsschlaf derangierte Doppelbett. «Nehmen Sie diesen Sessel, mein Freund. Diese kleinen Äpfel sind zuckersüß. Bitte, bedienen Sie sich.» – «Eigentlich wollte ich mit Ihnen über folgendes sprechen: ich habe einen Freund, der illegal von Lettland über die russische Grenze gehen will –» – «Nehmen Sie diesen rotbäckigen», warf Grusinow ein. «Ich denke dauernd darüber nach», fuhr Martin fort, «ob er es schaffen wird oder nicht. Nehmen wir an, er hat eine topographische Karte gründlich studiert, aber das genügt nicht, sicherlich wird es überall Grenzposten, Geheimagenten, Spione geben. Ich wollte Sie – nun – um ein paar

Tips bitten.» Grusinow aß, den Ellbogen auf den Tisch gestützt, einen Apfel, drehte ihn herum, biß knirschend hinein, bald hier, bald da, dann drehte er ihn wieder, um einen neuen Angriffspunkt zu suchen. «Und warum will Ihr Freund da herumwandern?» erkundigte er sich mit einem raschen Blick auf Martin. «Ich weiß nicht, er hält es geheim. Ich glaube, er will Verwandte in Ostrow oder Pskow besuchen.» – «Was für ein Paß?» fragte Grusinow. «Ausländisch, er ist ausländischer Staatsbürger, Litauer oder so was.» – «Woran hapert es dann? Wollen sie ihm kein Visum geben?» – «Das weiß ich nicht. Ich glaube, er *will* gar kein Visum, er beabsichtigt, es auf seine Weise zu machen. Oder vielleicht geben sie ihm wirklich keine Einreiseerlaubnis.» Grusinow aß seinen Apfel auf und sagte: «Ich suche immer noch nach dem besonderen Geschmack, den unsere Antonowka-Äpfel haben. Manchmal glaube ich: da, jetzt habe ich ihn gefunden, aber wenn ich dann genauer hinschmecke – nein, dann hat es einen anderen Beigeschmack. Mit den Visa, das ist eine komplizierte Sache, allgemein gesprochen. Habe ich Ihnen mal erzählt, wie mein Schwager die Amerikaner mit ihrer Quote überlistet hat?» – «Ich dachte, Sie könnten mir vielleicht einen Rat geben», sagte Martin lahm. «Komischer Gedanke! Sicherlich weiß Ihr Freund das alles besser.» – «Und doch mache ich mir ein wenig Sorgen um ihn», sagte Martin leise. Er überlegte traurig, daß das Gespräch ganz anders verlief, als er es sich vorgestellt hatte, und daß Grusinow ihm nie sagen würde, wie er so viele Male die Grenze überschritten hatte. «Kein Wunder, daß Sie besorgt sind», sagte Grusinow, «besonders da er ein Neuling ist. Aber man findet dort immer einen Führer.» – «O nein, das wäre gefährlich!» rief Martin. «Man könnte an einen Verräter geraten.» – «Natürlich, man muß vorsichtig sein», stimmte Grusinow bei, während er sich das eine Auge rieb und

Martin zwischen seinen dicken, bleichen Fingern hindurch musterte. «Und natürlich», setzte er mit träger Stimme hinzu, «ist es sehr wichtig, die Ortsverhältnisse zu kennen!»

Hier zog Martin rasch eine zusammengerollte Karte heraus. Er kannte sie auswendig, hatte sich oft damit amüsiert, sie aus dem Gedächtnis zu kopieren – aber im Augenblick mußte er das verbergen. «Sehen Sie, ich habe mir selbst eine Karte verschafft», sagte er lebhaft. «Aus irgendwelchen Gründen halte ich es für wahrscheinlich, daß Nick zum Beispiel hier oder auch hier hinübergehen wird.» – «Aha, er heißt also Nikolas», sagte Grusinow. «Das werde ich mir merken, werde ich mir merken. Das ist eine schöne Karte. Warten Sie einen Moment –» (das Brillenetui wurde hervorgeholt, die Gläser funkelten). «Mal sehen, welcher Maßstab ist das? Oh, gut. Hier ist Carnagore, hier ist Torturowka, direkt an der Grenze. Ein Freund von mir – er hieß zufällig auch Nick – ist einmal hier durch den Fluß gewatet und dann diesen Weg gegangen; und ein andermal ist er von hier aus und dann den ganzen Weg durch den Wald gegangen – es ist ein sehr dichter Wald, er heißt Rogoschin, und wenn man sich dann nach Nordosten wendet –»

Grusinow sprach jetzt lebhaft und immer schneller, dabei stach er mit der Spitze einer aufgebogenen Sicherheitsnadel in die Karte, und innerhalb einer Minute hatte er ein halbes Dutzend Reiserouten markiert und fuhr fort, Namen von Dörfern hervorzusprudeln und unsichtbare Fußpfade heraufzubeschwören; und je lebhafter er sprach, desto klarer wurde es Martin, daß Grusinow sich über ihn lustig machte. Aus dem Garten riefen zwei weibliche Stimmen Grusinows Namen, die erste Silbe betonend an Stelle der zweiten. Er sah aus dem Fenster. Die beiden jungen Engländerinnen forderten ihn auf, herunterzukommen und Eis zu essen (er war bei jungen Damen beliebt und spielte für sie den leichtlebigen Einfaltspinsel). «Sie belästigen mich zu gern», sagte Grusinow, «wo ich doch sowieso kein Eis esse.» Martin schien es einen Augenblick, als wären dieselben Worte irgendwann, irgendwo schon einmal gesprochen worden (wie in Bloks *Incognita*), und als wäre er damals wie jetzt über irgend etwas bestürzt gewesen, hätte etwas zu erklären versucht. «Nun, ich kann Ihnen nur raten», sagte Grusinow, die Karte gewandt zusammenrollend und Martin zurückgebend, «sagen Sie Nicky, er soll zu Hause bleiben und irgendwas Konstruktives tun. Sicher ein netter Junge, und es wäre schade, wenn er vom Weg abkäme.» – «Er weiß alles besser als ich», erwiderte Martin rachsüchtig.

Sie gingen wieder in den Garten. Martin zwang sich zum Lächeln und empfand Haß gegen Grusinow, seine kalten Augen, seine glatte, undurchdringliche Stirn. Eines aber machte ihn froh: das Gespräch hatte stattgefunden, gehörte jetzt der Vergangenheit an; zwar war er wie ein Schuljunge behandelt worden – nun wennschon, zum Teufel mit Grusy, Martins Gewissen war jetzt rein; er konnte jetzt seine Sachen packen und in Frieden abreisen.

43

Am Abreisetag wachte er sehr zeitig auf wie früher in seiner Kindheit am Weihnachtsmorgen. Nach englischer Sitte pflegte seine Mutter sich mitten in der Nacht ins Kinderzimmer zu stehlen, um einen mit Geschenken vollgestopften Strumpf ans Fußende seines Bettes zu hängen. Um die Glaubwürdigkeit zu erhöhen, hatte sie sich einen

Wattebart umgebunden und den Baschlik ihres Mannes über den Kopf gezogen. Wenn Martin zufällig wach gewesen wäre, hätte er den heiligen Nikolas mit eigenen Augen sehen können. Morgens dann, wenn die Lampen angedreht waren und in mattem Gelb unter dem düster-starren Blick der winterlichen St. Petersburger Morgendämmerung glühten (dieser braune Himmel über dem dunklen Haus auf der anderen Straßenseite, diese Fassaden, diese vom Schnee nachgezeichneten Gesimse), betastete Martin den knisternden langen Strumpf seiner Mutter, der bis obenhin fest angefüllt war mit kleinen Päckchen, die man durch die Seide hindurch fühlen konnte; mit angehaltenem Atem steckte er die Hand hinein und begann herauszuziehen und auszupacken – ganz kleine Spielzeugtiere und winzige Bonbonnieren – nur eine Ouvertüre zu dem Geschenk in normaler Größe, nämlich einer Eisenbahn mit Lokomotive und Blechschienen (die man zu großen Achten zusammensetzen konnte), das im Wohnzimmer auf ihn wartete. Heute wartete auch eine Eisenbahn auf ihn; sie würde gegen Abend von Lausanne abfahren und morgen früh um neun in Berlin ankommen. Frau Edelweiß zweifelte nicht daran, daß seine Reise keinen anderen Zweck hatte als das Wiedersehen mit der kleinen Silanow; sie hatte bemerkt, daß keine Briefe aus Berlin für ihn kamen, und litt Qualen bei dem Gedanken, daß das Mädchen Martin nicht genug liebte und ihm eine schlechte Frau sein würde. Sie tat ihr Bestes, um seine Abreise so heiter wie möglich zu gestalten, und verbarg ihre Angst und Sorge unter einer etwas fiebrigen Lebhaftigkeit. Onkel Henry, der an einer dicken Backe litt, blieb während des Essens mürrisch und wortkarg. Martin sah den Pfefferstreuer an, nach dem Onkel Henry griff, und ihm fiel ein, daß er das jetzt zum letztenmal sah. Der Pfefferstreuer hatte die Form eines dicken Männchens mit Löchern in seinem silbernen Kahlkopf. Rasch ließ Martin seinen Blick zu seiner Mutter schweifen; er nahm ihre schlanken, sommersprossigen Hände wahr, ihr zartes Profil und die leicht gehobenen Augenbrauen (als wäre sie erstaunt über den Anblick des üppigen Ragouts), und wieder sagte er sich, daß er zum letztenmal dies alles sah – diese Sommersprossen, diese Augenbrauen, diese Schüssel. Alle Möbel des Zimmers, wie auch der Ausblick durchs Fenster in den Regen, die Uhr mit dem hölzernen Zifferblatt über der Anrichte und die schwarz gerahmten, vergrößerten Photographien von schnurrbärtigen, befrackten, würdigen Herren, kurzum, alles schien ihm gleichzeitig tragische Worte zuzurufen, um vor der bevorstehenden Trennung seine Aufmerksamkeit auf sich zu lenken. «Darf ich dich nach Lausanne bringen?» fragte seine Mutter. «Ach ja, ich weiß schon, du magst es nicht, wenn man dich zur Bahn bringt», setzte sie hastig hinzu, als sie Martin die Nase rümpfen sah, «aber ich würde nicht nur mitfahren, um dir nachzuwinken, ich habe einfach Lust zu einer Spazierfahrt, und außerdem muß ich einiges besorgen.» Martin seufzte. «Schon gut, ich fahre nicht mit, wenn du es nicht willst», sagte Frau Edelweiß betont heiter. «Wenn man mich nicht haben will, bleibe ich eben hier. Aber du mußt deinen warmen Mantel anziehen, darauf bestehe ich.»

Mutter und Sohn sprachen untereinander stets Russisch, und das ärgerte Onkel Henry, der nur ein Wort kannte, nämlich *nitschewo*, in dem er aus irgendeinem Grunde ein Symbol des slawischen Fatalismus sah. Heute war er deprimiert, außerdem plagten ihn seine Zahnschmerzen, und nun stieß er heftig seinen Stuhl zurück, wischte mit der Serviette die Krümel von seinem Bauch und zog sich, an seinem Zahn saugend, ins Arbeitszimmer zurück.

«Wie alt er geworden ist», dachte Martin, seinem grauen

Nacken nachsehend. «Oder ist es die Beleuchtung – so ein düsteres Wetter.»

«Nun, es ist fast Zeit, daß du dich fertig machst», bemerkte Frau Edelweiß. «Der Wagen steht wahrscheinlich schon vor der Tür.» Sie sah aus dem Fenster. «Ja, er ist da. Sieh nur, wie amüsant, in dem Nebel sieht man da drüben nichts, als wären da überhaupt keine Berge. Amüsant, nicht?» – «Ich glaube, ich habe meinen Rasierapparat vergessen», sagte Martin.

Er ging in sein Zimmer hinauf, packte Rasierapparat und Pantoffeln ein und hatte Mühe, die Schlösser seines Koffers zum Zuschnappen zu bringen. In Riga oder Reschitsa würde er sich einfache, derbe Sachen kaufen – eine Mütze, einen kurzen Lammfellmantel, Stiefel. Und eine Pistole? *«Proschtschaj, proschtschaj»*, sang in rasendem Tempo der Bücherschrank, gekrönt von dem schwarzen Figürchen eines Fußballspielers, das ihn auf Grund einer dunklen Assoziation an Alla Tschernoswitow erinnerte.

Unten in der geräumigen Eingangshalle stand Frau Edelweiß, die Hände in den Taschen ihres Regenmantels, und summte vor sich hin, wie sie in Augenblicken der Spannung zu tun pflegte. «Solltest du nicht lieber zu Hause bleiben?» fragte sie, als Martin herunterkam. «Wirklich, *warum* fährst du fort?» Aus der Tür rechts, über welcher der Antilopenkopf hing, kam Onkel Henry und fragte, während er Martin unter den Augenbrauen hervor ansah: «Hast du auch wirklich genug Geld?» – «Durchaus genug», antwortete Martin, «vielen Dank.» – «Leb wohl», sagte Onkel Henry. «Ich verabschiede mich hier von dir, weil ich es heute vermeiden möchte, hinauszugehen. Wenn jemand anders je solche Zahnschmerzen gehabt hätte wie ich jetzt, er wäre längst im Irrenhaus.»

«Gehen wir», sagte Frau Edelweiß. «Ich fürchte, du versäumst deinen Zug.»

Regen, Wind. Das Haar seiner Mutter wurde sofort zerzaust, und sie strich es sich immer wieder über die Ohren zurück. «Warte», sagte sie kurz vor dem Gartenpförtchen an einer Stelle unter zwei Tannen, zwischen deren Stämmen im Sommer die Hängematte aufgespannt wurde. «Warte, ich möchte dir einen Kuß geben.» Martin setzte seinen Koffer ab. «Bring ihr meine Grüße», flüsterte sie mit vielsagendem Lächeln, und Martin nickte. Oh, nur fort! Dies ist unerträglich.

Der Fahrer öffnete ihnen zuvorkommend das Pförtchen. Der Wagen glänzte vor Nässe, der Regen trommelte klimpernd auf das Blech. «Und bitte schreib mir, wenn auch nur einmal die Woche», sagte sie und trat zurück und winkte lächelnd, und durch den Schmutz platschend verschwand der große Wagen in der Tannenallee.

44

Die Nachtfahrt mit dem Schnellzug in einem Schlafwagen von schmutzig-dunkler Pflaumenfarbe schien kein Ende zu nehmen: für Augenblicke sank Martin in Schlaf, dann wachte er mit einem Schreck auf, dann wieder vermeinte er die schrägen Bahnen eines Vergnügungsparks hinunterzuklappern und sich wieder aufzuschwingen, und neben dem eintönigen Rattern der Räder vernahm er das Schnarchen des Passagiers im Unterbett, ein rhythmisches Pfeifen, das ein Teil der Bewegung des Zuges zu sein schien.

Lange vor der Ankunft, als im Schlafwagen noch alle Passagiere schliefen, stieg Martin von seinem hohen Lager, nahm Schwamm, Seife, Handtuch, Rasierzeug und zusammenlegbare Wanne und begab sich in den Waschraum. Als erstes breitete er über den ekelerregenden Fußboden mehrere Schichten der Londoner *Times*, die er in Lausanne gekauft hatte; dann entfaltete er seine schon etwas wackelige, aber noch immer brauchbare Gummiwanne; er zog den Schlafanzug aus und seifte seinen muskulösen, sonnengebräunten Körper ein. Viel Platz hatte er nicht, und der Zug schaukelte heftig, er war sich der unmittelbaren Nähe der unter ihm dahinrasenden Schienen bewußt und der Gefahr, versehentlich mit schmutzigen Griffen, Wasserhähnen und dergleichen in Berührung zu kommen; aber Martin konnte nicht ohne Morgenbad leben (im Meer, in einem Teich, unter der Dusche oder in dieser Wanne); es stellte eine Art heroischer Verteidigung dar, fand er, einer Verteidigung gegen den hartnäckigen Angriff der Erde, die mittels einer Schicht heimtückischen Staubes vordrang, als könnte sie es nicht erwarten, vom Menschen vor der Zeit Besitz zu ergreifen. Wie schlecht Martin auch geschlafen hatte, nach dem Baden würde ihn wohltuende Kraft durchströmen. In solchen Augenblikken kümmerte ihn der Gedanke an den Tod, der Gedanke, daß er irgendwann, vielleicht bald (wer konnte es wissen?), gezwungen sein würde, aufzugeben und das durchzumachen, was Milliarden und Billionen von Menschen vor ihm durchgemacht hatten – dieser Gedanke an einen unvermeidlichen Tod, dessen jeder gewärtig sein mußte, kümmerte ihn wenig. Solche Gedanken gewannen erst gegen Abend Kraft, und mit dem Einbruch der Nacht konnten sie manchmal monströse Dimensionen annehmen. Den Brauch, Hinrichtungen gegen Morgen vorzunehmen, fand Martin barmherzig: möge der Herr es morgens geschehen lassen, wenn man zur Selbstbeherrschung fähig ist – wenn man sich räuspert, lächelt, sich dann aufrecht hinstellt, die Arme ausbreitet.

Als er auf den Bahnsteig des Anhalter Bahnhofs hinaustrat, atmete er mit Genuß die kalte, rauchige Morgenluft ein. Weit fort, dort, wo der Zug hergekommen war, konnte man durch die Öffnung des Eisen- und Glasgewölbes einen blaßblauen Himmel und glitzernde Gleise sehen, und verglichen mit dieser Helle erschien alles unter dem Bahnhofsdach farblos und schmutzig. Er ging an den verrußten Waggons vorbei, an der riesigen, zischenden und schwitzenden Lokomotive, und nachdem er seine Fahrkarte der menschlichen Hand einer Kontrollsperre anvertraut hatte, ging er die Stufen zur Straße hinunter. Aus Anhänglichkeit an die Bilder seiner Kindheit hatte er den Bahnhof Friedrichstraße zum Ausgangspunkt seiner Reise gewählt, wo er an einem fernen Tag mit seinen Eltern, nachdem sie in dem nahen Hotel *Continental* übernachtet hatten, mit dem Nordexpress weitergefahren war. Sein Koffer war sehr schwer, aber Martin war so aufgeregt und ruhelos, daß er beschloß, zu Fuß zu gehen. Als er jedoch bis zur Potsdamer Straße gekommen war, wurde er sich seines Heißhungers bewußt, und als er die restliche Entfernung zum Bahnhof Friedrichstraße abgeschätzt hatte, nahm er klugerweise den Bus. An diesem ungewöhnlichen Tag waren von Anfang an alle seine Sinne übermäßig geschärft – ihm war, als müßte er die Gesichter aller Vorübergehenden auswendig lernen und als nähme er Farben, Gerüche und Geräusche mit besonderer Schärfe wahr. Das Hupen der Automobile, das in regnerischen Nächten sein Gehör mit seinen unanständig feuchten Tönen zu peinigen pflegte, klang ihm jetzt irgendwie außerweltlich, melodiös und schmerzlich. Als er im Bus saß, hörte er neben sich Moskauer Dialekt dahinplätschern. Es war ein Ehepaar, dem Aussehen nach eher sowjetisch als *émigré*, und seine zwei rundäugigen kleinen Jungen. Der ältere saß direkt am Fenster, während der jüngere sich fortwährend an den Bruder drängte. «Ein Restaurant», sagte der größere begeistert. «Sieh mal, ein Restaurant!» sagte der kleinere und drückte sich an den Bruder. «Das sehe ich selber», fuhr der ihn an. «Es ist ein Restaurant», sagte der kleinere in überzeugtem Ton. «Halt den Mund, du Idiot», sagte sein Bruder. «Das sind doch noch nicht die Linden?» fragte die Mutter besorgt. «Nein, das ist noch die Post Dammer», sagte der Vater autoritativ. «An der Post Dammer sind wir schon vorbei», riefen die Jungen, und es folgte eine kurze Auseinandersetzung. «Sieh mal den Triumphbogen, ist der nicht Klasse!» jubelte der ältere Junge, mit dem Finger an die Fensterscheibe klopfend. «Schrei nicht so», bemerkte der Vater. «Was?» – «Ich habe gesagt, du sollst nicht schreien.» Der Junge machte ein gekränktes Gesicht. «Erstens spreche ich leise, und geschrien habe ich überhaupt nicht.» – «Triumphbogen», äußerte der kleinere Junge ehrfürchtig. Die ganze Familie vertiefte sich in den Anblick des Brandenburger Tors. «Historische Stätte», sagte der größere Junge. «Ja, ein antiker Torbogen», bestätigte der Vater. «Wie werden wir uns da durchquetschen?» fragte der größere Junge, der für die Seitenwände des Busses fürchtete. «Das ist ja so eng!» – «Wir sind durch», flüsterte der kleinere erleichtert. «Und jetzt sind wir auf der Unter», rief die Mutter, «wir müssen aussteigen.» – «Die Unter ist eine lange, lange Straße», sagte der Größere, «ich habe es auf dem Stadtplan gesehen.» – «Die Präsidentenstraße ist das», sagte der kleinere Junge träumerisch. «Halt den Mund, du Idiot! Es heißt Unter Linden.» Dann im Chor: «Die Unter ist so lang, lang, lang», und eine männliche Solostimme: «Es ist eine endlose Fahrt.»

Hier stieg Martin aus. Seine Kindheit, dachte er seltsam beklommen, seine kindliche Aufregung war ähnlich gewesen und doch ganz anders. Die vergleichenden Gedenken dauerten nur einen Augenblick, sie summten vorüber und verklangen.

Nachdem er seinen Koffer zur Aufbewahrung abgegeben und eine Fahrkarte für den Abendzug nach Riga gekauft hatte, setzte er sich in das hallende Bahnhofscafé, wo man ihm eine ausgesprochen sonnig wirkende Portion Spiegeleier servierte. In der letzten Nummer einer Emigranten-Wochenzeitschrift, die er beim Essen las, fand er eine boshafte Besprechung von Bubnows letztem Buch *Caravella.* Nachdem er seinen Hunger gestillt hatte, zündete er eine Zigarette an und sah sich um. Am Nebentisch saß ein junges Mädchen; sie schrieb und wischte sich hin und wieder die Tränen ab. Einen Augenblick sah sie ihn mit trüben, nassen Augen an, während sie den Bleistift an die Lippen drückte, und nachdem sie das gesuchte Wort gefunden hatte, kritzelte sie weiter, den Bleistift nach Kinderart haltend, das heißt fast an der Spitze, den Zeigefinger durchgedrückt. Schwarzer Mantel, den sie eben aufgemacht hatte, schäbiger Kaninchenfellkragen, Bernsteinkette, zarter weißer Hals, in der Faust das zerknüllte Taschentuch. Er bezahlte sein Frühstück, und da er ihr zu folgen gedachte, wartete er darauf, daß sie aufstehen würde. Aber als sie mit ihrem Brief fertig war, stützte sie die Ellbogen auf den Tisch und blieb aufblickend, die Lippen halb geöffnet, sitzen. Lange saß sie so, während draußen hinter den Fensterscheiben Züge abfuhren, und Martin, der vor Büroschluß zum lettischen Konsulat mußte, beschloß, ihr noch fünf Minuten Zeit zu lassen und dann zu gehen. Die fünf Minuten vergingen. «Ich würde weiter nichts tun als sie bitten, mich nachmittags zu einem Drink zu treffen – nur das», flehte er in Gedanken, und zugleich stellte er sich vor, wie er auf seine weite, gefährliche Reise anspielen würde und wie sie weinen würde. Noch eine Minute verging. «Na schön, Schwamm drüber», sagte Martin, warf seinen Regenmantel nach englischer Manier über die Schulter und ging zum Ausgang.

45

Das Taxi fuhr schnell, mit einem säuselnden Geräusch; er bewunderte die Anlagen des Tiergartens, die schönen warmen Tönungen des Herbstlaubes: «O trübe Zeit, Entzükken für die Augen –» Kastanienbäume, blütenlos, aber noch immer üppig, betrachteten ihr eigenes Spiegelbild im Kanal. Als er über die Brücke fuhr, erkannte Martin den steinernen Löwen des Herkules und stellte fest, daß der kürzlich reparierte Teil seines Schwanzes noch immer zu weiß war und wahrscheinlich lange brauchen würde, bis er die verwitterte Farbe der übrigen Gruppe hatte – wie lange? Zehn, fünfzehn Jahre? Warum ist es so schwer, sich die eigene Person mit vierzig vorzustellen?

Im Souterrain des lettischen Konsulats wimmelte es von Leuten. «Klopf-klopf» machte der Gummistempel. Nach wenigen Minuten kam der Schweizer Bürger Edelweiß wieder heraus und ging hinüber zu einer düsteren Villa, wo er das nicht teure litauische Transit-Visum erhielt.

Nun konnte er auf die Suche nach Darwin gehen. Sein Hotel lag gegenüber dem Zoologischen Garten. «Nicht zu Hause», sagte der Empfangsportier. «Nein, ich weiß nicht, wann er zurückkommt.»

«Wie ärgerlich», dachte Martin, als er wieder auf die Straße trat. «Ich hätte ihm ein bestimmtes Datum angeben sollen – nicht bloß ‹in den nächsten Tagen›. Das war ein Fehler. Wie ärgerlich!» Er sah nach der Uhr. Halb zwölf. Sein Paß war in Ordnung, die Fahrkarte hatte er in der Tasche. Der Tag, der morgens mit Geschäftigkeit vollgestopft erschienen war, erwies sich mit einemmal als leer. Was nun? In den Zoo gehen? An Mutter schreiben? Nein, das kam später.

Aber während dieser Überlegungen arbeitete es in den Tiefen seines Bewußtseins gedämpft weiter. Er stemmte sich dagegen, versuchte es zu ignorieren, denn er hatte sich nach der Abweisung seines verzweifelten Antrages fest vorgenommen, Sonja nie wiederzusehen. Ach – die Luft von Berlin war mit Erinnerungen an sie gesättigt. Da drüben im Zoo hatten sie zusammen den goldroten chinesischen Fasan angestarrt, die sagenhaften Nüstern des Nilpferdes, den gelben Dingo, der so hoch springen konnte. «Sie ist jetzt in ihrem Büro», sagte sich Martin, «und ich muß den Silanows einen Besuch machen.»

Der Kurfürstendamm zog an ihm vorüber. Automobile überholten die Straßenbahn, die Straßenbahn überholte die Radfahrer; dann kam die Brücke, der Qualm von den weit unten fahrenden Zügen, Tausende von Gleisen, der geheimnisvolle blaue Himmel. Dann eine Biegung, und er befand sich mitten in der herbstlichen Schönheit des Grunewalds.

Zu seiner Überraschung machte Sonja ihm auf. Sie trug einen schwarzen Pullover, sah etwas zerzaust aus, ihre schrägstehenden Augen wirkten verschlafen, und in den blassen Wangen hatte sie Grübchen, die er nicht kannte. «Wen sehe ich», sagte sie in nöligem Ton und mit einer sehr tiefen Verbeugung, wobei sie die Arme nach vorn hängen ließ. «Willkommen, willkommen», sagte sie, sich aufrichtend, und eine schwarze Haarsträhne fiel ihr in einem Bogen über die Schläfe. Sie warf sie mit flinkem Zeigefinger zurück. «Komm hier lang», sagte sie und ging ihm mit leisem Schlapp-schlapp ihrer Morgenpantoffeln voran. «Ich fürchtete, du könntest im Büro sein», sagte Martin, während er sich bemühte, ihren entzückenden Nacken nicht anzusehen. «Kopfschmerzen», sagte sie, ohne sich umzuwenden, und grunzte leise, während sie im Vorübergehen einen Scheuerlappen aufhob und auf eine im Korridor stehende Truhe warf. Sie traten ins Wohnzimmer. «Setz dich und erzähl mir alles», sagte sie, sich lang ausgestreckt in einen Armsessel werfend, aber sie stand sofort auf und setzte sich, das eine Bein unter sich gezogen, wieder hin.

Das Wohnzimmer war so wie immer: der dunkle Böcklin an der Wand, die abgenutzten Plüschmöbel, irgendeine unzerstörbare bleichblätterige Topfpflanze und dieser deprimierende Kronleuchter in Form einer fischschwänzigen Schwimmerin mit Busen und Kopf eines bayerischen Mädchens und Hirschhörnern an allen Körperteilen.

«Ich bin nämlich erst heute angekommen», sagte Martin, sich eine Zigarette anzündend. «Ich will hier arbeiten. Das heißt, nicht direkt hier, aber in der Nähe. Es ist eine Fabrik, und um die Wahrheit zu sagen, ich gehe dort als einfacher Arbeiter hin.» – «Nein, wirklich?» murmelte Sonja und setzte mit einem Blick auf seine Zigarettenasche und seinen fragenden Blick hinzu: «Macht nichts, tu's nur auf den Fußboden.» – «Nun hat es damit eine amüsante Bewandtnis», fuhr Martin fort. «Siehst du, eigentlich möchte ich nicht, daß Mutter erfährt, daß ich Fabrikarbeiter bin. Also bitte, wenn sie zufällig an deine Mutter schreibt – du weißt ja, manchmal will sie hintenherum rauskriegen, ob es mir gutgeht –, also dann, siehst du, schreibt ihr doch bitte, daß ich euch oft besuche. In Wirklichkeit werde ich dich natürlich sehr, sehr selten besuchen, ich werde keine Zeit dazu haben.»

«Du siehst nicht mehr so gut aus», sagte Sonja nachdenklich. «Und dein Gesicht hat etwas Grobes bekommen – vielleicht liegt das an der Bräune.»

«Ich habe ganz Südfrankreich durchwandert», antwortete Martin mit belegter Stimme, «habe bei Bauern gearbeitet, wie ein Landstreicher gelebt, und sonntags habe ich mich fein gemacht und bin nach Monte Carlo gefahren, um mich ein bißchen zu amüsieren. Eine faszinierende Sache, das Roulette! Und du, was hast du getrieben? Alles in Ordnung?»

«Den Ahnen geht es gut», sagte Sonja seufzend, «aber mit Irina werden wir kaum noch fertig. Es ist wirklich ein Kreuz! Und die finanzielle Lage ist so düster wie eh und je. Vater sagt, wir müssen nach Paris ziehen. Bist du in Paris gewesen?»

«Ja, einen Tag», erwiderte Martin gleichgültig. (Jener eine Tag in Paris vor vielen Jahren, auf dem Wege von Biarritz nach Berlin; reifenspielende Kinder in den Tuilerien, Spielsegelboote auf dem Teich, ein Spatzen fütternder alter Mann, das Silberfiligran des Turmes, Napoleons Grab, dessen Säulen wie gedrehter *sucre d'orge* aussahen. «Ja, nur auf der Durchreise. Hast du übrigens das Neueste gehört – Darwin ist hier.»

Sonja lächelte und blinzelte ein paarmal. «Ach, dann mußt du ihn mitbringen! Wirklich, du mußt, es wäre so lustig!»

«Ich habe ihn noch nicht gesehen. Er ist geschäftlich hier, für *The Morning News*. Sie haben ihn nach Amerika geschickt. Aber die Hauptsache ist, daß er in England eine Braut hat und im Frühjahr heiraten wird.»

«Wie wundervoll!» sagte Sonja leise. «Alles programmgemäß. Ich kann sie mir gut vorstellen: groß, Augen wie Untertassen, und ihre Mutter genau wie sie, nur dünner und rotbackiger. Armer Darwin!»

«Unsinn, sie ist sicher sehr hübsch und intelligent.»

«So, und was hast du mir sonst noch zu erzählen?» fragte Sonja nach einem Schweigen. Martin zuckte die Achseln. Wie unvorsichtig von ihm, seinen ganzen Vorrat an Gesprächsthemen auf einmal aufzubrauchen. Es erschien ihm unheimlich absurd, daß Sonja da vor ihm saß, und er wagte nichts von Bedeutung zu sagen, wagte nicht auf ihren letzten Brief anzuspielen, wagte nicht zu fragen, ob sie Bubnow heiraten werde – wagte nichts zu sagen oder zu tun. Er versuchte sich hier, in diesem Zimmer, nach seiner Rückkehr sitzen zu sehen: würde er dann auch mit allem auf einmal herausplatzen? Und würde Sonja wie jetzt durch den Seidenstrumpf hindurch leicht ihr Schienbein kratzen und an ihm vorbei auf Dinge sehen, die er nicht kannte? Ihm fiel ein, daß er vielleicht im falschen Augenblick gekommen war, daß sie vielleicht jemand anderen erwartete, daß sie sich mit ihm unbehaglich fühlte. Aber er brachte es nicht fertig, zu gehen, so wie ihm auch keine amüsante Bemerkung einfiel, und Sonja schien ihn absichtlich mit ihrem Schweigen provozieren zu wollen. Im nächsten Augenblick würde er die Beherrschung verlieren und alles heraussprudeln – seine Expedition und seine Liebe und tief innen dieses geheimnisvolle Etwas, das die Expedition, die Liebe und Puschkins Ode an den Herbst verband.

Die Flurtür fiel ins Schloß, Schritte waren zu hören, Silanow trat ins Wohnzimmer. «Ah», sagte er, «hocherfreut. Wie geht's deiner Mutter?» Ein bißchen später kam Frau Silanow zu einer anderen Tür herein und fragte dasselbe. «Willst du nicht mit uns essen?» fragte sie. Sie gingen ins Speisezimmer. Irina erstarrte, als sie Martin sah, dann plötzlich stürzte sie sich auf ihn und begann ihn mit nassen Lippen abzuküssen. «Ira, Irotschka», sagte ihre Mutter immer wieder mit hilflosem Lächeln. Auf einer großen Servierplatte waren dunkle Fleischklöße aufgehäuft. Silanow entfaltete seine Serviette und steckte den einen Zipfel in seinen Kragen.

Beim Essen zeigte Martin Irina, wie man den zweiten und dritten Finger kreuzt, so daß man zwei Brotkügelchen fühlt, wenn man nur eines berührt. Lange brachte sie die Finger nicht richtig zusammen, aber als schließlich mit

«Eine faszinierende Sache …

... das Roulette!» meint Martin, und er hat damit ohne Zweifel recht. Auf der anderen Seite ist das Roulettespiel nun einmal ein Glücksspiel, man kann dabei viel Geld gewinnen – aber auch alles verlieren. Etwas bürgerlichere Naturen als Martin ziehen da vielleicht weniger riskante Möglichkeiten vor, ihr Geld zu vermehren. In der faszinierenden Gewißheit, auf jeden Fall zu gewinnen, ohne den Launen eines sich so oder so drehenden Glücksrades ausgeliefert zu sein.

Martins Hilfe das Kügelchen unter ihrer Berührung zu zweien wurde, girrte Irina vor Entzücken. So wie ein Affe vor seinem Bild in einem Spiegelscherben nachguckt, ob nicht ein zweiter Affe darunter ist, so beugte auch sie immer wieder den Kopf, um zu prüfen, ob nicht doch zwei Krümel unter ihren Fingern wären. Als Sonja nach dem Essen Martin das Telephon zeigte, das hinter der Biegung eines mit Kisten und Kasten gesäumten Korridors stand, stürzte Irina ihnen jammernd nach, weil sie fürchtete, Martin könnte endgültig fortgehen. Nachdem sie sich davon überzeugt hatte, daß dem nicht so war, ging sie wieder ins Speisezimmer und kroch unter den Tisch, auf der Suche nach ihrem Brotkügelchen, das irgendwo hingerollt war. «Ich möchte Darwin anrufen», sagte Martin. «Ich muß die Nummer seines Hotels heraussuchen.» Sonjas Miene erhellte sich, und sie sagte, vor Aufregung stotternd: «Oh, laß mich, ich werde das machen, ich werde mit ihm sprechen, das wird phantastisch. Komm, er wird überhaupt nicht daraus klug werden.» – «Nein, laß das», antwortete Martin, «was soll das denn?» – «Dann werde ich dich nur verbinden. Das schadet doch nichts, oder? Wie war die Nummer?» Sie beugte sich über das Telephonbuch, das er aufgeschlagen hatte, und er spürte die Wärme ihres Haares. Auf ihrer Wange, direkt unter dem Auge, lag eine ausgefallene kleine Wimper. Während sie die Nummer rasch halblaut wiederholte, um sie nicht zu vergessen, setzte sie sich auf eine Truhe und nahm den Hörer ab. «Du wirst uns nur verbinden, vergiß das nicht», bemerkte Martin streng. Gewissenhaft deutlich nannte Sonja die Nummer und wartete; ihr Blick wanderte hin und her, ihre Fersen klopften leise an die Truhe. Dann lächelte sie, drückte den Hörer noch dichter ans Ohr, und Martin streckte die Hand aus, aber Sonja stieß sie mit der Schulter beiseite und beugte sich vor, während sie in lebhaftem Ton nach Darwin fragte. «Gib mir den Hörer», sagte Martin, «das ist nicht fair.» Aber Sonja krümmte sich noch mehr zusammen. «Ich werde trennen», drohte Martin. Sie machte eine heftige Bewegung, um die Gabel zu schützen, und im selben Augenblick hoben sich ihre Augenbrauen. «Nein, nichts, vielen Dank», sagte sie und hängte ein. «Nicht zu Hause», sagte sie zu Martin, ihn von unten her ansehend. «Du kannst sicher sein, mein Lieber, ich werde ihn nicht wieder anrufen. Und du – du bist derselbe Stoffel geblieben, der du warst.» Sie rutschte von der Truhe, tastete mit dem großen Zeh nach ihrem verlorenen Pantoffel, fand ihn und ging wieder ins Speisezimmer. Der Tisch wurde abgedeckt, Irinas Mutter sagte etwas zu ihr, aber sie wandte sich ab. «Werde ich dich später noch hier finden?» fragte Silanow. «Nun, ich weiß nicht. Eigentlich sollte ich jetzt gehen.» – «Ich sage dir für alle Fälle auf Wiedersehen», sagte Silanow und zog sich in sein Zimmer zurück, um zu arbeiten.

«Vergiß uns nicht», sagten die beiden Damen gleichzeitig, und jede berührte den schwarzen Ärmel der anderen mit einem den Aberglauben eingestehenden Lächeln. Martin verbeugte sich. Irina stürzte sich auf ihn und packte mit beiden Händen seine Rockaufschläge. Es war ihm peinlich, er versuchte vorsichtig, ihre Finger von dem Stoff zu lösen; aber sie hielt fest, und als Frau Pawlow sie von hinten bei den Schultern nahm, brach das arme Geschöpf in lautes Schluchzen aus. Martin konnte seinen Abscheu kaum verbergen, als er ihren schrecklichen Gesichtsausdruck, die roten Flecken auf ihrer Stirn sah. Mit einer scharfen, fast rohen Bewegung riß er sich von ihr los. Sie wurde hinausgeführt, ihr aufdringliches Geheul entfernte sich und verklang schließlich. «Immer dieselben Sorgen», sagte Sonja, als sie Martin zum Flur hinausbegleitete. Martin zog seinen Regenmantel an – der Regenmantel war eine komplizierte Sache, und er brauchte einige Zeit, um den Gürtel richtig zu schließen. «Komm doch mal abends vorbei», sagte Sonja, während sie, die Hände tief in die Taschen ihrer Strickjacke gebohrt, seinen Bemühungen zusah. Martin schüttelte finster den Kopf. «Wir gehen zusammen zum Tanzen», sagte Sonja, und mit festgeschlossenen Beinen verlagerte sie erst die Zehen, dann die Fersen, dann wieder die Zehen und wieder die Fersen leicht nach der Seite. «Nun also», sagte Martin, sich auf die Taschen klopfend: «Pakete hatte ich nicht, glaub ich.» – «Weißt du noch?» fragte Sonja und begann leise die Melodie eines Londoner Foxtrotts zu pfeifen. Martin räusperte sich. «Dein Hut gefällt mir nicht», bemerkte sie. «Man trägt so was nicht mehr.» – *«Proschtschaj»*, sagte Martin, packte sie mit einem geschickten Griff, drückte die Lippen auf ihre entblößten Zähne, ihre Wange, die zarte Stelle hinter ihrem Ohr; dann ließ er sie los (sie taumelte rückwärts und fiel beinahe hin) und ging schnell hinaus, unabsichtlich die Tür zuknallend.

46

Er bemerkte, daß er grinste und außer Atem war und daß sein Herz schneller schlug. «So, das wäre das», sagte er zu sich und begann kräftig auszuschreiten, als wäre er in Eile. Aber wo sollte er hingehen? Darwins Abwesenheit brachte seine Pläne durcheinander. Während er den Kurfürstendamm entlangging, registrierte er immer wieder mit vager Trauer Berlins vertraute Züge: die ernste Kirche an der Straßenkreuzung, so einsam zwischen heidnischen Kinos; die Tauentzienstraße, wo die Fußgänger unerklärlicherweise den mittleren Boulevard vermeiden und lieber in dichtem Strom an den Schaufenstern entlanggehen. Der Blinde, der Sicht und Licht verkaufte, streckte noch immer eine Schachtel Streichhölzer in die ewige Finsternis; es gab Stände mit Heidekraut und Astern, Stände mit Bananen und Äpfeln; ein Mensch in braunem Mantel stand auf dem Sitz eines alten Kabrioletts und bot fächerförmig geordnet namenlose Schokoladentafeln an, deren exquisite Qualität er einer kleinen Gruppe von Müßiggängern wortreich anpries. Martin bog in eine Nebenstraße ein und trat in eine russische Buchhandlung, wo Emigranten- und Sowjetliteratur neben ausländischen Zeitschriften lag. Ein dicker Herr mit dem Gesicht eines höflichen Reptils bereitete auf dem Ladentisch aus, was er *nowinki* – Neuheiten – nannte. Martin fand nichts, was ihm gefiel, und kaufte eine Nummer des *Punch*. Was nun? Die Mahlzeit bei Silanows war entschieden kärglich gewesen. Er lenkte seine Schritte zum *Pir Goroy*, wo er vor einem Jahr öfter gegessen hatte. Von da rief er in Darwins Hotel an. Darwin war noch nicht zurück. «Zwanzig Pfennig, *poschalujsta*», sagte die dick gepuderte Dame hinter dem Tresen. *«Merci.»*

Der Besitzer war der Maler Danilewskij, den Martin aus Adreiz kannte, ein kleiner Mann mit steifem Kragen, einem rosigen Babygesicht und einer blonden Warze unter dem Auge. Er kam an Martins Tisch und fragte schüchtern: «Bo-borschtsch gut?» (Laute, die am schwersten zu meistern waren, besaßen für ihn – wie für viele Stotterer – eine besondere Anziehungskraft.) «Ja, sehr gut», antwortete Martin, und wie immer empfand er eine herzzerreißende Zärtlichkeit, wenn er sich Danilewskij vor dem Hintergrund der Krimnacht vorstellte.

Danilewskij setzte sich und sah beifällig zu, wie Martin seine Suppe verzehrte. «Habe ich Ihnen erzählt, daß nach gewissen Auskünften sie all diese Jahre in Adreiz ge-gegelebt haben – interessant, nicht wahr?»

(Kann es sein, daß man sie in ihrem Herrenhaus nie behelligt hat? überlegte Martin. Kann es sein, daß alles dasselbe geblieben ist – die kleinen Birnen zum Beispiel, die zum Trocknen auf dem Verandadach lagen?)

«Die letzten Mohikaner», murmelte Danilewskij nachdenklich

Das Lokal war fast leer. Kleine Diwane, ein Ofen mit einem Zickzackrohr, Zeitungen in hölzernen Klemmhaltern.

«Das alles soll renoviert werden. Ich könnte die Wände mit Bah-bah-Babas bemalen, wenn es nicht so traurig wäre. Bu-bunte Kleider, aber bleifarbene Gesichter mit Pferdeaugen. So wenigstens sieht es auf meinen Skizzen aus. Oder man könnte auch Wolken darauf malen und darunter – darunter einen Waldrand. Wir wollen das Lokal vergrößern, ich hatte für gestern einen Tischler bestellt, er ist aber nicht gekommen.»

«Viele Gäste?»

«Meistens ja. Jetzt ist nicht die richtige Zeit zum Essen, Sie dürfen also keine Schlüsse ziehen. Die Brü-Brü-Brüder von der Literatur sind gut vertreten. Rakitin zum Beispiel, der Journalist, wissen Sie, der sich immer so herausputzt . . . Und vor ein paar Tagen hat Bu-Bu- hat Sergej Bubnow hier an diesem Tisch gesessen, hat Geschirr zerschmissen, er trinkt sehr viel, Enttäuschung in der Liebe. Verlo-lo-lobung aufgelöst.»

Danilewskij trommelte seufzend mit den Fingern auf den Tisch; dann stand er langsam auf und ging in die Küche. Er erschien wieder, als Martin seinen Hut vom Haken nahm. «Morgen gibt es Schaschlik», sagte Danilewskij. «Wir erwarten Sie.» Martin spürte flüchtig den Wunsch, diesem lieben melancholischen Mann mit seinem so wohlklingenden Stottern etwas sehr Freundliches zu sagen; aber was konnte man sagen?

47

Er ging durch den gepflasterten Hof mit der nasenlosen Statue in der Mitte des Rasens, auf dem ein paar Lebensbäume wuchsen, stieß eine altbekannte Tür auf, ging die Treppe hinauf, auf der es nach Kohl und Katzen roch, und klingelte. Einer der Untermieter, ein junger Deutscher, kam heraus und sagte, Bubnow sei krank, aber er klopfte im Vorübergehen an dessen Tür, und die mächtige, jetzt aber heiser und mißlaunig klingende Stimme des Schriftstellers rief «Herein!».

Bubnow saß, mit schwarzen Hosen und einem offenem Hemd bekleidet, auf dem Bett, sein Gesicht war gedunsen und unrasiert, seine Augenlider entzündet. Überall war Papier verstreut – über das Bett, den Fußboden und den Tisch, auf dem ein Glas trüben Tees stand.

Wie sich herausstellte, legte Bubnow gerade die letzte Hand an eine Kurzgeschichte und versuchte gleichzeitig, einen eindrucksvollen deutschen Brief an den Herrn vom Finanzamt zu schreiben, der von ihm die Bezahlung seiner Steuern verlangte. Er war nicht betrunken, aber nüchtern konnte man ihn auch nicht nennen. Sein Durst war vorüber, aber alles in ihm war durch den Orkan verbogen und durcheinandergeschüttelt; seine Gedanken wanderten umher, suchten nach ihrer alten Wohnstatt und fanden nur Trümmer. Er zeigte keine Überraschung bei Martins Erscheinen, den er seit dem Frühjahr nicht gesehen hatte, und begann sofort einen bestimmten Kritiker zu beschimpfen, als wäre Martin für dessen Besprechung verantwortlich. «Sie hetzen mich», wiederholte Bubnow wütend, und sein Gesicht mit den tiefen Augenhöhlen sah ziemlich gräßlich aus. Er neigte zu der Annahme, daß alle herabsetzenden Besprechungen seiner Bücher unsachlichen Erwägungen entsprängen wie Neid, persönlicher Abneigung oder dem Wunsch, sich für eine Kränkung zu rächen. Und während Martin seinem zusammenhanglosen Überblick über die literarischen Intrigen zuhörte, fand er es erstaunlich, daß jemand sich die Meinung eines anderen Menschen so zu Herzen nehmen konnte, und er bekämpfte die Versuchung, Bubnow zu sagen, daß seine Novelle *Soorland* mißlungen sei, eine pseudokünstlerische, wertlose Arbeit. Aber als Bubnow abrupt dieses Thema fallenließ und sich darüber ausließ, daß sein Mädchen ihn sitzengelassen hatte, verwünschte Martin die blödsinnige Neugier, die ihn hierhergeführt hatte. «Ich will ihren Namen nicht nennen, frage mich nicht danach», sagte Bubnow, der mühelos wie ein Schauspieler zu dem gefühlvollen russischen «du» übergehen konnte. «Aber merk dir, ich werde nicht der letzte sein, der an ihr zugrunde geht. Gott, wie habe ich sie geliebt! Wie glücklich war ich! Es war ein gewaltiges Gefühl, bei dem man den Donner von Engelsschwingen hört. Aber sie bekam es mit der Angst vor meinen himmlischen Höhen –»

Martin blieb noch ein Weilchen, fühlte unerträgliches Herzweh aufwallen und stand schweigend auf. Schluchzend brachte Bubnow ihn zur Tür. Nach ein paar Tagen (als er schon in Lettland war) entdeckte Martin in einer Emigrantenzeitung wieder eine «Novelle» von Bubnow, frisch von der Pfanne. Diese war ausgezeichnet, und der Held, ein junger Deutscher, trug den Schlips, den Martin an jenem Tage umgehabt hatte, hellgrau mit rosa Streifen (die zärtlich gehütete Reliquie eines Clubs in Cambridge); Bubnow hatte ihn, obwohl er ganz in seinen Kummer versunken schien, sich angeeignet wie ein geschickter Dieb, der sich mit der einen Hand die Tränen abwischt, während die andere jemandem die Uhr wegnimmt.

Martin ging in ein Schreibwarengeschäft, wo er ein halbes Dutzend Postkarten kaufte und seinen Füllhalter füllen ließ; dann ging er zu Darwins Hotel, wo er bis zum letzten Moment der ihm verbleibenden Zeit warten wollte, um dann direkt zum Bahnhof zu gehen. Der Spätnachmittagshimmel war eine sonnen- und freudlose Leere. Der Ton der Automobilhupen schien jetzt vom Nebel gedämpft. Ein offener Rollwagen, von zwei knochigen Pferden gezogen, fuhr vorüber; er war mit so vielen Möbeln beladen, daß man damit ein Haus hätte einrichten können: eine Couch, eine Kommode, ein goldgerahmtes Seestück und noch viel anderes melancholisches Mobiliar. Eine Frau in Trauer überquerte den feuchtgesprenkelten Asphalt; sie schob einen Kinderwagen, in dem ein aufmerksames, blauäugiges Baby saß; als sie an den Bürgersteig kam, drückte sie den Griff herunter, so daß der Wagen sich hinten aufbäumte. Ein Pudel lief hinter einem schwarzen Whippet her, der stehenblieb, sich furchtsam umsah und zitternd eine gebeugte Vorderpfote hob. «Was ist los, um Gottes willen?» dachte Martin. «Was bedeutet mir das alles? Ich weiß doch, daß ich wiederkomme. Ich muß wiederkommen.» Er trat ins Vestibül des Hotels. Darwin war noch immer nicht zurück.

Er suchte sich einen bequemen ledernen Polstersessel, schraubte seinen Federhalter auf und begann an seine Mutter zu schreiben. Der Raum auf der Postkarte war beschränkt, seine Handschrift war groß, er konnte also nicht viel sagen. «Alles in Ordnung», schrieb er, die Feder kräftig aufdrückend. «Ich wohne in demselben alten Hotel, adressiere Deine Briefe hierher. Hoffentlich sind Onkels Zahnschmerzen besser. Habe Darwin noch nicht gesehen. Die Silanows lassen grüßen. Werde eine Woche nicht schreiben, da ich absolut nichts zu sagen habe. Viele Küsse.» Er überlas es zweimal und empfand unerklärliches Herzweh, und ein Schauer rann ihm über den Rücken.

«Keinen Unsinn, bitte», sagte Martin zu sich, und wieder fest aufdrückend, schrieb er an die Majorswitwe und bat sie, seine Post für ihn aufzuheben. Nachdem er die Karten in den Briefkasten geworfen hatte, ging er wieder zu seinem Sessel, lehnte sich zurück und wartete, hin und wieder nach der Uhr sehend. Eine Viertelstunde verging, dann zwanzig Minuten, dann fünfundzwanzig. Zwei Mulattenmädchen mit ungewöhnlich dünnen Beinen gingen die Treppe hinauf. Ganz plötzlich hörte er hinter sich das kräftige Schnaufen, das er sofort erkannte. Er sprang auf, und Darwin schlug ihm unter kehligen Ausrufen auf die Schulter. «Du Schuft», brummte Martin glückselig, «du Schuft, ich suche seit heute früh nach dir.»

48

Darwin hatte etwas zugenommen, sein Haar sah dünner aus, er hatte sich ein gepflegtes Schnurrbärtchen stehenlassen. Irgendwie waren sie beide verlegen; sie konnten kein Gesprächsthema finden und beschränkten sich darauf, einander grinsend und knurrend zu schubsen. «Was willst du trinken?» fragte Darwin, als sie in seinem kleinen, aber eleganten Hotelzimmer saßen. «Whisky mit Soda? Einen Cocktail? Oder einfach Tee?» – «Ganz egal, ganz egal, was du willst», antwortete Martin, während er eine große, teuer gerahmte Photographie vom Tisch nahm. «Sie», sagte Darwin. Porträt einer jungen Frau mit Diadem. Diese Brauen, die sich über der Nase vereinigten, diese hellen Augen, dieser lange, anmutige Hals – alles an ihr sah sehr entschieden und dominierend aus. «Sie heißt Evelyn, sie singt recht gut, ich glaube bestimmt, daß ihr euch gut vertragen werdet.» Darwin nahm das Bild und sah es träumerisch an, bevor er es wieder an seinen Platz stellte. «Also», fragte er, sich auf die Couch fallen lassend, und sofort die Beine ausstreckend, «was gibt es Neues? Wie ich sehe, trägst du noch immer den C.C.C.-Schlips.»

Ein Kellner brachte die Cocktails. Martin nippte ohne Vergnügen an dem mit Gin gespritzten Vermouth und berichtete in ein paar Sätzen, wie er die letzten zwei Jahre verbracht hatte. Zu seiner Verwunderung begann Darwin, sobald er verstummt war, von sich zu sprechen, umständlich und selbstgefällig – so etwas war früher nie vorgekommen. Wie sonderbar, von diesen trägen, keuschen Lippen eine Geschichte über Erfolg, Geldverdienen und großartigen Zukunftshoffnungen zu hören! Es kam auch heraus, daß er nun nicht mehr jene charmanten Kleinigkeiten über Blutegel oder Sonnenuntergänge verfaßte, sondern Artikel über Themen der Politik und Wirtschaft schrieb und sich besonders für die nach Begräbnis klingenden «Moratorien» interessierte, was immer sie auch sein mochten. Als Martin eine plötzliche Pause dazu benützte, Darwin an die brennende Kutsche, an Rose, an ihren Zweikampf zu erinnern, sagte Darwin gleichgültig: «Ja, das waren noch Zeiten», und Martin wurde zu seinem Entsetzen klar, daß Darwins Erinnerungen gestorben oder sonstwie abwesend waren und daß nichts weiter übriggeblieben war als ein verblichenes Aushängeschild.

«Und was macht Fürst Wadim?» fragte Darwin, ein Gähnen unterdrückend.

«Wadim ist in Brüssel. Hat da eine Stellung. Und die Silanows sind hier. Ich sehe Sonja oft. Sie hat immer noch nicht geheiratet.»

Darwin stieß eine riesige Rauchwolke aus. «Grüß sie schön von mir», sagte er. «Aber was ist mit dir? Schade, daß du dich so irgendwie treiben läßt. Ich werde dich morgen mit einigen wichtigen Leuten bekannt machen, der Journalismus wird dir sicher Spaß machen.»

Martin hustete. Es wurde Zeit, über die Hauptsache zu sprechen, die Sache, die er so sehr gern hatte mit Darwin besprechen wollen.

«Danke», sagte er, «aber das ist unmöglich, ich fahre in einer Stunde ab.»

Darwin richtete sich ein wenig auf. «Ist das dein Ernst? Wohin fährst du denn?»

«Das wirst du gleich sehen. Ich werde dir jetzt etwas erzählen, wovon niemand anders weiß. Seit mehreren Jahren – ja, mehreren Jahren – aber das ist nicht wesentlich –»

Er stockte. Darwin seufzte und sagte: «Ich habe mir alles gedacht. Ich werde gern Brautführer sein.»

«Bitte, hör auf. Es ist mir ernst. Ich habe mich den ganzen Tag bemüht, dich zu erreichen, eigens zu dem Zweck, mit dir darüber zu sprechen. Die Sache ist die: ich habe den Plan, von Lettland aus illegal nach Rußland einzureisen, nur für vierundzwanzig Stunden, ja, und dann gehe ich wieder zurück. Nun habe ich eine Bitte an dich, und zwar folgende: ich gebe dir vier Postkarten, die schickst du an meine Mutter, jede Woche eine – sagen wir, jeden Donnerstag. Ich denke, daß ich schon früher zurück sein werde, aber ich kann nicht voraussagen, wie lange es dauern wird, gewisse Nachforschungen anzustellen, den genauen Reiseweg zu wählen und so fort. Natürlich habe ich mir schon von einer bestimmten Person eine Menge entscheidender Informationen verschafft. Aber ich kann irgendwo festsitzen, kann mich vielleicht nicht gleich frei bewegen. Du verstehst: meine Mutter darf nichts davon erfahren, muß regelmäßig meine Postkarten aus Berlin bekommen. Ich habe ihr meine alte Adresse angegeben, es ist alles ganz einfach.»

Schweigen.

«Ja, natürlich, es ist alles ganz einfach», sagte Darwin.

Wieder Schweigen.

«Nur verstehe ich nicht ganz, was für einen Zweck das hat.»

«Denk ein bißchen darüber nach, dann wirst du es verstehen.»

«Ein Komplott gegen die guten alten Sowjets? Willst du jemanden treffen? Eine geheime Botschaft überbringen, irgendwas anzetteln? Ich gestehe, daß mir als Junge diese finsteren bärtigen Burschen, die Bomben auf die Troika des grausamen Gouverneurs warfen, sehr imponiert haben.»

Mürrisch schüttelte Martin den Kopf.

«Und wenn du bloß das Land deiner Väter besuchen willst – allerdings war dein Vater doch halber Schweizer, nicht wahr? – trotzdem, wenn du absolut mal da hin willst, wäre es da nicht einfacher, sich ein reguläres sowjetisches Visum zu besorgen und mit dem Zug über die Grenze zu fahren? Das willst du nicht? Vielleicht glaubst du, daß sie dir nach dieser Ermordung in dem Schweizer Café kein Visum geben werden? Na schön, ich werde dir einen britischen Paß besorgen.»

«Was du dir vorstellst, ist ganz verkehrt», sagte Martin, «ich habe erwartet, daß du alles sofort begreifen würdest.»

Darwin legte einen Arm unter den Kopf. Es war ihm nicht klar, ob Martin ihn zum Narren hielt oder nicht, und wenn nicht – was bewog ihn wirklich, sich auf dieses alberne Unternehmen einzulassen? Eine Weile paffte er seine Pfeife, dann sagte er:

«Wenn dir schließlich nur an dem reinen Wagnis liegt, brauchst du nicht so weit zu reisen. Denken wir uns doch etwas Ungewöhnliches aus, etwas, was man jetzt und hier durchführen kann, noch diesseits des Fensterbretts. Und dann wollen wir was essen und danach in ein Varieté gehen.»

Martin blieb still; er sah traurig aus.

«Das ist doch absurd», überlegte Darwin, «absurd und ziemlich ausgefallen. Da hat er ruhig in Cambridge gesessen, während sie ihren Bürgerkrieg machten, und jetzt hat er keinen anderen Wunsch als wegen Spionage eine Kugel in den Kopf zu kriegen. Will er mir was vormachen? Was für ein idiotisches Gespräch!»

Martin schrak zusammen, sah nach der Uhr und stand auf.

«Hör zu, spiel hier nicht den Narren», sagte Darwin, während seiner Pfeife dicke Rauchwolken entquollen. «Schließlich ist das nicht sehr höflich. Wir haben uns seit Cambridge nicht gesehen. Entweder erzähl mir alles, so daß ich es verstehe, oder gib zu, daß du dir einen Spaß gemacht hast, und dann wollen wir von etwas anderem reden.»

«Ich habe dir alles erzählt», sagte Martin. «Alles. Und jetzt muß ich gehen.»

Er zog seinen Regenmantel an, hob seinen Hut vom Fußboden auf. Darwin, der gelassen auf der Couch lag, gähnte und wandte das Gesicht zur Wand. «Wiedersehn», sagte Martin, aber Darwin reagierte nicht. «Wiedersehn», wiederholte Martin. «Unsinn, das kann nicht wahr sein», dachte Darwin. Er gähnte noch einmal und schloß die Augen. «Er wird nicht gehen», dachte Darwin und zog schläfrig ein Bein hoch. Eine Weile herrschte amüsantes Schweigen. Schließlich lachte Darwin leise und wandte den Kopf. Aber es war niemand im Zimmer. Es erschien unmöglich, daß Martin so lautlos gegangen sein sollte. Vielleicht hatte er sich hinter einem Möbelstück versteckt. Darwin blieb noch ein paar Minuten liegen, dann sah er sich wachsam in dem schon dämmerigen Zimmer um, setzte die Füße auf den Boden und richtete sich auf. «Genug jetzt, komm heraus», sagte er, als er es in der Gepäcknische zwischen Kleiderschrank und Tür leise rascheln hörte. Niemand kam hervor. Darwin ging hinüber und warf einen Blick in die Nische. Niemand. Nur ein Blatt Packpapier, das von einem Einkauf liegengeblieben war. Darwin drehte das Licht an, stand mit gerunzelter Stirn da, dann öffnete er die Tür zum Korridor. Der Korridor war lang, hell beleuchtet und leer. Der Abendwind bemühte sich, das Fenster zu schließen. «Zum Teufel mit ihm», sagte Darwin – und versank wieder in Nachdenken. Aber plötzlich schüttelte er sich, nahm sich zusammen und begann sehr bewußt sich zum Abendessen umzuziehen.

Er fühlte sich unbehaglich, ein Gefühl, das er in letzter Zeit selten gehabt hatte. Martins Besuch hatte ihn nicht nur als zartes Echo der gemeinsamen Universitätszeit erregt, er war an sich ungewöhnlich gewesen, alles an Martin war ungewöhnlich gewesen – die derbe Sonnenbräune, die atemlose Stimme, die bizarren, dunklen Äußerungen und dieser neue hochmütige Blick seiner Augen. Doch Darwin hatte in letzter Zeit ein so ausgeglichenes Leben geführt, sein Herz hatte so regelmäßig geschlagen (selbst während seines Heiratsantrags), er war so entschieden darauf eingestellt, daß er nach den Unruhen und Aufregungen der Jugend nun eine glatt gepflasterte Straße erreicht hatte, daß er kaum anders konnte, als den beunruhigenden Eindruck, den er von Martin hatte, zu unterdrücken und sich einzureden, der dumme Spaßvogel würde noch heute abend wiederauftauchen. Er hatte schon seinen Smoking an und betrachtete im Schrankspiegel prüfend seine stattliche Figur und sein Gesicht mit der großen römischen Nase, als das Telephon auf dem Nachttisch klingelte. Entweder war die Verbindung schlecht, oder er hatte Martins Telephonstimme nicht mehr im Ohr – jedenfalls erkannte er sie nur mit Schwierigkeit: «Ich möchte dich an meine Bitte erinnern», sagte die unklare, tiefe Stimme. «Du bekommst das Bündel in ein paar Tagen, und dann schickst du eine nach der anderen ab. Mein Zug fährt gleich ab. Was? Ich sagte: mein Zug – Ja, ja, Zug –»

Die Stimme war fort. Darwin legte geräuschvoll den Hörer auf und kratzte sich eine Weile die Backe. Dann ging er zum Aufzug und fuhr hinunter. Unten ließ er sich den Fahrplan geben. Ja, richtig. Was zum Teufel –

An diesem Abend ging er nirgends hin. Er wartete auf etwas, auf so etwas wie eine Weiterentwicklung. Als er sich hinsetzte, um einen Brief an seine Verlobte zu schreiben, fiel ihm nichts ein, was er hätte schreiben können. Mehrere Tage vergingen. Am Mittwoch erhielt er einen dicken Briefumschlag aus Riga mit vier Ansichtskarten von Berlin, die an Frau Edelweiß in der Schweiz adressiert waren. Auf einer entdeckte er zwischen dem russischen Text einen englischen Satz: «Ich gehe oft mit Darwin ins Varieté.» Das gab ihm einen unheimlichen Schock. Am Donnerstagvormittag steckte er mit dem schrecklichen Gefühl, in eine üble Angelegenheit verwickelt zu sein, die Karte mit dem frühesten Datum behutsam in den blauen Briefkasten neben dem Hoteleingang. Eine Woche verging; er schickte die zweite Karte ab. Dann konnte er es nicht länger aushalten und reiste nach Riga, wo er den englischen Konsul, den Schweizer Konsul, das Meldeamt und die Polizei aufsuchte, aber keinerlei Auskunft erhielt. Martin schien sich in Luft aufgelöst zu haben. Darwin kehrte nach Berlin zurück und sandte, wenn auch ungern, die dritte Postkarte ab. Am Freitag erschien ein riesengroßer Mann, offenbar ein Ausländer, in Silanows neuem Verlag (russische Kalender und politische Broschüren); bei näherem Hinsehen erkannte Silanow in ihm den jungen Engländer, der seiner Tochter in London den Hof gemacht hatte. Darwin berichtete ruhig auf deutsch (was Silanow etwas besser verstand als englisch) von seinem Gespräch mit Martin. «Aber warten Sie», sagte Silanow. «Da ist etwas nicht logisch. Er hat zu meiner Tochter gesagt, er würde in einer Fabrik bei Berlin arbeiten. Wissen Sie genau, daß er weggefahren ist? Was für eine sonderbare Geschichte!» – «Anfangs glaubte ich, er mache Spaß», sagte Darwin, «aber jetzt weiß ich nicht, was ich denken soll. Wenn er wirklich –» – «So ein verrückter Junge», rief Silanow. «Wer konnte das ahnen! Der junge Mann wirkte so vernünftig, so solide. Also, wissen Sie, es ist einfach kaum zu glauben, sieht wie eine Art Provokation aus. Gut. Als erstes müssen wir herauskriegen, ob meine Tochter etwas davon weiß. Kommen Sie mit zu mir nach Hause.»

Als Sonja ihren Vater mit Darwin hereinkommen sah und ihre merkwürdig ernsten Mienen bemerkte, glaubte sie eine Hundertstel Sekunde lang, Darwin wäre – diesmal offiziell – gekommen, um ihr einen Heiratsantrag zu machen (solche momentanen Alpträume können bekanntlich auftreten). «Hallo, hallo, Sonja», rief Darwin mit sehr künstlicher Unbekümmertheit. Silanow sah seine Tochter aus glanzlosen dunklen Augen an und «bereitete sie schonend vor»: er bat sie, nicht zu erschrecken, und erzählte ihr praktisch die ganze Geschichte gleich hier im Flur. Sonja wurde weiß wie ein Laken und sank auf einen der Korridorstühle. «Aber das ist ja furchtbar», sagte sie leise. Nach einer kleinen Pause schlug sie sich auf die Knie und wiederholte noch leiser: «Das ist furchtbar.» – «Hat er dir etwas erzählt? Weißt du irgend etwas?» fragte Silanow sie abwechselnd auf russisch und deutsch. Darwin stand da und rieb sich die Backe und versuchte, Sonja nicht anzusehen. Er hatte das entsetzlichste Gefühl, das ein Mann seiner Rasse und seiner Gesellschaftsschicht haben kann: er war nahe daran, in Tränen auszubrechen. «Natürlich,

ich weiß alles», sagte Sonja in dünnem Crescendo. Frau Silanow erschien im Hintergrund, und ihr Mann gab ihr durch Zeichen zu verstehen, sie möge sie nicht stören. «Was weißt du genau? Komm, heraus damit», sagte Silanow und legte Sonja die Hand auf die Schulter. Sie beugte sich plötzlich vor, vergrub ihr Gesicht in den Händen und brach in lautes Schluchzen aus. Dann richtete sie sich auf, tat einen tiefen Atemzug, als wäre sie am Ersticken, schluckte und begann, von Schluchzen unterbrochen, zu schreien: «Sie werden ihn töten, o Gott, sie werden ihn töten.» – «Beherrsch dich», sagte Silanow. «Schrei nicht so. Ich verlange, daß du ruhig und verständlich erklärst, was er dir erzählt hat. Olja» (zu seiner Frau gewandt), «bring diesen Herrn irgendwohin – Ja, ins Wohnzimmer, ach, laß den Elektriker, ist doch egal. Sonja, hör auf zu schreien! Du wirst Irina erschrecken. Hör auf, ich befehle es.»

Er verbrachte lange Zeit damit, sie zu trösten und auszufragen. Darwin saß ernst im Wohnzimmer. Auch der Elektriker war da, er war mit der Reparatur einer Steckdose und eines Steckers beschäftigt und blickte abwechselnd nach oben und unten, wenn das Licht an- und ausging.

«Das Kind hat offensichtlich recht: sie verlangt, daß man sofort Schritte unternehmen muß», sagte Silanow, als er und Darwin wieder auf der Straße waren. «Aber was kann man tun? Übrigens glaube ich nicht, daß das Ganze ein so romantisches Abenteuer ist, wie es ihr erscheint. Sie neigt dazu, die Dinge so zu sehen. Sehr überempfindliche Natur. Ich weigere mich einfach, zu glauben, daß ein junger Mann, der den russischen politischen Problemen ziemlich fern steht und – ich würde sagen – mehr von ausländischem Schlage ist, einer – na ja, einer großen Tat, wenn Sie wollen, fähig sein könnte. Natürlich werde ich mich mit gewissen Leuten in Verbindung setzten, und vielleicht muß ich nach Lettland fahren, aber wenn er wirklich versucht hat, heimlich über die Grenze zu gehen, ist die Sache so gut wie hoffnungslos. Übrigens, es ist so seltsam, aber ich war derjenige, ja, ich, der vor Jahren Frau Edelweiß die Nachricht vom Tode ihres ersten Mannes überbracht hat.»

Noch ein paar Tage vergingen. Das einzig Klare war, daß man Geduld haben und warten mußte. Nicht Silanow, sondern Darwin fuhr in die Schweiz, um Frau Edelweiß zu unterrichten. In Lausanne sah alles grau aus, ein feiner Regen fiel. Höher oben in den Bergen roch es nach nassem Schnee, und von den Bäumen tropfte es, denn dem ersten Frost war plötzliches Tauwetter gefolgt. Er mietete einen Wagen, der ihn schnell ins Dorf brachte, dann an einer Kurve ins Rutschen geriet, sich überschlug und in einem Graben landete. Der einzige Schaden war eine Prellung am Arm des Fahrers. Darwin krabbelte heraus, schüttelte den nassen Schnee von seinem Mantel und fragte einen Dorfbewohner, wie weit es zu Henry Edelweiß' Haus sei. Man zeigte ihm den kürzesten Weg – einen Fußpfad durch einen Tannenwald. Nachdem er den Wald hinter sich hatte, überquerte er einen Feldweg, ging eine Allee hinauf und sah das reichverzierte grünlich-braune Haus. Die Gummisohlen seiner derben Schuhe hinterließen gemusterte Abdrücke auf dem dunklen Erdreich vor dem Gartenpförtchen. Diese Fußabdrücke füllten sich langsam mit schlammigem Wasser, und ein bißchen später knarrte das Pförtchen, das er nicht richtig geschlossen hatte, in einem feuchten Windstoß und flog mit heftigem Ruck weit auf. Dann ließ eine Meise sich darauf nieder, machte Tsi-tsi-tsi und Intscha-intscha und flog hinüber zu einem Tannenzweig. Alles war sehr naß und trübe. Eine Stunde ging dahin. Darwin tauchte aus der braunen Tiefe des melancholischen Gartens auf, schloß das Pförtchen hinter sich (es ging gleich wieder auf) und begab sich auf den Rückweg durch den Wald. Auf dem Waldpfad blieb er stehen, um seine Pfeife anzuzünden. Sein weiter Kamelhaarmantel war nicht zugeknöpft, die Enden seines gestreiften Schals hingen ihm auf die Brust. Es war still im Wald, man hörte nichts weiter als ein schwaches Gurgeln: irgendwo unter dem nassen grauen Schnee rieselte Wasser. Darwin lauschte und schüttelte ohne ersichtlichen Grund den Kopf. Seine Pfeife war ausgegangen und gab ein hilfloses saugendes Geräusch von sich. Er sagte halblaut etwas vor sich hin, rieb sich nachdenklich die Backe und ging weiter. Die Luft war trübe, hier und da querten Baumwurzeln den Weg, schwarze Tannennadeln streiften dann und wann seine Schulter, der dunkle Pfad verlief sich zwischen den Baumstämmen in malerischen, geheimnisvollen Windungen.

102/25

93/37

97/23